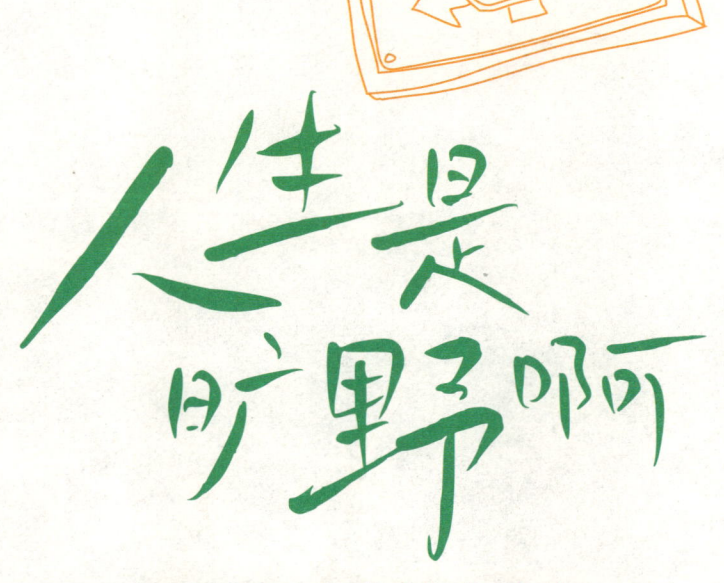

人生是旷野啊

毕淑敏环球旅行记

毕淑敏 著

湖南文艺出版社　博集天卷

· 长沙 ·

目录
Contents

欧洲篇

有 800 年历史的贵族花园 \ 003
你可认识生产你所吃食物的农夫 \ 015
65 年之后的芬芳 \ 027
从俄罗斯北方舰队军港出发 \ 039
冰岛蓝湖本是工业废水 \ 049

北美洲篇

牛仔家的晚餐 \ 065
海明威的最后一分钱 \ 077
穿行在危地马拉的密林中 \ 083
欢庆大道的 15.5 度偏角 \ 095

南美洲篇

不要从小宇宙带走任何一块石头 \ 107
祖先保佑着我们 \ 121

亚洲篇

粉红色的玫瑰城 \ 137

死海按摩 \ 151

在加德满都直面生死 \ 165

"淑敏"是什么意思 \ 171

北冰洋篇

北极点原始烧烤午餐 \ 185

北极冰泳和融池陷落 \ 199

北极点一分钟的静默 \ 211

南极洲篇

我们的南极之家"欧神诺娃"号抗冰船 \ 221

此地距北京 17502 千米 \ 231

天堂里你喝下时间 \ 239

Life is a wilderness

人 生 是 旷 野 啊

有 800 年历史的贵族花园

◉ 欧洲·英国（贵族家的花园 ┄┄┄→ 餐厅）

到英国一个有 800 年历史的老贵族家族去做客。

天色尚不晚。白天和夜晚之间有一狭缝，我们恰进入朦胧灰色衔接处。没有别的时间，比这会儿更适合到老贵族家做客。想象中，他家应是一副古旧模样，充满破败而迷人的气息。一见之下，还真差不多：别墅的楼房由蜜色石头砌建，墙上趴缠着茂盛的爬山虎和盛开的蔷薇，内藏馥郁花香。一见面，80 岁的男主人盛情邀约大家去看他的花园。

这日从早到晚奔波，我曾骨折过的脚踝隐隐作痛，悄声问领队："我若不去，会不会显得有些失礼？"小艾道："英国人，特别是贵族，很尊重个人意愿。既然问询愿不愿意去，你便可以自由选择。再说，三分之二的人已表示愿参观花园，你一人不去，并无大碍。"得了这宽许，我在绿草茵茵的庭院里喝老贵族家自制的酸味果汁饮料，乐得偷闲，嗅着微风中迷迭香的甜美气息。

"这是我们家的野花草地。"80 岁的女主人说。随处摆放的摇椅、小碎花布的纯棉垫子、盛在铁艺果盘中的应时水果……古老的贵族气息和田园乡村风格交汇，自然中透着矜贵。

野花烂漫，摇曳生风，草坪宽阔，如一张鲜绿地毯，远处有参天大树，枝叶茂盛。树丛和林地组成壮观景色，小溪蜿蜒曲折，野兔跳向隐蔽之处（没看清那小兽的细节，我觉得是野兔）。大自然的美，并非整齐划一，而是错落有致，绝不重复。静谧感人至深，让我头脑放空，无所事事地坐着，记起沈从文说过，凡是美的都没有家。流星、落花、萤火……但此时我能肯定：美是有家的。又想起《蝴蝶梦》中描述过的贵族生活：体面、精细、烦冗、阴郁……每个角落都藏着故事。

英国地势多平坦，不似中国江山大开大阖，景色基本上单调乏味。聪明的英国人便在田园风光和建筑上大做文章。英国文学常以乡村生活为题，诗人也热衷于对自然细致摹写。比如乔叟的《花与叶》，对花草细致入微的观察，令人叹服。微风中水花涟漪，树叶飘然落地，溪水钻石般地撞击，紫罗兰的芳香，雏菊的绯红……都是衣食丰足后生发出的闲情逸致。倘若温饱不得满足，万物在眼中，只分为可食与不可食两种。楚河汉界壁垒之上，没有风花雪月。庄园是英国贵族生活的居所和社交的舞台，它不仅仅代表着财富，更代表着权力，俗话说，一代可以暴富，三代养不出一个贵族。贵族变成了万丈红尘中求之而不得的风雅品位。

今天造访的庄园主人，是货真价实的英国老贵族。何谓贵族？最初指的是奴隶制社会和封建社会中，权力、财产高于其他阶级的上层人物，包括军事贵族、世俗贵族、宗教贵族等。经过演变，贵族制度在一些国家延续下来，形成了稳定的贵族阶级。欧洲大陆的贵族称号通常授予守疆拓土、军功卓著的高级指挥官。英国贵族制度确立于盎格鲁－撒克逊时代，大致是公元449年至1066年。英国贵族存在的时间，超过10个世纪，直到1998年英国议会改革，世袭贵族才画上了句号。1086年，诺曼王（威廉一世）记录了所有英格兰的土地和贵族详情。

贵族身份分为两种，一种叫"终身贵族"，就罩着本人这一代。该人寿终正寝，贵族称号也一同被埋葬，到此为止。还有一种子孙可以继承的贵族身份，叫"世袭贵族"。

封建制度下，土地是国家主要收入来源，贵族有土地就有钱。国王依靠贵族，贵族们组成上议院，与下议院分庭抗礼。贵族爵号和封地则严格实行长子继承制。若长子早殁，由长孙、次子、幼子或其他家庭成员依序递补。某贵族无继承人，可根据其遗嘱或生前安排，经国王和高级法庭批准认可后，由其近亲继承其封号封地。但多数情况下国王会收回爵位。

也就是说，没有经过封建制的国家就没有贵族。许多国家，包括美国，明确废除了贵族制度。享有特权的"上流社会"拥有巨大财富和权力，但他们并非传统意义上的贵族。

在贫困中长大的人，多向往贵族甜美、华丽、优雅的生活，暴发后，更是如此。

英国保持着贵族世袭制，至今阶级流动并不自由，贵族在远离喧嚣的乡村仍有属于自己的封地，形成一种貌似平淡的高贵。长期稳定的优渥生活和闲适教养，促使贵族们生发出对他人的关怀与对社会的担当。贵族多有很好的艺术修养，幽默自律，闲暇用各种书籍、绘画、乐曲、马、狗及体育充填时间。如果只懂得享乐，那是幼稚虚荣的，为真正的贵族所不屑。都市对他们来说，仅是短暂聚会的场所。聚会狂欢之后，立即返归乡村生活，那里才是根基。他们对于乡村生活的热爱，登峰造极。

2012年英国奥林匹克运动会开幕式，首先展现在世人面前的是英国乡村风光：山丘起伏，绿草如茵，牛羊成群，流水潺潺，农夫劳作，农妇挤奶，农舍炊烟萦绕……贵族也干活儿，不过不是为了温饱而操劳，而是为了充分享受大自然中的乐趣。他们由衷喜爱乡村和大自然。总而言之，贵族是长时间的闲适和丰足，慢工细活儿、精雕细刻打磨出的奢侈品，过程中可能有废品，但不会速成。

男贵族高大慈祥，语调轻缓亲切。着手工定制的服装，随意而得体。目光既不峻利也不迷离，与人交流对视时，眼神不聚焦，让人没有压迫感，但也绝不走神，温和柔软地笼罩着你，充溢善意。女主人年事已高，仍身材窈窕，妆容精致又毫不夸张违和，脸上有岁月之痕，但那是风和日丽的岁月。衣裙似乎有些年头了，质地优良，剪裁合身。她优雅地随口说道："父亲曾担任过英国首相，是周恩来先生的朋友。"

凡细节考究的老女人，都让人不敢小觑，断定她曾有风华飘逸的青春。

我在野花伴随下，喝了他家自酿饮料，缓过点精神。这时跟着男主人去看私家花园的朋友们回来了，大赞园林之美。我面露向往之色，男主人立刻说，他愿意陪我再去一趟花园。

我问："有多远？"

男主人答："距住宅大约1.1千米。"

我有点不好意思，让一位八旬老人跟着我往返一趟，于心不忍。男主人道："我很高兴能给您带路，再看看我家花园。"

同行在1.1千米道路上，男主人说："沿途这些土地都是我家封地。"

进了花园，在渐渐浓厚起来的暮色中四处游览。花园的具体大小，我无法说得很清楚，应该有几个足球场大吧。路径反复曲折，用中国话来说，便是"山重水复疑无路，柳暗花明又一村"。我对园林无研究，也分不清这花园的布局。只能认出不多的几种花草。虞美人如同仙子的石榴裙。鸢尾花的蓝色长衫有一丝败象，想来盛放了一整天，阳光的曝晒让它有些倦了。藤萝不是惯常的紫色，而是粉红色，在微风中不知疲倦地摇着无声的铃，人类听不到，花界一定感动。牡丹和月季同为园中的女主人吧？凤冠霞帔，炫目美丽。

鲜花碧树中的小道花香满溢。男主人道："我家的花园，免费向小镇的所有人开放。任何人在任何时间，都可以到花园里来散步。"

天色渐晚，鲜花们打算下班了，慢慢闭合。花的香气越发地浓了，薰衣草、迷迭香、雏菊、月季、玫瑰等芬芳混合一处，有令人沉迷的忧郁。

铃兰和三色堇铺成的小道旁，在甜豌豆和风信子的间隙里，我一眼瞥到花丛石凳上，仰卧一少女，睡得正酣。虽然曲线玲珑优美，容颜清丽，还是陡地吓人一跳。

老贵族见我受惊，道："我原本准备提醒您一下，她并不是真人，是一尊大理石雕像。我以为您转过小径才会看到她，没想到您目光敏锐，隔着花丛就看到了。抱歉。"

我惊魂未定道："是您特意安置在这里的吗？"

老贵族说："镇上一户人家搬走了，他们把自家的大理石雕像送给了我。小镇上的人，都很喜欢我家这座花园。"

英国人对于植物似乎天生情深意切，培育花草的激情仿佛与生俱来。

欧洲篇

古老花园中的石雕睡美人

鲜花熏暖多梦之地，对这块雪白的大理石来说也是上好归宿了。

篱笆上，缠满了一种我不认识的藤蔓花卉，开灿烂金花，像是黄金彩带。我说："打理这么大的花园，需要多位园丁吧？"

老贵族道："年轻时，我和夫人常常自己打理花园，现在年纪大了，有些力不从心。如今，有一个半园丁在此工作。"

我问："一个半园丁，怎么讲？"

老贵族说："一个是真正的园丁。至于那半个，是我儿子。他有自己的本职工作，只有休息时才能来收拾花园，算半个园丁。人手不够，很多该修剪的花木，都未能修剪，就让它们自由生长吧。"

这花园略带破败的迷人感，久久难忘。我问："您可去过查尔斯王子的花园？"

这时我们已经返回了家。贵族夫人听到我的话，答："我去过查尔斯王子的花园。"

我问："您觉得自家花园和王子的花园相比，有什么特色？"

我本来以为女贵族会说"各有特色"，或者说"我们的不能和王子家的花园相比"，或者说"王子家的花园更大，我们的要小一点"。却不想她飞快地回答:"我们家的花园比王子的花园更好!"

我略惊奇,问:"好在哪里?"

贵族夫人道:"我家花园更天然,少雕琢。要知道花园中的一些植物,已经在那里生长了很多很多年。王子的花园,只有几十年历史!"

非常强有力的理由。想起刚才所见的花园,已经郁郁葱葱了几百年,一代代祖先曾在这里流连劳作,怎能不感慨沉吟。发生过多少深刻而细腻的故事,四处充满温煦古老的味道,当然让人恋恋不舍。贵族们会把世界上一切美好的东西,尽情收入麾下。依着自己的本性加以改造和重置,隐居其中,享受丰饶的美好。他们虽人在乡下,但各种书籍、绘画、乐曲、马、狗及体育设施均唾手可得。物质充足的滋养和文化丰沛的熏陶,让他们胸有成竹,热情好客。

晚餐时间到了。

餐厅很大,墙饰是永恒的主题:狩猎。

众人落座用餐,亚麻餐巾异乎寻常地大。一色骨瓷餐具,刀叉闪闪发光。女主人和她的朋友们忙前忙后,不停地换碟换盏,用餐礼仪十分

和老贵族在他家的花园中合影,周围草木葱茏,繁花似锦

考究。英国贵族的食物，菜单倒不是多么豪华，但所有的食材都是天然有机的，绿色环保。

一道道上餐。我正好坐在男性老贵族侧面，得以细观。他吃饭时的姿势，教科书一样标准。身板端直，背部与雕花椅背间，保持手掌一握距离。身体没有纹丝晃动，把每一道餐食都不慌不忙地全部吃完，盘碗内非常干净。这种干净，并不是像我常做的那样，吃完后将盘碗整个打扫一遍，而是每一道食物的成分都绝不移动混淆。除了食物最初沾染的位置外，其余瓷面洁净闪亮。刀叉餐具相撞时，没有任何声响，如同书法家操纵笔锋般自如。叹我等再怎么小心翼翼，也间或发出叮当之音。饮汤时的颔首角度，恰到好处。他话题广泛，适时发问，把整个餐桌的气氛引导向轻松愉快。一举一动，透着内敛低调的温润。

女主人的忙碌总算告一段落，落座在我身边。她悄声对我说："看看这墙上的壁纸。"

由于年代久远，夕阳余晖中，餐厅壁纸显出苍茫之色，大致呈麦黄色。我有点吃不准，赞道："令人很舒服的颜色。"

女主人微笑："请注意墙纸上的图案。"

仔细看去，米色底子上，有暗淡图案，好像是绿色的枝蔓和橙粉的花。

我说："玫瑰花很漂亮。"

女主人自豪地说："墙上的每一枝玫瑰，都是我亲手绘的。"

我吃一惊，重新扫视这足有50平方米的餐厅。迅速心算，长乘宽再乘以4，还要加上顶面积（天花板上也有花），面积加起来，足有几百平方米啊。1平方米就算只画5朵玫瑰花，将此面积绘满，也是惊人的工作量。我不由自主打量她的手。她手背上青筋暴起，好像一种怪异的文字立体出现。

我问："您绘制了多长时间呢？"

女主人偏着头想了想，苍白而略带亚麻色的发缕，有一丝垂落在满布皱纹的颊边。她回忆道："很久……我已经记不清多长时间了，总之，很久。"

英国人对壁纸似乎格外青睐。1712年，英国安妮女王曾经把墙纸定为奢侈品，征收奢侈品税。手绘墙纸，更是极有品位的奢华之举。

男主人听到我们说起玫瑰花，原本就慈祥的目光变得柔和清澈，脉脉注视着自己的妻子，很骄傲地说："我家壁纸上的玫瑰花，没有两朵是完全一样的。"

我对女主人说："这么多朵形态各异的玫瑰花，是不是您按照自家花园中的玫瑰花画出来的？"

女主人说："玫瑰花，盛开在我脑海中。当我拿起画笔的时候，它们就会自动蹦出来。"

我说："这么多花中，有没有哪一朵，是您最喜欢的呢？"

女主人听到这个问题，突然活泼起来，苍老的面庞笑意盈盈，说："有。请跟我来，我告诉您哪一朵玫瑰花是我最喜欢的。"

说着，她拉我走到餐厅门口，随手把餐厅门关起来。

我莫名其妙，这朵招人喜爱的玫瑰花，还要关起门来才肯显形吗？

谜底揭开。关门后，门背那块墙壁显露。女主人指着雕花的黄铜门把手正对的墙壁下方那朵花说："这朵玫瑰正是我最喜欢的。"

我仔细瞅了又瞅，这朵花固然惟妙惟肖，但和墙壁上千百朵玫瑰花相比，似乎也未见特别出彩。

女贵族说："这是我完成的最后一朵玫瑰花。把它画完之后，我的整个工作全部完成了。我突然感到怅然若失，好像要和我的玫瑰花告别了。所以这一朵，我画得格外慢，格外仔细。"

我说："明白啦！您在这朵花里倾注的心血最多。"

女主人说："对！还有一点，餐厅门经常处于打开位，这朵花就躲在门背后。年代久了，日光和灯光，让别处的花有些掉色，唯有这个位置的花，很少被太阳晒到，还保持着我最早绘制时的鲜艳。每当我看到它的时候，就会回忆起当初……"

女贵族说这番话时，神情优雅镇定，目光泰然自若，语调不疾不徐。

歌德说："没有到过西斯廷教堂的人，无法了解一个人所能做的事。"

米开朗琪罗在西斯廷教堂工作了近5年，方完成了穹顶画。在这5年中，他天天仰卧在高高的台架上画画。工程完工后，米开朗琪罗几乎不能平视，连看一封信也要把它举起来仰视。

画那高高天花板之上的玫瑰时，女主人有着怎样的辛劳？她一字未提，只在平淡中感人至深。

我好奇男主人的确切年龄，贸然问询，肯定不礼貌。我委婉地问他想不想知道自己的属相，男主人对这个饱含东方风情的话题很感兴趣，爽快告知我，他1937年出生，今年79岁。我告诉他，他是属牛的，心中一算，1937年到2017年，这不整整80岁了吗？按照咱的传统，老人会说自己81岁了。看来中国老人愿意把岁数说大一些，而老"歪果仁"愿意把自己的岁数往小里说。文化差异吧。

男主人接着说起自己家世，谦虚道："祖上没有妻子家那样的显赫身世，虽说也是贵族，但不过以养马猎狐为职业。到了我这一辈，没有那么多马了，也没有那么多狐狸了，只好到牛津大学当了教授。50岁的时候，我出任皇家鸟类保护协会的主席兼财务总监，后来又参与了查尔斯王子基金会的事务……这些工作加在一起，实在是太忙了。忙不过来怎么办？我想，必须放弃一方面。放弃哪一方面呢？我决定放弃牛津大学教职，专心一意做慈善工作。我自家的领地，原来是农场，后来我看到许多迁徙的鸟类会在这块地上歇脚，就把它灌上水，变成了一块5公顷大的湿地。更多的鸟类飞来了，有些把这里当成了家，索性不走了。我们现在居住的这个镇子，是我母亲的家。从13世纪开始，她的家族就拥有了这块土地。"

一番话，行云流水，不带丝毫的自我夸赞意味，但贵族气息流露无遗。这是一个从13世纪至今，传承了整整800年的贵族世家。与欧洲大陆的西班牙、葡萄牙、瑞典、法国等国贵族相比，英国贵族集团的特点就是人数少。史料记载：英国贵族中的伯爵在1307年有9名，1327年爱德华三世时仅余6名，10年后增至12名。爱德华在位晚期增至14名。

知道了以上数字，你就能明白男主人的贵族身份多么显赫。只有长期稳定的文化环境浸润，才能让他的举手投足、言谈举止里，自然而然散发出儒雅贵气。

他轻描淡写说祖上干的活儿是"养马猎狐"，按咱们的习俗，联想起来的从业人员是深山老林的猎户李勇奇外带老常，档次稍高一点的便是皮货商人。殊不知，在英国，这才是古老贵族的"正业"。"马"是地位象征，赛马、马球比赛、娴熟的马术……都是贵族专利。贵族有属于自己的马，去马场练马是贵族独有的休闲方式。马的优雅、自然、高贵，能完美衬托出贵族气息。欧洲有句古话："会骑马的不一定是贵族，但贵族一定会骑马。"彰显了马对于贵族的重要性。至于猎狐，更是上层社会用来消遣的运动。一般人说到猎狐，以为是猎人奔忙，其实大不然。英国贵族在猎狐中的角色，是骑马手执长鞭，行云流水般纵横驰骋。至于"猎"的活儿，是猎狐犬的工作。主人的长鞭也不是为了打马，而是提醒猎狐犬不要离马太近，以防惊马。

据说，每年岁末聚会时，都有贵族腿上打着石膏出席。他们会很随意地聊到猎狐时不小心受了伤，充满低调炫耀。

时至今日，英国贵族的生活方式还沿袭成规，津津乐道的主题包括教育、体育、兴趣爱好、业余习惯、社交生活、行为举止、慈善事业等，休闲时欣赏歌剧、芭蕾等舞台剧艺术，再加上到乡间去打马球、狩猎、射击和赛马等等。

中国现在多有钱人，贵族风度却很稀缺。短时间内从贫寒攀越到精英的人所占比例较大，易崇尚奋斗与急功近利，多戾气和纷扰。短视放肆的人，易妄自尊大和刚愎自用，缺乏悲天悯人的雍容。

这也不是这几十年的原因。回顾历史，好不容易积攒出了一拨贵族，农民造反，把他们杀光或扫地出门，贵族便绝了后。几百年过去，当年的造反者成了贵族，历史又一次重复，贵族便又覆灭。

记得小时候，破损的东西常常修补，让人比较有耐心，比较惜物。现在某件东西拿到手，提前便知晓是一次性的，连正眼都不屑看，用毕一扔了事。不信想想，你端详过一次性筷子或凝视过一次性拖鞋吗？你与那物隔膜分离，虽然它们会进入你的要害所在，和你口舌相拥、肌肤相亲，但你与它们毫无感情。

我曾到中国富人家做客，他似无意中知会我，客用卫生间的香皂盏，是1000年前的古瓷真品，吓得我行了方便后，违背了从幼儿园时就牢记的饭前便后要洗手之训,片刻未敢在洗手盆前停留,落荒而走。一怕暴殄天物,二怕磕碰文物,赔偿不起。

在这个英国800年的贵族之家,我也很小肚鸡肠地留意了一下卫生间,想知道会有怎样的贵气。

粗看之下,这客人专用卫生间与常人设施并无太大区别。有一个细节,触动了我。厕旁小几子上堆放着世界风光明信片,一张张看来,都是男女主人到各地旅游时寄回的。反面是手写的款款话语,正面是异域风景名胜图案。客人们便在排泄的同时兼有吸收获得。

什么叫低调的温情脉脉?这怕要算一种。

以赵老师诗作结尾。

访英国戴尔比家族庄园所作

赵为民

英国戴尔比家族庄园坐落在离伦敦不远的小镇上,它建造于13世纪,至今已有800年历史。庄主梅瑞拉夫人与丈夫艾迪先生早早就在大门外迎接我们的到来。梅瑞拉夫人的父亲与曾祖父都曾担任过英国首相。这是一个真正的英国贵族家庭。这天,梅瑞拉夫人的胞妹也来帮厨,她与其他家庭成员一起端盘倒水,擦桌拭椅,还陪同我们散步。我们于此亲身感受到英国贵族家庭的真实生活,并且深刻地认识到贵族是一种精神而不是物质的享受,这种精神不与平民精神对立。中国近现代文人储安平说,英国的绅士贵族正直、不偏私、不畏难,甚至能为了他人而牺牲自己,他们不仅仅是有荣誉的,而且是有良知的人。我们在庄园用过晚餐后,西天的晚霞还是那样金光灿烂,庄园中的高大樟树虽然有些黯淡了,但仍然威严地挺立在大地之上!

含雨带风花自香
满园气象压青苍
老樟持势无声处
古堡尊严岁序长

你可认识生产你所吃食物的农夫

📍 欧洲·法国（某个小镇）

你可认识生产你所吃食物的农夫？

问你。

你一定觉得我疯了。现在的城市里，有谁能认得生产自己所吃食物的农夫？没有人认得。你吃的是"五常大米"，有几个人知道五常在哪里？而且那大米，很可能是由全国各地的大米改头换面而成的。也就是说，大米的籍贯是"一常""二常""三常"……就算真是五常的，谁知它是在五常哪块土地生长的呢？你吃的新鲜的"阳澄湖大闸蟹"，据报载，今年还没开始捕捞呢！你吃的越南紫番薯，其实是广西种出来的。你吃的山东大葱，原来是东北产的，保不齐还有毒……

回想几十年前，或者再说远一点，100年前，人们都清楚地知道自己的食物是什么人生产出来的。

我们的食品购买方式，发生了翻天覆地的改变。超市里裹在透明保鲜膜中的盒装菜品，鲜艳夺目。一个电话或是指尖一动，就有外卖小哥风雨无阻地把餐食送上门来……我们以为这是方便，殊不知其中蕴含着巨大的风险。人们已然偏离了自然哺育了我们几十万年的营养方式，危机步步紧逼。

并非都是如此。

这天，我们在法国某小镇附近，看到了一家专门售卖有机食

路边的有机农作物小店里的商品

品的小店。门脸真小啊,根本没库房,铺面拢共只有十几平方米。屋里也不点灯(有灯但是没拉亮),只靠敞着的铺门,透过一方天然狭长光影照明。也无柜台,当中安放一张桌子,桌子上摆放着一些纸盒,盒里散乱地堆放着农户刚刚采摘下来的蔬果。若不是那些农产品价签上写着欧元标志,恍惚觉得一步踏入几十年前的中国乡村小铺,马上会听到乡音招呼。

我注意了一下价钱,祖孙三代的番茄,腰围从少女到大妈的黄瓜,饱经沧桑的茄子……定价基本在每磅2欧元左右,折合人民币十几近二十块钱一斤。

正端详着，风风火火走进一位中年妇女，亚麻色的头发被汗水浸湿，像块麻袋片般贴在额头上。鼻梁周围有很多雀斑，脸膛儿红褐。这让她略显倦怠的面庞，像撒了黑芝麻的红糖饼。披一身燥热的太阳气息，肩膀歪斜，概因右臂挎一草篮，篮里盛满了鸡蛋。

"刚刚从草丛中捡回来。"她朝我们笑笑，轻轻放下篮子，抚摩着一个个鸡蛋说，好像那是一堆特大粒珍珠。

突然涌上一阵莫名感动。现今世界，还有多少女子，能每天在草丛中捡拾母鸡刚刚下出来的鸡蛋呢？但100年前，这几乎是所有农家女子的必修课。

鸡蛋上沾着的母鸡体内的黏液似乎还未完全干透，从特定角度可以看到透明反光。有些蛋壳上有草棍和泥沙，脏兮兮的样子。

我静静地看着她，看她将这些刚刚离了鸡屁股的蛋宝宝如何处置。

她在屋里歇息了一下，然后又挎着篮子，走到屋外。我这才注意到，屋外土路旁，孤零零地立着一台冰箱。冰箱边上放着一摞马粪纸空蛋托。她从冰箱内拿出一个没盖的马蹄铁盒子，内有零散欧元。

我一时没弄明白，难道欧元也需要冷藏保存吗？

法国乡间女子将篮中的鸡蛋一个个小心翼翼放进冰箱，然后，把欧元数了数。

她朝我得意地笑笑说："昨天的鸡蛋都卖出去了，一个都没剩。"

我不解地问："难道鸡蛋不是您亲手卖吗？"

法国乡间女子说："我每天把鸡蛋捡回来，就放在冰箱里。凡是需要鸡蛋的人，就到冰箱这里把鸡蛋取走。我备了蛋托放在旁边，买了鸡蛋的人把鸡蛋放入蛋托，能保证在路上不会碰伤鸡蛋，安然带回家。人们需要几个就拿几个，大家都知道价钱。带走了鸡蛋的人们，会把钱留在纸盒里。"

我问："鸡蛋钱数对得上吗？"

她吃惊地扬了扬眉毛，稀疏的亚麻色眉毛像一道被揪紧了的细绳。我很快明白了我的问题不相宜。不过，她还是回答了我："当然，钱数对

法国乡间女子与有机面包

得上,从来没少过。有的时候,还会多出来一点点,那是来买鸡蛋的人没有正合适的零钱,放下整票,没有拿走应该找回的零头……"

蓦然涌上几个古老的中国词语——"路不拾遗"啊,"童叟无欺"啊,都有点像,但又都不全像,无法完全对上此刻的榫卯,求个神似吧。

我说:"您的鸡蛋与工业化生产的鸡蛋有何不同?"

法国乡间女子想也没想答道:"他们的蛋壳更结实,蛋黄膜更厚,不容易散黄,吃起来口感更好。"

说着她把手伸出来,掌心向上,将拇指和食指反复合拢张开。我以为她要"点赞"或是打出"OK"的法式手势,不想,她接着说:"我鸡蛋的蛋白和蛋黄,放在手心里不散,还可以用手指捏起来,它们更有益于人体健康。"

想起自己的主妇生涯,惭愧。自己和家人似乎从未吃过可以用手指捏起蛋黄的鸡蛋。真想掏出散碎银两,买个冰箱里的鸡蛋敲开,用手指捏一捏紧实而有弹性的蛋黄。不过,蠢蠢欲动终是没敢付诸行动。让鸡蛋的主人看到外人只是为了满足好奇而暴殄天物,甚为不妥。不必验证,我信她。希望读到这段文字的你，也能信这山野中吃小虫、稻谷、喝山泉的母鸡所产鸡蛋，天赋异禀。

我问她："您店里的有机农产品好保存吗？"

她反问道："为什么要保存它们？现收获现吃不是最好吗？"

我深叹一口气，这才是真正的奢侈。

我还不死心，问："万一需要保存几天，那么比之一般的蔬果，如何？"

亚麻色头发的女子略微沉吟了一下，说："我已经很久没有吃那种施了化肥和农药的农产品了。不好比较。如果一定让我回答，我觉得有机农产品更不容易保存吧。"

我说："我看过一些文章，说成熟的有机农产品不会腐烂，只会慢慢干枯。"

亚麻色头发的女子说："我不知道这个说法，只是从自己的经验出发。因为城市一旦变得很大，生产普通农产品的基地，不知道自己的产品要走多远的路才能登上人们的餐桌。为了让产品有一个好卖相，他们会在果实比较青、还没有完全成熟的时候就摘下来，然后再打蜡或是喷保鲜剂，这样蔬果才能经得起长途跋涉。所以，大农场的农业产品，应该更耐储藏。我们不一样，会在蔬果成熟的最佳时间把它们采摘下来，让它们适时走到食用者口中。这样果实保持最好状态的时间，必然有限。"

这个困扰我的问题，终于得到满意回答。到底有机蔬菜是否耐储存，要看它离开枝头的时间。最丰饶的时光，十分短暂。

巨大的城市里，有多少人能吃到当天的蔬菜、当天的肉蛋呢？连工厂制造的食品，也常常惊闻"早产"信息。日历还没到那个时辰，食品的出厂日期已提前登场。人们渴望的新鲜，变成大工业化食品的遮羞布、障眼法。

在欧洲小镇，返璞归真的农业生产方式和小小的乡村小店，编织成一张短小而娇弱的网，让尽可能在天然渠道里生长出来的新鲜而富有活力的营养物质，密集地流向已经被现代农业方式生产的作品荼毒的人类身体。

我说："您的有机食品，是不是比那些不是有机的食品价格要高一些？"

法国乡间女子拢了拢耳边散乱碎发说："是要贵一些，因为我付出了更多的劳动。但你要是为了自己的身体健康，就不在乎这多出来的一点钱。如果我的鸡蛋和菜不贵一些，我就坚持不下去了，大家也就吃不到安全的鸡蛋和菜。我喜欢德国人的一个说法，他们不承认世界上有'物美价廉'这回事，只要是好的东西，必定要花费更多的心血，当然是要贵的。为什么我的心血要廉价出售呢？"

甚是有理。

为了保证自己身心轻安，能够在苍茫的岁月里坚韧而有趣地活着，我们需要确保自己进食的是安全有益的食品。

人的躯体包含了这个地球上绝大部分的物质，天然的有机和无机物质，构成了我们赖以生存的物质世界。一切存在都被这个基础承载，包括我们的智慧和思索。想象是思考的最高形式，直觉是意志的最高形式，灵感是情感的最高形式。

自然界的结构和平衡与人息息相关。这深不可测的关系，我们只有顺应，不可违背。

关于这个至简、至关重要的真理，很多人或是忘记或是成心不去理解。

有人振振有词道："不用农药化肥可以种出粮食？我不信。"

试问，化肥农药才用了多少年？我们的祖先几千年来从未用过这些化学品，大地不是一直都在哺育着我们吗？

说了半天吃的，再来说说住的。

"高能耗"是现在中国建筑的最大问题。住宅如何降低能耗甚至达到"零能耗"，凭我这个科技盲，实在想象不出来。

看到一篇介绍日本"零能耗"房屋的文章，让我深受启发。摘录如下：

> 零能耗住宅是指在任意气候条件下，通过科学设计和选材，使室内温度保持在人体舒适温度——16至26摄氏度范围内。

可能你要说，这并不太难啊。夏有空调冬有暖气，解决啦！

请注意，零能耗住宅是在做到这一点的同时，基本上不消耗煤、石油等不可再生的能源。

你或许觉得这不可能。我要告诉你的是，日本已经盖出了这样的房子。

你肯定会说，用什么样的材料才能完成这几乎不可能完成的任务？一定非常贵。

我觉得这种住宅的可贵，就在于它的耗资并不是太多，并非少数人才能享受得到的"高大上"住宅。日本受到海啸袭击的灾民，可在政府的资助（也不是太多，每户约合人民币20万元）下，自己再出资约合人民币300多万元，就能盖起大约有300平方米的小楼（这里面还包括购买土地永久使用权的钱，约合人民币80多万元）。

怎么样，值得借鉴吧。我看你半信半疑，咱们详细说说。

整栋住宅屋顶上，安装太阳能液晶板，费用约合人民币12万元，政府和个人各出一半。

产出的电，优先供自家使用。用不完，可卖给电力公司。正常情况下，一个月卖电可收入人民币1200元。碰到阴雨天，太阳能发电不足，电力公司的电就会自动输入。

有了电，烧饭煮菜就用电磁炉。

取暖也用电烧热水的供暖系统。42摄氏度的热水，人即使碰到，也不会被烫伤，洗澡也用这个水。

因为不用煤气，就省去了管线，安全。

房屋墙体上安装了冷热空气交换器，用自动装置来加热和制冷空气，以保持空气新鲜舒适。

自己大约出70%的钱，就可以把这个房子造起来。日本政府的计划是：2020年，日本新建住宅，要有超过半数达到零能耗住宅标准。2030年，日本所有住宅都必须按照零能耗住宅标准建造。

我们现在可以有机会购买有机生态食材了。有资深业内人士提示我们在购买时的注意事项。我择要点和大家分享。

日本建筑屋顶上的太阳能设备

1 别相信凭着什么地理标志、著名产地、核心产地、朝廷贡品等标签就能采购。

理由嘛，很简单。首先，这些都是可以造假的。人类社会进步了，但人性的阴暗并没有深刻改变。我从来不对人性寄予过高的一厢情愿的信任。再从技术层面来说，这些五花八门的名头，并不等同于有机安全食材。细究起来，这些标签本质上和食品安全并无必然关系。比如地理标志产品，只证明该产品出产于特定地域，但没有什么地理屏障能保证一定没有污染。至于朝廷贡品，我情愿相信它是美好的故事，听听可以，凭着它来决定自己的入口大事，稍显轻率。

2 别相信什么名人背书或媒体的广告轰炸。

很多产品会花大价钱在媒体上做广告。大咖、网红、明星等名人轮番登场，声嘶力竭地代言做广告。你可能喜欢某位明星演的戏，但这和要买的食物是否有机，一毛钱关系也没有。而且，越是铺天盖地宣传，某种程度上你越要小心。我总觉得，有机农产品多是小本经营，无法规模化量产。如果铺天盖地做广告，大家都来买，能有那么多的产品供应吗？本身乃悖论。所以，提高警惕。

3 别让口感牵着鼻子走。

口感并非一切，营养丰富、无毒才是硬道理。现在并没发现某人的口腔具有识别有机产品的能力，反倒是有一些化学物质颇能欺骗我们的口感。再说啦，有些人从小就吃着化学农业的产品长大，他们未必知道没有添加剂的食物是什么味道，已丧失参照系。

还有看外观的、闻气味的、以有没有虫子作为衡量标准的……皆为轻率。包括什么丑苹果啊，丑柑啊，一律不可轻信。丑，并不能保证有机。

4 别迷信偏远山区、深山老林等人迹罕至之处的产出物。这一条请谨记。

我坚信农药、化肥和除草剂，都是无孔不入的，它们的背后，有巨大的商业利益和人性卑劣的阴影。就算刚开始的时候还能保持纯真，随着需求量的增加和客户闻风而来，只靠交通不便来保证有机产品的质量，不过是一厢情愿。

5 别盲目笃信亲戚的种养饲喂。

我对人性从不抱有幻想，对亲戚也持有限度的信任。基本上除了亲妈，别人的种植都可适度怀疑。当然了，没有确凿证据，岂能随便怀疑他人，只是心里留有空白余地即可。这样，既不会盲目乐观、一往情深、感激涕零，也不会遗憾人心不古，动辄怀疑人生，自己较为平静。

6 别以为进口的产品一定比较保险。

此一条，不必过多解释，外国的月亮不比中国的圆，外国的食物也不比中国的安全到哪里去。

添加剂啦，化肥啦，农药啦，它们也一个都不会少。还有转基因更是神不知鬼不觉。同理，以为出口的产品就一定保险，也不一定。出口的未必就是有机的。两者不能画等号。捎带着说一句，某一阶段会疯狂地流行某种红透半边天的食物，比如富硒的、含铁的、含花青素的等，还有玛卡、藜麦……大体都不必迷信。

7 说到迷信，在食品领域还真是多见。

比如迷信深山老林，迷信溜达鸡、笨鸡、土鸡、老字号、御厨、一脸苦相的老农、手被冻伤的孩童、满脸褶子的老大娘等，都是直戳人性的软弱部分，但这些和有机产品，并无连带关系。而且以我有限的经验，越是大张旗鼓地宣传这些卖点，你越发要小心其心术不正。

如果说上面所写不过是个人的狭隘经验，那么，央视曝光"有机"蔬菜真相，更是振聋发聩。

摘要如下：

> 超市中的蔬菜通常有3种不同类别，无公害食品符合国家基本入市标准，绿色食品的标准要高一个档次，有机食品意味着更天然、环保、健康、安全，标准更高。
>
> 有机菜价格普遍比散装普通菜高出五六倍甚至十多倍。打着有机标的食品真是有机的吗？
>
> 在超市满满当当的"有机蔬菜"货架上，真正的有机蔬菜却没有几样，如果不仔细看，非常容易混淆。

记者购买了几个品种的有机蔬菜，经过追踪调查，超市售卖的打着有机标的蔬菜无法确认到底来自哪里，但可以肯定的是，它们不是认证码上显示的有机种植基地里生产出来的。随后，记者将在超市中购买的这几种带有有机标的蔬菜送权威检测机构检测，结果均检测出多种禁用农药的残留。

有机食物的本质，是以生命濡养另外的生命。现今想吃一口有机食物如此不易，竟生出上天无路之感慨。无论是个人智慧还是国家法度，都须重视起来并为之奋斗。

倘若有机食物有灵魂，此时应大声啸叫。

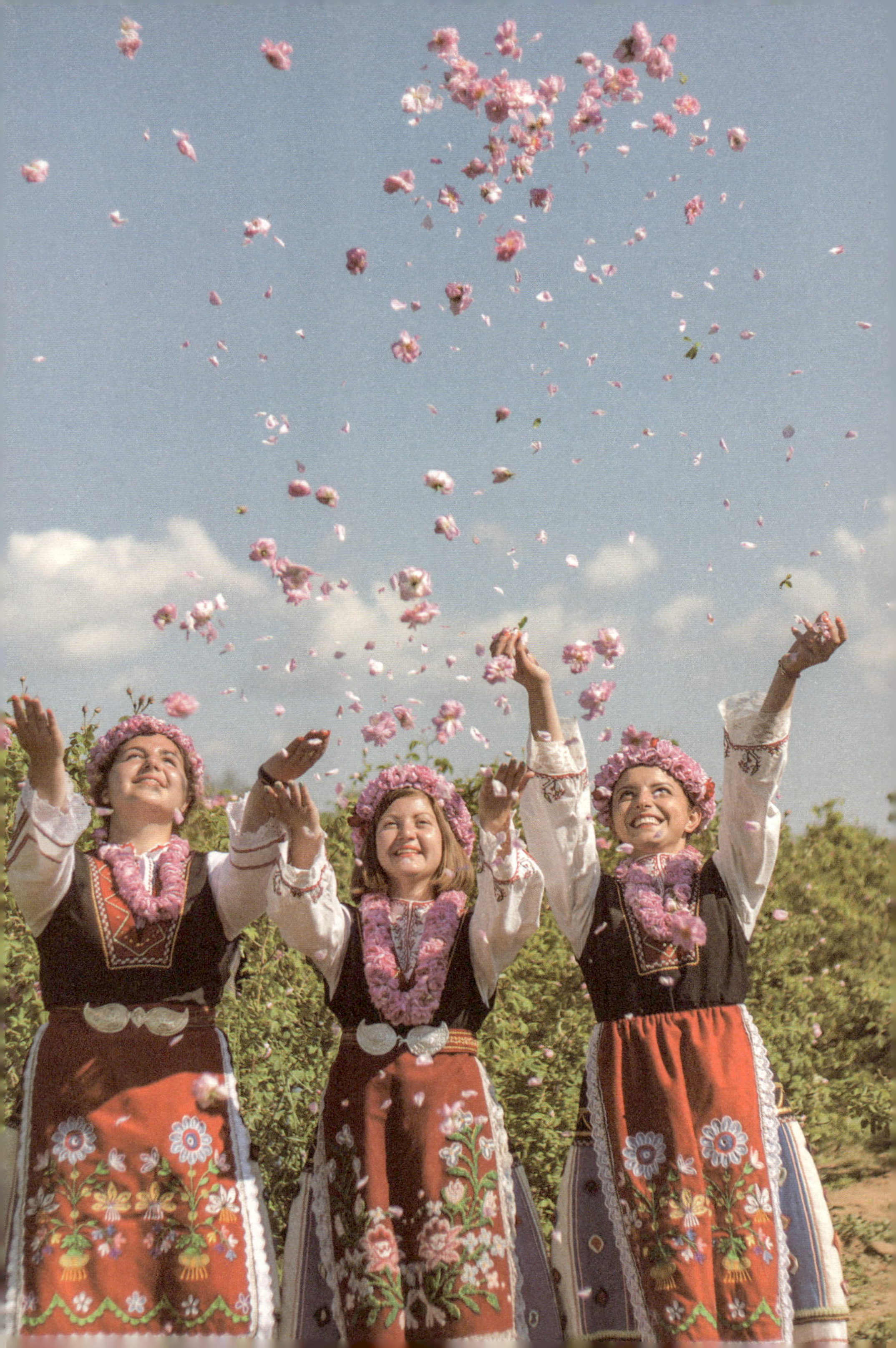

65 年之后的芬芳

📍 欧洲・保加利亚（首都索非亚 ·······> 玫瑰谷 ·······> 玫瑰精油加工作坊 ·······> 玫瑰历史博物馆）

整个巴尔干半岛，不同的国家流传着相同的故事。上帝创造世界的时候，要给各个国家分配疆域——包括山川、河流、土地等。这个国家的人做事一向不着急，呼呼大睡。睡到自然醒，去见上帝。上帝已经把世界上的东西，手脚麻利地分配完了。如何是好呢？上帝仁慈，也不能让他们空手而归啊，只得站起身来，把坐在屁股底下原本打算留给自己的土地，分给了这个国家的人。从此，这个国家的人就得到了世界上最好的土地，拥有了得天独厚的自然环境。上帝可就惨了，累了也没有坐下来喘口气的地方，成天东游西逛。

保加利亚人这样说，克罗地亚人这样说，斯洛文尼亚人这样说，波黑人也这样说……

到底谁说得对？或者换个说法，上帝到底有几个屁股？我想，这故事流传甚广，说明巴尔干半岛确实是福地宝地。生活在这里的人，大可以对本国风光骄傲得意。再者表明这块土地原本山水相连，地理上没有太大阻隔。如今人为地分裂成多个国家，但民间故事难以像蛋糕似的切开，人们只好共享美好传说。

在巴尔干半岛绕了一圈，我觉得最符合上帝屁股之说的国家，非保加利亚莫属。

到保加利亚去，是我们这次旅行的酵母菌。旅行像一块膨胀的发面团，必有最早撒入的老面肥。

教科书是我们了解世界的始发点。在我学习地理的那个年代，关于欧洲，书上只有寥寥几章。以今天的眼光来看，实在过于简单。保加利亚那一页，除了最基本的面积和人口之外，只有一句：盛产玫瑰花。但这一句话颇有热度，烙在我幼稚的心灵里。一个国家的特产居然是一种花，真是太别致了。半个世纪之后，当我有了足够的闲暇和一点金钱可以支付旅费之后，我决定去看看这个以花草享誉世界的国家。

一切从玫瑰开始。保加利亚有个玫瑰节。开幕时间定在每年6月的第一个星期日，然后持续一周，有很多庆典活动。

2013年6月的第一个星期日，是6月2日。好吧，我们决定在这一周内，赶往保加利亚，围绕着一朵玫瑰筹划旅程。保加利亚加入了欧盟，但不是申根国家，签证办起来比较麻烦，到保加利亚也没有直达的航班，必须转机。既然如此繁难，就不妨多看几个国家。

酵母发作，最后膨胀成庞大的计划，我们决定将巴尔干半岛上的国家"一网打尽"。先在周边转，最后一站抵达保加利亚。

保加利亚位于欧洲南方，巴尔干半岛的东南部，东与黑海为邻，北与罗马尼亚隔河相望，卧居多瑙河畔。面积约11万平方千米，比江苏省稍大，人口约700万。它是通往欧洲、亚洲、非洲的必经之路，也是沟通黑海、亚得里亚海、爱琴海的重要枢纽，自古以来是兵家必争之地。

公元前2000年色雷斯人开始定居于此，395年并入拜占庭帝国。681年，自多瑙河北岸南下的斯拉夫人、自高加索北部西迁的古保加利亚人和色雷斯人在阿斯巴鲁赫汗的领导下，战胜了拜占庭的军队，在多瑙河流域建立起了斯拉夫–保加利亚王国（史称第一保加利亚王国）。1018年再次被拜占庭侵占。1185年保加利亚人起义，1186年建立第二保加利亚王国。1396年被奥斯曼土耳其帝国侵占。1877年俄国对土耳其宣战，土耳其战败。第二年，1878年2月俄土战争结束后，保加利亚摆脱土耳其的统治获得独立。因战争而筋疲力尽的俄国无法顶住英、德、奥匈帝国等西方列强的压力，根据1878年7月13日签订的《柏林条约》，保加利亚被一分为三：北部的保加利亚公国、南部的东鲁米利亚和马其顿。1885年9月6日，又实现了南北统一。之后的保加利亚昏了头，两次世界大战都站错了队，均为战败国。

第一次世界大战中，它同德国、奥匈帝国和土耳其结成军事同盟；第二次世界大战中，又加入德、意、日法西斯三国集团。1946年在苏联红军的帮助下，废除了君主政体，9月15日宣布成立保加利亚人民共和国。1989年东欧剧变后，于1990年11月15日改名为保加利亚共和国。2005年5月11日，保加利亚通过了加入欧盟的条约。

我猜您看得头都大了吧！的确非常繁杂，归根到底就应了一句话——巴尔干半岛是欧洲的"火药桶"。不过现在行走在索非亚，丝毫联想不到"火药桶"这类词，整个国家如同花园。举个小例子来证明我所言不虚。保加利亚人如果是东道主，邀你坐他们的私家车同行，不会像讲究商务礼节的西方那样，让客人坐在司机背后的位置，利用人为了保命的本能，让驾驶员当自己的人肉盾牌，一旦出了事，自己可以享有尽可能大的安全保障。保加利亚人会热情地让客人坐到副驾驶的位置上，好让客人能更清晰地欣赏一路上的好风光。我觉得除了保加利亚人为自家的大好河山自豪外，也和地广人稀，车祸发生的比例比较低有关吧。

保加利亚的花园并不摆出贵族嘴脸，而是碧树青草漫地疯长，虽披头散发，但平易近人，唾手可得。城市居民随时可从任意一个角落走进去，享受大自然对城市焦躁的人心的安抚。

花草虽盛，但那朵让保加利亚在世界上大出风头的玫瑰花，并非此地土著，而是300多年前从波斯乔迁而来的油玫瑰。它繁衍昌盛，比在原产地发展得更好，如今保加利亚玫瑰精油的出口产量，已占到全世界份额的40%。

在保加利亚，得玫瑰者得天下。

玫瑰先是在巴尔干山脉南麓卡赞勒克谷地开始培育，后来扩大到卡洛夫谷地。两谷地携起手来，东西相连，长度超过120千米。高耸挺拔的巴尔干山脉挡住了来自北方的寒冷空气，斯特列玛河和登萨河在谷地流贯。地中海暖流从南部穿峡，沿着河道一路吹过，带来了充沛的降水。冬暖夏凉，水足土肥，暖湿的气候与肥沃的土壤相得益彰，为玫瑰花的生长提供了最适宜的环境。7000多个品种的玫瑰争奇斗艳，人们便给这谷地起了个香气四溢的名字——玫瑰谷。

蔷薇科有三姊妹——玫瑰、月季和蔷薇。在中国，人们习惯把花朵直径大、单生的品种称为月季，情人节风靡市场的"蓝色妖姬""红衣主教"等就是此类。小朵丛生的称为蔷薇，可以攀缘爬墙，编成花篱。那看起来并不是最耀眼却是最芬芳，可提炼香精的称为玫瑰。在植物学分类中，保加利亚的玫瑰品种为突厥蔷薇，也常被称为大马士革玫瑰或波斯玫瑰。

8000朵玫瑰花，可以提炼出一滴玫瑰精油。它疗效神奇，消炎杀菌，防传染病，防发炎，防痉挛，促进细胞新陈代谢及细胞再生。除了生理上的功效，它还具有心理疗效，能够抗忧郁和缓解神经紧张。当你感到沮丧、哀伤、忌妒或憎恶的时候，轻嗅玫瑰精油，便可提振心情，舒缓压力，对自我产生积极正面的感受。

看到这里您可能嗤笑，不过一滴精油罢了，何必说得这么邪乎？

这是有科学道理的。玫瑰精油可在3—5秒内穿透真皮层和皮下组织；5—8分钟进入人体的血液及淋巴系统。它纯天然的植物芳香，经由嗅觉器官和嗅觉神经将温和美妙的刺激传入脑部后，会刺激大脑前叶分泌内啡肽。这种激素，会使精神呈现出最舒适的状态。玫瑰花香清幽淡雅，让人有被安全环绕的幸福感。暖暖的味道经久不散，给人无限的爱与浪漫的遐想空间。要知道，人的嗅觉神经是非常古老而强大的系统。人类的五大感觉排列如下：触觉—味觉—嗅觉—听觉—视觉。从生物进化的理论来看，这五大感觉也是从左到右逐渐进化演变而来的，所以嗅觉比听觉和视觉都要古老。人类的嗅感能力，通常可以分辨出多种不同的气息，交给大脑海马回及附近的神经中枢辨析。"闻香"作用于中枢神经系统，良性气味可放松身心，恶性气味就成了一刻也不能容忍的刑罚。

2002年，有中药学院利用现代技术和设备，对玫瑰的药理作用进行了更深入的研究，发现玫瑰花提取物有抗艾滋病病毒的作用，还有抗肿瘤的作用。

玫瑰是花中之王，玫瑰精油也是世界上最昂贵的精油。每亩土地可产玫瑰花瓣100千克，3000多千克玫瑰花才炼出1千克玫瑰精油，其价值等同3千克黄金。制造香水和香精所用的玫瑰精油，有70%来自保加利亚。那些最奢侈的香水品牌，比如香奈儿、雅诗兰黛、兰蔻等，背后都藏着保加利亚玫瑰精油的倩影。

当地人传说，卡赞勒克玫瑰是女神用自己的鲜血浇灌出来的，特别红，异常香。玫瑰花象征着人民勤劳、智慧和酷爱大自然的精神，玫瑰的遍身芒刺是人民在奥斯曼帝国和纳粹德国面前英勇不屈与坚韧不拔的化身。每年收获玫瑰的时候，花农们会举行丰富多彩的庆祝活动，一道采摘玫瑰花，品尝新鲜的玫瑰果酱、玫瑰酒和其他玫瑰制品。

清晨，穿着鲜艳民族服装的玫瑰谷的人们，欢歌笑语，翩翩起舞，感谢上天风调雨顺，带来玫瑰花的盛开。采摘能手们手提花篮，行进花丛中，手脚麻利地采着花，还不忘扯开喉咙放声歌唱："姑娘睡在花丛下，玫瑰花瓣飘落在她的身上……"采摘后还有狂欢，人们以欢快的舞步庆贺玫瑰丰收。头戴各色面具，手舞足蹈的青年人，在轰鸣的礼炮声中，敲着铜鼓。有一只巨大的公鸡，名叫"巴伊卡侬娜"，成了群舞的领导者。据说，这舞蹈是驱魔的。

请注意，以上这些情形都是我从资料上查到的，并非自己亲眼见到。我们从保加利亚首都索非亚向玫瑰谷进发，周围景色不错，山峦起伏，绿色盎然。诡异的是，一路上没看到一朵玫瑰。时间正好啊，6月的第一个星期。难道这个谷掩藏得很深，不到近前发现不了？

满怀疑虑地到了玫瑰谷。

甚至来不及失望，只剩巨大的惊愕。

千万里地赶来，看到的只是玫瑰叶子。当地人告知，玫瑰花和花苞都很脆弱，非常容易受天气影响。稍有异常，花苞就会提前掉落或枯萎。

2013年，春天气候太旱，玫瑰花在5月中旬就提前匆忙开放，现在已全都凋谢。由于欧洲经济危机尚未消散，客商寥寥，玫瑰节诸项庆典，在简单的开幕式后，草草收兵。

听到这个消息，我们正站在玫瑰谷清凉的风雨中，气候潮湿而温暖。我们的旅程安排中，今天是留宿在花香四溢的玫瑰谷，明天一大早，随花农采摘玫瑰。进玫瑰园的采摘票都买好了，费用已全部缴纳。

呆呆地傻站着，不知道如何是好。

多年来旅行，遇到过种种意外。基本方略是兵来将挡，水来土掩。今天这种情况，叫人愣怔。你专程去探望朋友，迎接你的是此人棺椁。你无法起死回生，你不能埋怨死者为什么不苟延残喘地等等你。唯一能找到的情绪出口，是埋怨主办方为什么不提前广而告之。

导游说，保加利亚的玫瑰节，不能提前预测，只能看天行事。他们没想到会有我们这样痴心的远道游客。不管说什么吧，反正所有的节目都泡了汤，欲哭无泪。唯一能补救的，是拜访一家玫瑰精油的加工作坊。

玫瑰精油加工作坊

弯弯曲曲的小路，满脚泥泞。终于到了和三五户民居差不多大小的一处厂房。满面笑容的厂长前来迎接我们，约60岁，身材高大，面容红润，浑身带着玫瑰的香气。香气的确有不可思议的令人愉悦之效，我们的心情渐渐好了起来。

"工厂就这么大吗？"我说。原以为会看到鳞次栉比的厂房和流水线上忙碌的工人，不想是有些寒酸的小作坊。

"我们是这一带最大的玫瑰工厂之一。"厂长扬起稀疏的金色眉毛说道。

"为了保证玫瑰的品质，玫瑰花采摘下来，必须在两小时之内加工。要用20%的食盐水将鲜花腌在干净防渗的池子里，盐水要将花全部淹没，密封存放。如果厂子和玫瑰花隔得太远，就不能在第一时间完成这道工序。所以，加工玫瑰的作坊不能太大，关键是要保证玫瑰的质量。"红脸膛儿厂长解释。

走进玫瑰花加工作坊，最显眼的是一排硕大的蒸馏釜，足有两人高。玫瑰花就是在这里被投进暗无天日的罐中，接受蒸汽洗礼。整个厂房看不见一朵玫瑰花，到处是亮闪闪的金属器物。

"每一锅都不能装得太满，最多只能到蒸馏锅的三分之二。"红脸膛儿厂长介绍工艺流程，"装好锅之后，就通气加热。刚开始，不能用大量蒸汽。锅内的温度低，太足的蒸汽会增加锅内水的含量，玫瑰花会被冲得上下翻滚，花渣、飞沫四处飞溅，影响产品的质量。所以要缓缓升温，让花朵充分被水湿润，等到花瓣受热变软沉于水中时，再适当加快升温过程。"红脸膛儿厂长说完，眼巴巴地看着我们，很希望客人们能听懂。

我说："明白了。就像煲汤，小火慢炖。要是火大了，会把玫瑰花煮飞了，香味散失。"

红脸膛儿厂长很满意，用粗胖的手指点着弯曲的管道接着说："后面的过程就是冷凝。它的出口处装着温度计，我可以随时观测馏出液的温度。玫瑰精油的密度小于水，静止时，油在上层，分离器将其与水分离，就成了玫瑰精油。最后的步骤就是分装。玫瑰精油是多醇、多烃、多烯类有机物，如果暴露在空气和阳光中，很容易发生氧化。要用棕色玻璃瓶密封包装，贮放在冷暗处。"

我们不管听懂没听懂，一个劲儿地点头，以回报红脸膛儿厂长的职业自豪感。

到了最令人激动的时刻。厂长将我们领到库房，让大家选购玫瑰制品。

导游说这个牌子的玫瑰精油很有名，在索非亚有专卖店，大约是人民币140元1毫升，在这里是100元。大家开始疯狂购物，玫瑰精油、玫瑰花瓣香囊、玫瑰水、玫瑰露……每人都买了一堆，又掰着手指头算还有多少朋友没摊上，掉转头继续买……

导游和红脸膛儿厂长忙里偷闲地说着悄悄话。

"你这个玫瑰精油很好。"导游夸赞。

"当然，厂子办了很多年了。"红脸膛儿厂长笑眯眯地回答。

"我这次会买很多玫瑰精油。"导游说。

"你选择对了，我会给你一个优惠的价格。"红脸膛儿厂长说。

"我以后到你这里来毕竟不方便。我要是在索非亚专卖店买你的产品，可否用这次的价钱呢？毕竟，我们认识了。"导游说。

红脸膛儿厂长摇头说："那不行。这是厂子里的价钱，你到这里来，我就给你这个价。到了索非亚，就不能用这个价钱，不然就是对别人不公平了。"

玫瑰产地的人，不光有芬芳，也有玫瑰的刺。

大家满载而归。出了门，红脸膛儿厂长说："我的花园里还有一些花期最晚的玫瑰在开放。你们愿不愿意去看一看？"

"乌拉！"我们用俄语欢呼。千万里的奔波，终于在这一刻一睹玫瑰的芳颜。

玫瑰的花枝很高，几乎没过人的头顶，简直可以被称为树。有几朵零落的花朵在风雨中飘零，暗香涌动。它们并不如我们常见的玫瑰艳丽逼人，被雨滴遮住了面庞，更显平凡。花瓣呈淡粉或白色，花朵直径3—4厘米，谦逊地半低着头。我们只能像个色盲似的，疯狂发挥想象力，将眼前的碧绿叶子都想象成红色的花瓣，复原成壮观的花海。

"玫瑰花并不是特别红啊。"我说。

"特别红的玫瑰，香气比不上粉红色和白色的玫瑰。"红脸膛儿厂长说。

"可以摘吗？"我们看着风雨中瑟瑟发抖的几朵宝贵的玫瑰，不忍也不敢下手。

红脸膛儿厂长点了点下颌。我嗖地摘下一片花瓣，用食指和拇指一捻，花瓣在指尖上变得半透明，稀薄的汁液渗出来，有轻微的黏度，像兑水的蜂蜜。甜香就在这一瞬袅袅升起，如烟如缕。我把手指凑到鼻尖，贪婪地猛吸几口气，温雅的味道让人顿觉岁月静好。

脚下一滑。低头一看，在美丽的玫瑰花根部，是一摊被雨水化开的稀牛粪。"玫瑰为什么那么香？靠的是牛粪的营养。"红脸膛儿厂长说。

一只芦花母鸡叼啄着飘落的玫瑰花瓣，一嘴一瓣花。同行者有美食家，连连啧叹，这鸡的味道一定上等，炖了吃，可称作真正的玫瑰鸡。可惜大家都没有胆量问红脸膛儿厂长：玫瑰花下的老母鸡，可卖？

参观玫瑰历史博物馆。院落雅洁，绿化上佳。想象中的玫瑰博物馆就该是这样。只可惜，他们的院里一朵玫瑰也没有。博物馆里有很多图片和实物，介绍保加利亚种植玫瑰和提炼玫瑰精油的历史。17世纪时，一位名叫康斯坦丁·高尔基耶夫的年轻人开始种植玫瑰。1968年，卡赞勒克成立了玫瑰研究所，从此为保加利亚玫瑰的科学化生产插上了翅膀。

博物馆里最引人注目的是一面墙，挂满了历届"玫瑰皇后"的照片。这可是玫瑰节的重头戏，所有的未婚女性都可以报名参加，几经选拔，最终胜出的玫瑰皇后，成为整个玫瑰节的灵魂人物。

加冕仪式隆重奢华。在玫瑰节开幕的前一天晚上，金马车载着去年的皇后缓缓来到卡赞勒克市中心广场，在鼓乐齐鸣中，她要亲手将皇冠传给新人。新一届的皇后登基,头戴金灿灿的皇冠,身穿红色长裙,雍容华贵,将出席玫瑰节的每项庆典活动。

博物馆的工作人员说:"20世纪70至80年代,保加利亚人甚至动用飞机在天空抛撒玫瑰花瓣和玫瑰香水。这些年,由于经济不景气,豪气渐失,今年几乎到了偃旗息鼓的状态。"我们问:"2013年的玫瑰皇后的倩影在哪里?"答:"不知道什么时候才能把图片整理出来。"

一个高大的金属罐子吸引了我的注意,它有一人多高,敦敦实实,如堡垒一般牢靠。"做什么用的呢?"我问工作人员。这女子非常美丽,我们问她是否当选过某年的玫瑰皇后。她看起来很欣喜,但还是摇摇头否定了我们的猜测。

"早年间,它装过几百千克的玫瑰精油呢!"美女略带自豪地介绍道。

我等凡夫俗子没出息地赶快心算这几百千克的精油,折合成钱款,该是多么巨大的数字!

看我们面露震惊,美女索性得意地把金属罐子的塞子拔下来,递到我手里,说:"你闻闻看。"

我凑过去,用力抽吸,玫瑰香气缭绕鼻翼,我说:"香。很香。非常香。"

美女工作人员说:"这个罐子以前装过玫瑰精油。从那时到现在,已经整整65年了,芳香依旧。"

我们就传看这个塞子,每个人都努力以鼻子绕塞吸气,面露不可思议之色。65年了啊!

美女工作人员很高兴,把塞子安放回去。

那一天,虽然没有看到满谷怒放的玫瑰花,但玫瑰的香气始终包绕着我们,心里甜滋滋的。

傍晚时分,我在屋外散步,遇到一位男同伴。他说:"闻到65年前的气味,您想到什么?"

我说:"想到时间令人敬畏。有一些气味亘古不变。"

男同伴笑笑说:"您幼稚了。"

我说:"此话怎讲?"

他冷笑道:"您真的相信那罐子盖上的味道,是65年前留下的吗?不可能。我相信这个博物馆有个保留项目,隔几天要在罐子盖上滴上一点点新鲜的玫瑰水。必须是一点点,多了就太浓郁了,引起怀疑。画虎不成反类犬了。"

无言以对。我知道这世界上有一些人,习惯于猜疑和从负面思考问题。我琢磨了一下,还是选择幼稚地相信那是65年前的芬芳。

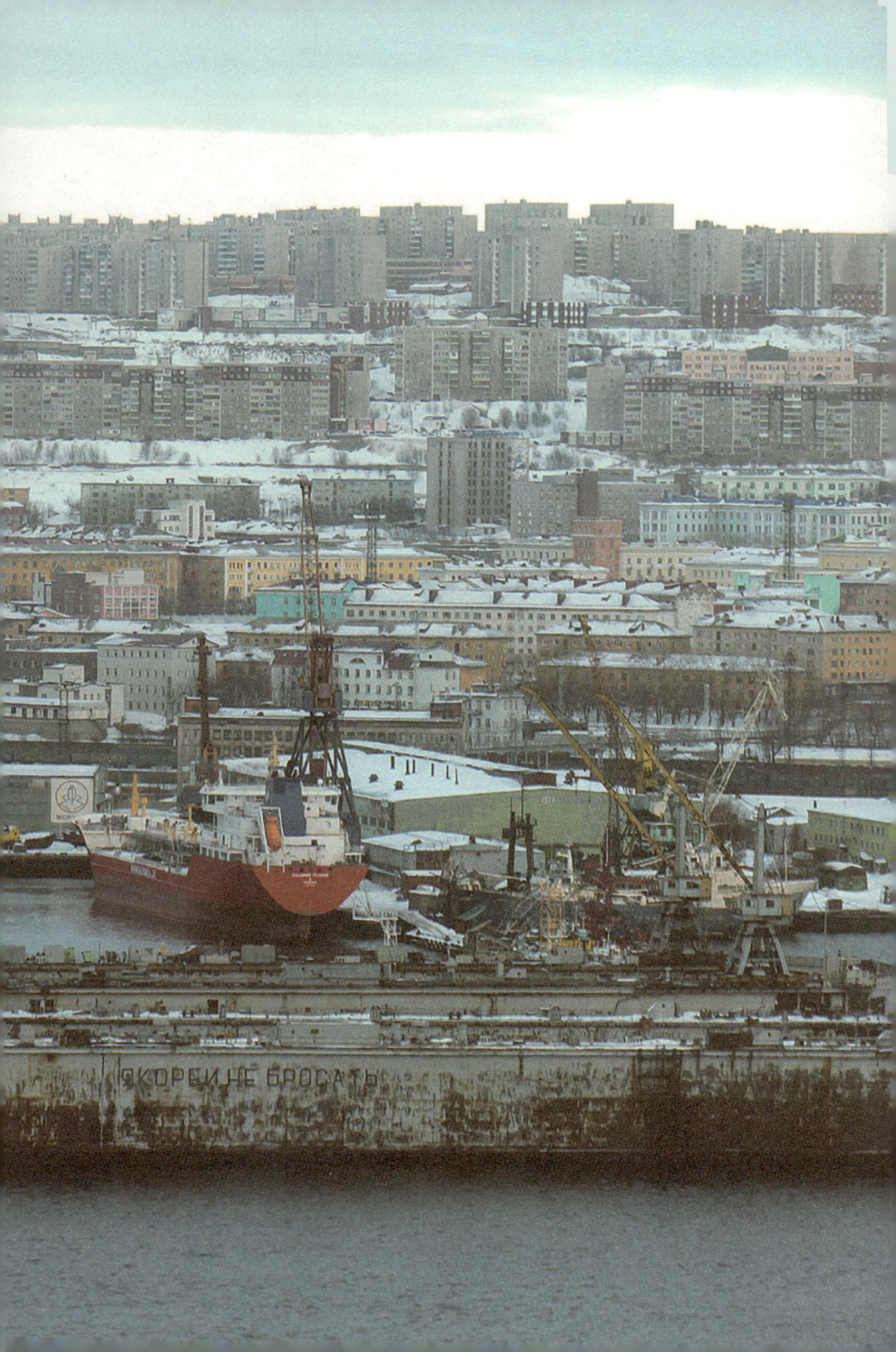
ЯКОРЕЙ НЕ БРОСАТЬ

从俄罗斯北方舰队军港出发

📍 欧洲·俄罗斯·摩尔曼斯克（莫斯科胜利广场 ┈┈➤ 卫国战争纪念馆 ┈┈➤ 阿廖沙雕像）

　　你若问："这次出发，你们走的是北极东北航线还是西北航线？"我只能回答："两者都不是。我们是通过俄罗斯进入北冰洋，从而进抵北极点的。"

　　如果把俄罗斯国土形状做个大致比喻，有人说它像匹马，我觉得更像只北极熊。我们出发的军港，名为摩尔曼斯克，位于熊背和臀的交界处。

　　这块宝地，是上天送给俄罗斯的礼物。

　　从莫斯科飞到摩尔曼斯克，需两个多小时，它位于北极圈内，已进入极昼。半夜上飞机，到达时3点。迎接我们的是一个光彩照人、遍地金芒的夜半，众人惊呼不已。

　　它为摩尔曼斯克州首府，一眼看去，街貌陈旧，容颜暗淡。好像从20世纪50年代一个箭步跨过来的大妈，还未掸去衣襟上的沧桑。好在城市周边竖起一些新建筑，大妈围系了窄边丝巾。

　　此地北纬69度，位于科拉半岛西北，已探入北极圈300千米，但海水一年四季不封冻，皆可通航，是俄罗斯极为重要的军事要塞。

　　它为何得此青睐？

　　大自然之父像宠小女儿般，给它悉心的多重保护。第一层：它所面对的巴伦支海，被挪威属地斯瓦尔巴群岛和俄罗斯的法兰

039

士约瑟夫地群岛，呈双臂环绕状护住，对北冰洋以至更北部伺机入侵的浮冰群，斩钉截铁地说"不"！

第二层：它东北侧的新地岛，如同巨大的天然屏风，让喀拉海终年不化的海冰，只能在外围海域无望地打转，无法"破门而入"。

第三层：在诸岛屿铁壁合围之下，只开西南侧门，让世界上最大的暖流——墨西哥湾暖流的一支北大西洋暖流，由此不舍昼夜地长驱直入。

天造地设的地理环境，使酷寒的海冰进不来，温暖的洋流一枝独秀。摩尔曼斯克港不可复制地出落成北极地区唯一的天然不冻良港，再无比肩。

初识摩尔曼斯克，源自莫斯科胜利广场。

这个环状造型广场，面积约135万平方米。1995年，反法西斯战争胜利50周年，此广场竣工。一谈到面积，咱们平日里接触的多是两三位数，多和住房有关，广大到百万平方米，就茫然。给您个参考值，天安门广场占地面积44万平方米，就可有个比较。胜利广场中心为方尖碑，5级台阶上，有一猛士持长矛刺杀毒蛇雕像，此人是俄罗斯古代英雄。再往上，需仰头，花岗岩纪念碑高达141.8米，碑身如剑，劈裂长空。顶部雕有胜利女神像，高举金桂冠，携一男一女两个小天使，正在传递胜利

莫斯科胜利广场

消息……

　　数字都是有讲究的。方尖碑碑体高度141.8米，象征着苏联卫国战争经历的搏杀日数（1418天），从战争爆发那一天算起，直到胜利的日子。5级台阶象征5年卫国战争。广场北面有200多个水柱状喷泉，持续扬洒，蔚为壮观。据说喷泉的水，白天是透明的，象征泪珠；晚上在特定灯源照射下，变作殷红，象征鲜血流淌。

　　纪念碑后是卫国战争纪念馆，保存大量珍贵文物。有德国宣布无条件投降的签字原件、攻克柏林后插上德国国会大厦屋顶的那面苏联旗帜、使用过的武器、红军士兵的日记等等。哀悼厅的设计，令人震撼。从巨大棚顶上，笔直垂下无数灯绳，上面缀满无数粒晶莹剔透的玻璃珠。哦，错了。不是无数，是有数的。玻璃珠共计2700多万颗，代表着二战中苏联2700多万死难者。每人一滴眼泪，汇聚成浩瀚的泪珠之海……

　　展览馆有一圆形大厅，穹顶上，刻有城市的剪影和名字。展览馆的工作服为红色呢子大氅，穿的人基本都是大妈级女性。我私下琢磨，这或许和俄罗斯劳动力紧张相关。若是咱这儿，此等窗口行业，必是俊男靓女的天下，中年以上的妇道人家，凤毛麟角。

　　我们在莫斯科的随队翻译，是位留俄在读博士，历史知识和俄文都极好。这让我和一位大妈级解说员的对话，如剥了皮的香蕉一般顺滑。

　　红衣大妈介绍说："这个展厅主要是展现苏联的英雄城。"

　　我问："英雄城是……"

　　红衣大妈说："卫国战争时，许多城市军民保家卫国，与德国法西斯斗争，功勋显赫。为了表彰英雄主义精神，当时的苏联最高苏维埃主席团，决定授予它们'英雄城'的最高荣誉称号。1945年5月1日，宣布了第一批城市，有列宁格勒（今圣彼得堡）、斯大林格勒（今伏尔加格勒）、塞瓦斯托波尔和敖德萨。不过，它们现在有的不叫当时的名字了。"

　　我说："我将去摩尔曼斯克……"

　　红衣大妈说："战后俄罗斯一共有12座英雄城，摩尔曼斯克也在其内，不过它是1985年被授予的。"

我说："摩尔曼斯克并不大。像这种规模的城市，俄罗斯应该有很多。为什么它会得此殊荣？"

红衣大妈说："不错，那是座小城，人口只有几十万，可它在二战中非常重要。来自盟国的各种物资，通过它，像血液一样，源源不断地输送到苏联各地，总量达400万吨，占了当时外国援苏物资的四分之一。"

估计一般游客难得对小城有这么大兴趣，红衣大妈来了兴致，开始履行解说职责："二战时，德军攻打摩尔曼斯克，希特勒做美梦，以为最多用3天时间就能拿下它。他们从芬兰那边冲过来一个骑兵团，居然在路上就提前任命好了新城防司令，连管文娱的官员是谁都安排好了，以为攻城如探囊取物。守城的苏联军民英勇抵抗，把捕鱼船改装成了46艘军舰，德军根本进不了城。希特勒赶紧调来山地师，又派海军，共向城里扔了20多万颗炸弹，把四分之三的城市炸塌了……但摩尔曼斯克城始终牢牢掌握在苏联人民手里。城市保卫战一共打了40个月，德国法西斯最终失败……"

虽然战火已远去，仍大快人心。红衣大妈接着说："别以为摩尔曼斯克人光和德寇打仗，他们还不停地抽空捕鱼。前前后后一共捕了85万吨鱼，生产了360万听鱼罐头，支援整个战场……"

我脑海中浮现出一幅画面：一只手持枪扣扳机，一只手抓鱼做罐头……下意识抽了抽鼻子，好似闻到血的气味外加鱼腥。

我和红衣大妈照了个相，感谢她告诉我关于摩尔曼斯克的激情故事。

摩尔曼斯克城，可谓依山傍海，能文能武。它是到北冰洋的必经之地，科研机构林立，俄罗斯北方舰队司令部也驻扎于此。

大清早，我在摩尔曼斯克的街上漫步，以为会看到身着藏蓝近乎黑色制服的俄罗斯海军官兵，却不想一个也没见到。我揣测是不是时间太早。到了近中午，还是一顶海军帽也未瞅见。又猜，也许今儿个不是休息日，军人们不能随便上街。后来细问才知道，北方舰队司令部的营区，距此还有25千米，叫作"北摩尔曼斯克"。

1899年，俄国沙皇排兵布阵，开启了摩尔曼斯克作为军事要塞的历史。1915年，德国海军封锁波罗的海后，此地便成为沙俄海军重镇。1916年，铁路通车，兴建港口。1933年，苏联在这里建立北方舰队分舰队，1937年干脆改为北方舰队，编列苏军三分之二的核潜艇和水上核舰艇。

简言之，摩尔曼斯克城围绕着海军和舰船而生。造船、修船、核工业，为此地三大支柱产业。

据俄罗斯官方公布的数据，摩尔曼斯克州共有220个核反应堆、100多艘已经废弃但没有进行处理的核潜艇，还存放着很多核燃料、核废料，核污染风险很高。

前不久，我刚看过2015年诺贝尔文学奖获得者白俄罗斯女作家S.A.阿列克谢耶维奇的《切尔诺贝利的悲鸣》，写的是核泄漏后的灾难状，恐怖至极。不过此刻走在摩尔曼斯克街道上，景象祥和。众多花店，鲜花盛放。我信步走入一家，东张西望。脸形酷似蒙古族人的老板娘，看出我不是买家，不搭理我，兀自修剪胖大指甲。我端详价钱，普通小花，在北京早市地摊上，大约16元可买两盆，这里一盆合人民币80元以上。此地有半年不见天日的极夜，想来养花种草颇为不易，贵有贵的道理。

见一麦当劳，据说是世界上最靠北的麦当劳。看了看汉堡的价签，和中国差不多。

接下来去哪儿？我想。

"到了摩尔曼斯克，您一定要去看看阿廖沙。"在莫斯科和博士翻译分手时，他特意叮嘱我。

"阿廖沙是谁？是高尔基《童年》中的那个主人公吗？此人若在世，得一百好几十岁了吧？"我问。

博士说："不是那个阿廖沙。阿廖沙是俄语中非常常见的男性名字，就像咱们国的张军、王红。摩尔曼斯克人为了纪念卫国战争胜利，在科拉湾的山岗上，竖起了一座高达42.5米（含基座）的烈士纪念雕像。当地人亲切地称它'阿廖沙'。"

阿廖沙是全俄罗斯最高大的士兵塑像，它注重形似，细节上并不精致。一个戴着钢盔的年轻士兵，持枪凝望着远方。

持枪面对西方的阿廖沙雕像

"您要特别注意阿廖沙面对的方向,那可是有深意的。"博士当初再三叮嘱。

我认真辨认了摩尔曼斯克士兵雕像阿廖沙持枪面对的方向——西方。

记得当时聊天中,我问见多识广的博士,摩尔曼斯克有什么特产可以带回家。走南闯北的,我虽不是"特产控",但多少要带点小物件,以便日后让回忆有所附丽。

博士思忖了一下,说:"摩尔曼斯克有三宝。"

我问:"哪三宝?说说看。"

博士说:"第一宝是伏特加。"

我说:"这在俄罗斯哪儿都能买到。我回程到了莫斯科再买不迟。"

博士点点头,赞同我不必从摩尔曼斯克拎着伏特加长途跋涉,然后说:"第二宝是俄罗斯姑娘。"

我说:"这个的确是宝,但带不走。"

博士一笑,表示赞同,接着说:"这第三宝是鱼子酱。摩尔曼斯克是俄罗斯最大的深海鱼捕捞基地,出产世界上最棒也最昂贵的鱼子酱。颜色是黑的,晶莹圆润,透明清亮,犹如大溪地的黑珍珠。"

我说:"我听过世界上好几个地方的人,都说自己那儿的鱼子酱天下第一,比如黑海。"

博士说:"摩尔曼斯克的鱼子酱比他们的都好,千真万确,而且,非常贵。"

鱼子酱的胆固醇含量很高,对中老年人不宜,我已决定不买。只是好奇价钱,问:"有多贵?"

"朋友说,最好的鱼子酱,1千克卖到4000多美元。"

我大吃一惊。1千克近3万元,合下来,1克就要近30块钱。不过是鱼的小蛋,怎能如此昂贵?

博士解释:"不是随便什么鱼的卵,都能做成鱼子酱。或者说,它们就算做成了酱,也不能算正统的鱼子酱。"

我说:"鱼子酱还有血统之分?什么叫正统?"

博士说:"必须是鲟鱼的鱼子才能称为鱼子酱。而且只取鲟鱼里最大和最小的两种鱼。大的母鲟鱼要长到20岁以后才产卵。它们的寿命,可达百年以上。"

珍贵的鱼子酱

我吓了一跳,这鱼莫非要成精?它的性成熟期和生命,比人类还长!敬畏。

博士接着说:"取鱼卵的过程也很复杂。"

我说:"要把母鱼杀死吗?"

博士说:"若是抓住母鲟鱼,杀了它剖腹取卵,鱼子酱的价钱还不至于这么贵。取卵的过程十分残忍,先要把活的母鲟鱼敲昏,以保持它在整个取卵过程中不死也不挣扎。鱼若死了,鱼卵就会迅速腐败变质,滋味便不再鲜美。活鱼取卵后,还要经过筛检、清洗、滤干、评定等级等一系列步骤。最关键的是放盐,要由非常有经验的大师亲自手工操作,以保持最适宜的盐量。然后晾干、装罐。罐子不能太大,鱼子叠压,容易让下层鱼子碎裂,影响口感。摩尔曼斯克的顶级鱼子酱,进入食客们嘴巴里,浆汁迸裂,美味无穷。每一小口的品尝,都值十几美元……"

我知道自己今生今世无福"享受"此等佳肴,问博士:"您在俄罗斯几年了?"

他答:"10年。"

我问:"您可品尝过这种最上等的鱼子酱?"

他说:"没有。也不是完全没有机会。机会来临的时候,我放弃了。"

我想这可不容易。面对举世闻名的美味,一般人会感到好奇,难以拒绝品尝。

博士看出了我的疑问,说:"我认为人固然有用动物生命延续自我生存的传统和理由,但像这类血腥而穷凶极恶的吃法,实可商榷。卵,不管是大如鸵鸟蛋还是小如虾子,都是雌性生物的生殖细胞。鱼卵为母鱼卵巢所制造,和精子结合之后便成为受精卵,一条小鱼的生命历程就开启了。"

我点点头,医生出身,明白这套知识。萍水相逢,博士不知我经历,便从头讲起。

博士说:"为了供给一个幼小生命最初需求的养分,所有的卵饱含营养,如同储备丰富的微型仓库。鸡蛋含有 8% 的磷、4% 的锌、4% 的铁、6% 的维生素 D、3% 的维生素 E、6% 的维生素 A、2% 的维生素 B_1、5%

的维生素 B_2、4% 的维生素 B_6……"

真不愧是博士，对数字滚瓜烂熟。

我不由得打断问："您攻读的是哪科博士？"

他说："石油。"

大跌眼镜。我原以为他就算不是医科，也在生物学大范畴之内。再想想，他的学科也和广义的生物有关，不过年代久远了点。远古时代的生物，受尽磨难，方化作石油。

凡自然科学家有一特性，无论你怎样中断话头，他的思绪都会坚定不移地沿着原来轨迹前行。博士说："鱼子比鸡蛋略胜一筹，脂肪含量低，蛋白质含量更高。不过，鸡蛋最终变成一只鸡，鱼子最终变成一条小鱼，就算它们在营养成分上略有差距，也绝不应有高达几十倍上百倍的价格鸿沟。人可以天天吃鸡蛋，却不可能天天吃鱼子。"

他停下来，看着我，等待回应。我赶紧点头，表示点赞。

博士继续说："我以为，朴素，不仅表现在穿衣和住房的简约上，在食物上也应保持平常心。不吃特别来之不易的稀有食材，不用非常繁复的烹调技法和漫长时间，不用五光十色、华而不实的食器，不矫揉造作伪装自然天成的就食环境……只求干净和营养全面足矣。"

摩尔曼斯克的三宝，我终是一宝也未能带回。极之美的创始人曲向东先生说过，到过南北极之后，他就认为世界上没有什么地方是不可以去的，也没有什么地方不能去第二次、第三次。他开始不买纪念品，不再拿相机拍照，顶多是用手机。因为他现在觉得世界就在他心中，整个世界像是他的后花园。他舍不得摘一朵花回来，因为他觉得还是让它在那里开放才是最好的状态……

他的话有气魄，有远见卓识，我很赞同。不过我确知这世上有一些地方，我将终生无法抵达。北极点、摩尔曼斯克港，我也很可能不会再与之重逢。

留俄石油博士说过的话，成了我心中存留的摩尔曼斯克特产。

值得永久收藏的唯有记忆，而非任何物质。

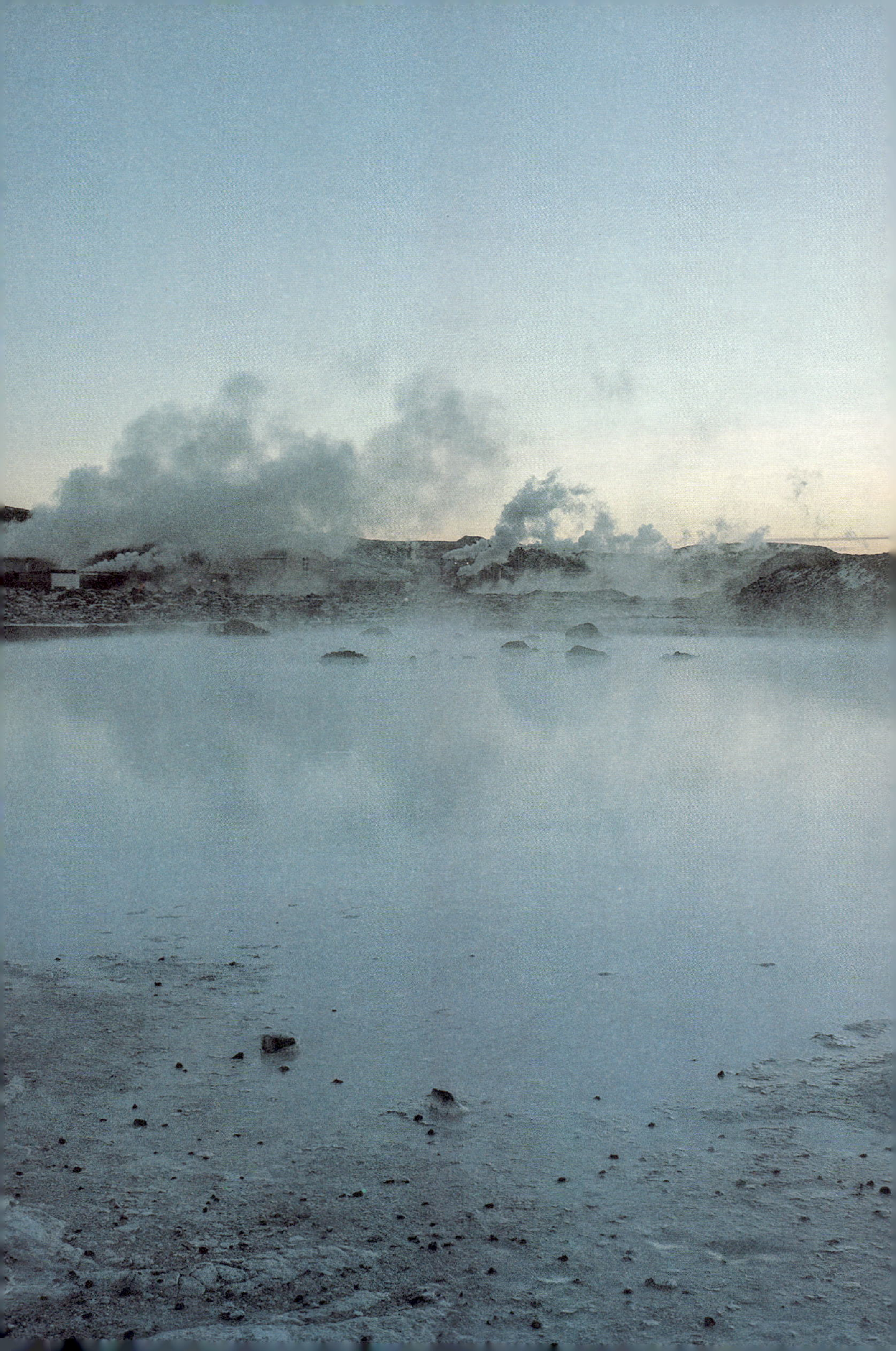

冰岛蓝湖本是工业废水

📍 欧洲·冰岛（首都雷克雅未克 ------→ 蓝湖 ------→ 火山口）

冰岛是北大西洋岛国，位于格陵兰岛和英国中间，首都是雷克雅未克。

如果你没有亲身抵达过某个国家，哪怕看再多图片，读再多优美文字，那个国家也是枯燥的数字叠加，即便美丽也是没有生气的枯燥符号。只有当你亲手亲脚抚摸踩踏了那里的土地山川，接触了那里的人民，记忆才可能色香味俱全。

今天提起冰岛，第一个印象是国家资不抵债，已经破产了。第二个印象是冰岛火山爆发，遮天蔽日的火山灰。冰岛是一个高度发达的国家，面积10.3万平方千米，人口30多万，以"极圈火岛"著称。它共有火山200多座，其中有几十座是活火山。冰岛经济主要依靠海洋渔业。2009年，欧洲爆发经济危机，冰岛受创最深，积欠英国大量公债。英国向冰岛讨债不成，冰岛克朗大幅贬值。不过，2009年的统计表明，冰岛依然拥有较高的人均国内生产总值，以及世界排名第三的人类发展指数。

"和平"号抵达冰岛时，经济危机和火山尚在蛰伏期，一切花好月圆，欢歌笑语。但那一天，我经历了整个旅程中最惊心动魄的时段。

很想开着车，一直向北行驶，最大限度地接近北极圈。不过从冰岛的首都雷克雅未克，并没有一条笔直向北的通路，冰岛人口不多，南边气候条件比北面好得多，为什么要向北呢？没理由啊。

对于我们想挺进北极圈的想法，格陵兰岛旅游局曾回复了幽默而饱含杀伤力的邮件。他们说："北极圈，唔——那只是人们想象中画出来的一条线而已，其实那儿什么也没有。你除了能得到曾经抵达北极的说法，什么也不会看到。有那个工夫，不如去看看鲸鱼吧！"

睥睨北极圈的说法，恐怕只有生活在北极附近的人，才能没心没肺地吐出口。对于常年生存在北温带的我们，北极圈仍旧神秘莫测充满魅惑。我们一致决定，租车向北。预留出返程时间，能走到哪里算哪里。

冰岛朋友告诫："请尽量不要向北深入太远，虽然是非常壮观的行程，但冰岛路况很复杂。几个位数字的公路，比如1号、5号公路，就表示路况良好，普通车辆可以放心行驶。标号两位数字的公路，比如30号、45号公路，你要小心一点，基本上都是泥土路，走起来很颠簸。到了3位数字的公路，比如123号公路，那就更次一等，全是沙石路，只有四轮驱动车才能行进。如果3位数前再加F，路况更差更难走，几乎不可通行。"

我们从雷克雅未克出发，向东南方驱车行驶了大约1小时。风景一言以蔽之，酷似月球表面。地面铁灰，由布满了细密孔隙的火山岩组成，坑坑洼洼隆起在寸草不生的大地上。因为年代久远，火山灰风化瓦解成铁渣似的粉末，在某些低洼背风处，积聚成一坨坨网状物质。向阳部分，顽强地生长出一层苔藓，毛茸茸的，似有生命的小动物，脚踩上去有轻微弹性，软绵绵的边缘在重力下忙不迭地向一边躲闪，好像在说："我长出来多不容易啊，请不要践踏。"据说阿波罗飞船登月前，美国曾利用这里的地貌模拟月球环境，让宇航员体验月球景象。

冰岛景色超绝美丽。我走过世界上很多地方，若让我说哪里的景色最让我留恋，那么除了阿里的冈仁波齐，就是冰岛了。我不知道是不是因为两地都同样荒凉，同样纯净，同样人烟稀少，大地保留着我们这个星球刚刚凝固时的模样？

我问一个走南闯北、到过世界上百余国家的旅行者，哪里是他认为最美丽的地方，他毫不犹豫地说"冰岛"。那一刻，我吃惊。我确认他没有我那种独居冰天雪地的青年时代,基本上是在繁花似锦的城市长大的。

我追问为什么。他回答:"不知道。你一问,我脑子里第一个蹦出来的画面,就是冰岛。"

当一丛丛烟岚环绕的蓝湖路标出现时,第一次来的人简直不敢相信在这片狰狞锐利的黑色熔岩间,会有传说中的美丽湖泊。

蓝湖出现,首先骇你一跳的是它那魔鬼才能调出的颜色。亲见之前,你可能会想,蓝湖嘛,无非是深蓝的湖,可能格外清澈,映照着蓝天,故此得名。其实,完全不对。蓝湖浑浊,还不是一般浑浊,简直就是伸手不见五指的蓝白浆液。对不起,伸手不见五指这个词,通常用来形容黑暗。我觉得你把手放在眼前,一臂距离,只要看不见自己的手了,就可

蓝湖在冒烟

以使用该词。第二个让人惊讶的是蓝湖在冒烟。"烟"，就是热腾腾的水汽。冰岛气温低，水汽格外腾云驾雾。众多泡温泉的人，在一锅浑了吧唧的蓝色浆汁里扑腾，完全看不见他们的躯体，只见一堆湿淋淋略带青色的脸庞浮动在黏稠的蓝浆之上，是不是惊骇莫名？

蓝湖不是精致泳池的模样，四壁和地面绝不光滑，带着火山岩疙里疙瘩的粗糙感。虽不致把人的脚底板划伤，但若太莽撞，深一脚浅一脚的，磕磕碰碰总是难免。

它的温度也不恒定。介绍说湖中的水温保持在29—45摄氏度，但人只要身入其中，就会感到冷热不均。靠近更衣室的池温尚好，30摄氏度左右吧。随着步履深入，慢慢靠近出水眼，水温渐渐高到难以忍受，估计超过了40摄氏度。勉强待片刻尚可，不可久留。

蓝湖由一连串露天的大小水泊组成，因含丰富的矿物质而出名。人们通常以为泉水是拜火山地热烘烤，才能在瑞雪纷飞中，泡在温暖的水里，享受得天独厚的乐趣。

人们通常会把脚底下的白色淤泥抠出来，敷在身上，据说有医治多种疾病之功效。

蓝湖的形成让人百思不得其解，大地直接喷出如同蓝色染料加淀粉样物质的水浆？不大可能吧。即使这里地老天荒不按常理出牌，也让人充满质疑。经过打探才知道，严格讲起来，蓝湖是工业废水。

这个废水，并不是垃圾产物。蓝湖不是自然天成，而是利用雷克雅未克半岛西南郊的地热资源，形成的人造咸水湖。冰岛人先是从地下2000多米处钻孔抽取地热水，由于离海太近，海水渗透到地下水中，汲取上来的地热水源居然是咸的。

因矿物质含量太高，无法直接用来集中供热。只有二次加工，把新鲜的泉水，也就是淡水，混入从地下抽出来的咸热水中。这一步骤的实质，是用地下的热咸水，加工升温另一种水，也就是清凉的山泉淡水。以水治水，形成适宜的温度和纯净的混合水。由于咸水和泉水比重不同，这种水很容易被分离。分离后没有盐分的温热山泉水流入管道，给城市集中供热，不会损坏设备。剩下的来自地下的咸热水，由于承担了"加热炉"的角色，本身温度有所下降，但还保有70摄氏度高温，含盐量则和海水差不多。聪明的冰岛人，就把它们排放到周围被熔岩包围的低洼地，形成了绝无仅有的蓝湖。天造地设加上人工修缮的特殊系统中，高含量的白色二氧化硅泥、其他矿物质和蓝绿色藻类，在湖底形成松软的自然沉淀物。几大因素叠加，物华天宝的蓝湖盛装出席。冰岛医学家研究证实，蓝湖水含有许多化学与矿物结晶，能舒缓精神压力，具有某些特殊疗效。据说很多欧洲人会特地飞临冰岛，只为到蓝湖泡澡。万籁俱寂的冬夜，沉浸在热气腾腾的蓝色水雾中，仰头眺望无垠星空，乃人间极乐。

从蓝湖出来，我们在公路上驰骋。除了脚下建造精良的公路，让人确信这里曾经有过现代化的建设外，极目远眺，你会觉得这就是盘古开天地时的世界尽头。没有建筑，没有人，只有高天白云，一望无际的火山岩，森冷的雪山，还有滚滚狼烟。

当然，那不是任何人点燃的，而是不甘寂寞的大地，在固执地小声嘟囔着，表达它沸腾的心声。冰岛可说是免费的地质博物馆，冰融、冰蚀和冰碛等地貌遍布各地，你可饱览冰川、热泉、间歇泉、冰帽、苔原、冰原、雪峰、火山岩荒漠、瀑布及火山口等令人大开眼界的自然奇观。

一个精致的火山口，当年曾有过猛烈喷发，现在则储满了绿幽幽的天然水，好像凝视苍天的独眼。说它精致，是它不很大，直径只有100—200米的样子吧（可能不大准。我没有找到具体资料，只凭肉眼估算），一个完美的倒插圆锥体。

上次到冰岛，导游告诉我这里曾经举办过冰岛歌手的音乐会。

我说："舞台在哪里？"

他回答："就在火山口的湖面上。"

我说："搭了一个台子吗？"

他说："是啊，演出完，拆掉了。"

我说："观众坐哪里呢？"

导游说："咱们脚下。就是这个逐渐倾斜的火山壁，你看，多么像古罗马剧场座席啊。人们席地而坐，在星空之下倾听歌声。"

我说："音响效果如何？"

导游说："火山口简直就是天然的音乐厅，再加上相应的音响设计，非常棒。"

由于火山的存在，冰岛地下热流滚滚，仅天然温泉就有 800 多处，水温大多在 75 摄氏度左右，最高温度可达 180 摄氏度以上。那些时不时就怒发冲冠喷涌而出的间歇泉，更是一绝。英文中的 geyser（间歇泉）一词，即来源于冰岛最著名的"盖锡尔"间歇泉。

间歇泉在不喷发的时刻，并不是碌碌无为，而是做工不止，绝不安歇。它也并不孤独，四周都是大大小小的泉眼，看上去像一口煮棒子面

间歇泉喷发

粥的沸锅，咕嘟咕嘟不停冒泡。我为什么不说它是沸水锅呢？因为这些泡泡并不像清水泡那样不费吹灰之力就能鼓噪起来，而是带着挣扎，好像在看不见的暗处，积蓄了万千力量，然后才艰难地很有弹性地凸鼓出来，像熬棒子面糊糊时的情形。

我们看到的这组喷泉，每8—10分钟喷发一次，伴有轰鸣。它劲道大的时候，高度可达30多米；不高兴的时候，比较怠工，喷发高度相差一半。不管高或低，炙热的水柱在半天空翻飞成无数热雨点，飘飘洒洒而下，伴着热气腾腾的雾海，翩然落地。此后便大智若愚地沉默着，好像刚才的壮怀激烈和它毫无干系。

冰岛适宜的地质构造和充足的地下水源，是形成众多间歇泉的关键。此外，还有几个小要素，例如间歇泉必须具有能源，这一点毫无疑问。要把粗大水柱送至几十米高空，需要怎样持之以恒的动力！也不知这些孜孜不倦的间歇泉，兴致勃勃地喷发了多少年？按照每小时6次（就以我们看到的这注间歇泉为例），一天有近150次喷发，一年就是5万多次喷发，若是100万年，就是500多亿次喷发，骇人的伟大能量！

几年前旅游曾到冰岛，第一次见间歇泉，赶紧掏相机，想拍下这壮观景色。冰岛商店售卖间歇泉喷发时形成炫目彩虹的明信片，很希望自己也能抢拍到这等镜头。

导游大泼冷水，说："那样的图片，你根本拍不到。"

我不服气："为什么？"

导游说："你看啊，要形成间歇泉彩虹，必须要有太阳。按照这个间歇泉喷发的角度，只有在朝阳下才能拍得到。那些拍彩虹的人，都要住在附近，起个大早守在这里。像咱们这种不当不正的时间，没法如愿。"

既然拍不到带彩虹的间歇泉，就拍一个蹿得最高的间歇泉吧。我们耐心地等待着，不料这间歇泉的喷发虽有大致规律，但像个爱折磨约会男生的任性女孩，基本上不守时，脾气也怪。等了半天，这次喷起来的高度比上次还低。

没辙，继续等吧。

导游对我说:"其实拍空中跳跃着的间歇泉,并不是最有趣的。"

我说:"不会吧?看到热水喷上天空那一瞬,惊心动魄啊。"

导游说:"最有趣的拍摄是——当间歇泉中的水涌出地面,马上就要喷发而起的那一瞬,如果你有幸拍到,会看见一个形态非常完美的半球状巨大水珠,覆盖在泉眼之上。波光粼粼颤抖着,闪烁着微蓝光泽。半球体中心透明,里面藏着缭绕变形的蒸汽。大约在0.01秒,或许更短的时间之后,那些蒸汽就挟带着巨大能量,如烟水汽,还有沸腾热浪,拔地蹿起……你拍摄下的,是间歇泉喷发前蓄势待发的那个霎时,极其美丽神奇。这种景色,旷世难寻。"

我被说得神往,摩拳擦掌道:"好,我来试试。"

继续等待,不停尝试,这一次不成,就下一次,再下一次……N次失败后,以我彻底放弃告终。我的惨痛教训是:喷薄欲出的完美瞬间,在理论上固然存在,但在实践中极难操作。第一,间歇泉喷发时刻本身就不固定,你基本上无法摸准一个来自地心的热情约会之准确时间。对一般游客来说,这不是什么大不了的问题,哪怕错过了最初的涌动,从听到震耳欲聋的响声到喷泉直上九天的景色,中间的反应时间还是有的,你基本上不会错过这道美景。喷薄欲出这一特定时刻,短到不可思议。第二,间歇泉喷发前,没有丝毫预兆。你一直目不转睛地盯着它,眼睛酸痛地瞅了十几分钟,泉眼丝毫不动声色。你实在忍不住了,眨了一下眼睛……完蛋了!电光石火的瞬间,爆发业已完成,你只能看着高高在上的水柱在空中辗转腾挪,仰天长叹。第三,我的相机太烂。这个卡片机无法担当此任,反应速度太慢。某次,我分明看到了那个水汪汪的蓝色半球体,这厢急忙按下快门,满以为八九不离十地摄下了旷世美图。不料从眼睛看到再向大脑报告,大脑将指令传达到手指,手指做出按下动作……这一连串的神经反射效率再快,也远被地球的敏捷身手嗤之以鼻。

相机里留下的图像,只是一幅极为普通的间歇泉水柱上蹿初期的存照。

以后有去冰岛的朋友,备个好相机,留出充裕的时间,守株待兔于间歇泉。祝大家拍下间歇泉华灯初上的玄妙景象。

我们驾着租来的车,在冰岛大地上奔驰。很长一段时间,看不到一人一车,让人顿生不可置信的奇异之感,好像世界上的人都灭绝了,只有我们和这陌生的山川大地存在。远远地,我们看到草地上有两个黑点,以为是人,欢呼雀跃。离得近了,才看出是马。

"这是野马吗?"芦淼问。

我说:"不是。这些马是有主人的。它们在此地散养,到了秋天,主人会到草原上,把马匹带回家。"

我不是信口胡说,上次到冰岛时,导游介绍过。

冰岛的马匹无拘无束。快过冬时,如何把各家的马赶回去圈养呢?

朗格冰川

靠一家一户的单打独斗实在难办。地广人稀,马儿四处乱跑,要归拢它们,需集体作战。人们约好时间,全体出动。先是在苔原上将一众马匹赶进圆形的木栏建筑中,各家各户再认领自己家的马,顺着放射形木栏通道,将自家马儿赶进周边的小圈中,关上小门,马儿们认祖归宗,人们就可以顺顺当当地把自家马领走了。

芦淼拍下了两匹自由自在的冰岛马。后来,他用这幅图片参加了"和平"号上的摄影展览。关于给这张照片起个什么名字,我们还颇费了一番周折。本来想叫《伴侣》,但不是相马的专家,无法判断这两匹马的雌雄,想了半天,就叫《好友》吧。

按照预定方针,要留出充分的返程时间。比如我们往前开了4小时,就要留4小时的时间回到雷克雅未克港口。在返回途中,突然一抬头,在似乎不很远的天际,有一座旷世孑遗的冰川巍然耸立。阳光下,巨大的冰舌烁烁闪光,舔着苍凉的大地,冰冷的诱惑动人心弦。

"你说,咱们能开到那里吗?"芦淼问我。

"不成。这个似乎叫朗格冰川,它是冰岛第二大冰川,距离雷克雅未克有3小时的车程。我们现在的位置虽然说不准,但开到那里,在时间上完全不可能了。你听过'望山跑死马'这话吗?我们无法抵达那里。赶快按照原计划往回走吧。"我说。

因为留有余地,我们手里还有1小时机动时间。

芦淼说:"那我们能不能向冰川方向再开一段呢?比如我们向前开30分钟,然后返回目前我们所在位置。这样按时回到'和平'号,应该没问题。"

冰川的确让人神往,似乎近在咫尺。我在好奇心和同情心面前,败下阵来。我说:"那咱们就往前开一开,能开多少是多少,不可恋战。30分钟之后,必须原路返回。"

车子向冰川飞驰而去,恰是和港口相反的方向。

冰岛一共有五大冰川,朗格冰川面积1021平方千米,位于冰岛中西部。虽说不是最大的冰川,却是五大冰川中最美丽和迷人的。特别是它有独特的"熔岩瀑布",瀑布之水从熔岩中流出,而不是惯常从河流中流出。这种瀑布形成的冰川,浩瀚壮观。它还有世界上流量最大的温泉——代乐达通加温泉……据说在冰川底下还有个梦幻冰洞,可惜的是,由于地球变暖的影响,冰洞已经坍塌……

距离预定返回时间,还有最后5分钟。经过25分钟的高速行驶,冰川蜿蜒的舌端,就要舔到我们的鼻子尖了,已经可以清楚地看到冰川最前端的部分和戈壁混为一体,洁白而半透明的本色不再纯粹,染上了淡黄的橘子色调。

没走正规公路,此时脚下已经无路可走。芦森为了最后再靠近冰川一点,猛地踩了一脚油门,驱动汽车轰鸣着奔上山头。我想他的本意是觉得山头上居高临下,观察冰川更清晰,留在脑海中的冰川画面一定更壮美。

此处地貌是坚硬的石块戈壁,渐升的平坦缓坡看起来很安全,加之汽车性能优良,一切顺畅。我感觉,这辆马力强大的越野车,好似山地小伙子,几个箭步就登了顶,然后戛然停住。就在我们高兴地下车欣赏冰川胜景之时,才发现祸事已然酿成。汽车前轮驶过时,将一大块石头碾得站立起来,卡在了汽车前后轮底盘之间。此刻这车既不能前行,也不能后退,在高山之巅抛锚了。

形势险恶。在这异国他乡的荒郊野地,不要说有没有救援,我们能不能联系得到,就算联系上了,我们连具体在什么方位也说不清。那厢港口"和平"号蓄势待发,马上就要开船,我们进退维谷。

我下了车,听山风呼啸,万籁俱寂。看远处夕阳西下,心想若耽在此地,误船要算小事了,今晚可能冻死于冰岛山巅。

我告诫自己要冷静。现在,时间已经非常有限,第一步是能否将车修好。

芦森一次又一次发动车,引擎声嘶力竭轰鸣着,然而车子却纹丝不动。

我说:"还有什么法子?别慌,慢慢想想。"

芦森说:"车子应该没大问题,只是这块石头卡在这里。"

我说:"那我们把车子抬起来,将石头重新放倒,或是干脆搬走,是不是就可绝地逢生?"

芦淼说:"我们没有法子徒手将这么重的车子抬起来。"

我说:"有没有可利用的工具?"

芦淼说:"让我看一看,车上应该配有工具箱。"

谢天谢地,车上有超级完备的工具箱,芦淼找出千斤顶,把它支好,一点点将车顶起来。

这段时间里,我再也没说什么话。帮不上忙,别添乱,索性走到一边,专心凝望冰川。山顶风大,加上紧张,刚才出的汗,粘在身上,贴身铁甲般,陡起森冷寒意。脚边不远处有一朵小花,好像是雏菊,花朵只有一分钱硬币大小,已近傍晚,冰冷袭人,它今夜必将凋零。淡蓝色花瓣的边缘已然皱缩,一秒秒变得更小,但它还在随风摇曳,好像在同世界殷殷告别。我也在反思,也许,我不该动恻隐之心,在时间如此紧张的情况下,同意来看冰川,从发轫之初就奠定了悲剧。人生地不熟,要学会约束自己的欲望。天下的瑰丽风光是看不完的,不可贪得无厌。我们已看到了地老天荒的景致,不该得陇望蜀,不该竭泽而渔。远处,太阳不遗余力地斜射着,打在荒原的野草石块上,拉出颀长身影。间隙处,星星点点金光闪烁,仿佛无数只极小的金色松鼠上蹿下跳,制造着寂寞中的生机。

15分钟后,芦淼临危不乱,将车子底盘顶到人可以钻进去的高度。他伏身爬入,将那块屹立不倒的大石头搬走……然后放下车子,收起千斤顶。重新将车发动,我们终于离开了这块让人心惊肉跳的冰岛无名高地。

现在,剩下的时间极为有限了。芦淼在高速路上,开得风驰电掣。我说:"不要开那么快。"他说:"我们用最高速度往回赶,或许能赶上船。"

我说:"能,自然是好。不过,安全第一。就算赶不上'和平'号,我们身上有护照和信用卡,可以在雷克雅未克住下。购买机票飞往下一站,在美国和游轮会合,继续航行。如果为了赶时间,出了车祸,那可真遇到大麻烦了。"

　　我不断提醒芦淼安全第一。还好，他开得快而稳妥。所幸冰岛道路优质，加上冰岛的确人口稀少，路上车也不多，我们狂飙200多千米，在最后一刻赶回了雷克雅未克。给车加满油，到租车行还车……当一切料理完时，在最后一刻登上已经点火准备起锚的"和平"号，听船闸在身后砰然落下，冷汗如浆。

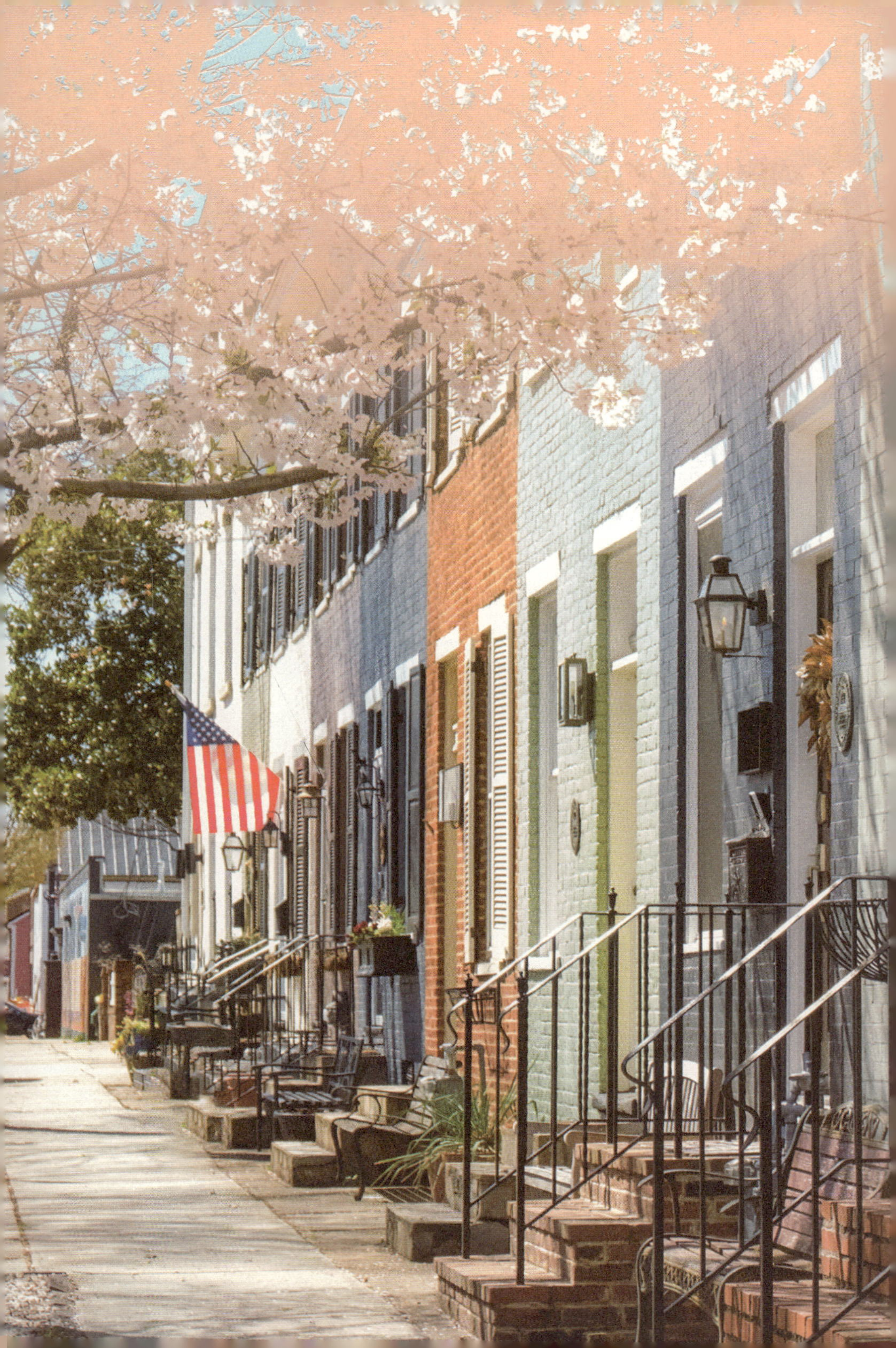

北美洲篇

North America Chapter

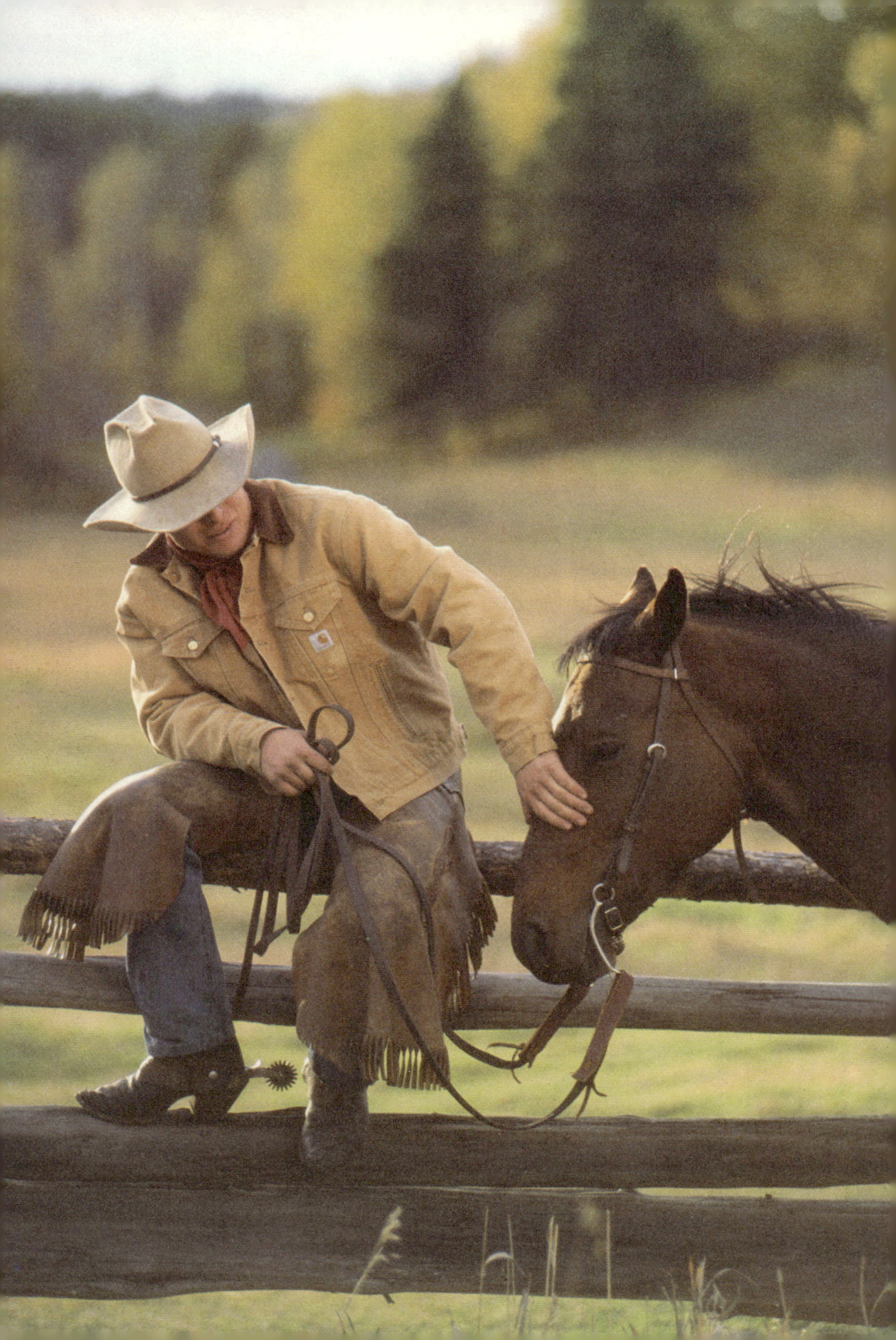

牛仔家的晚餐

📍 北美洲·加拿大·卡尔加里（路边小馆 ⟶ 牛仔的家 ⟶ 牧场 ⟶ 仓库 ⟶ 餐厅 ⟶ 酒窖）

　　如果不算电影中的人物，去加拿大之前，恕我从没见过一个真正的牛仔。见过的只是中国制造的、以此命名的帆布裤子。

　　加拿大艾伯塔省南部的卡尔加里市，在深冬的万物萧索中，因有室内大型商场，温暖地聚拢着人气，熙熙攘攘的，看起来反倒比省会埃德蒙顿市热闹。

　　这里早先是印第安人的牧场，20世纪初发现了石油和天然气，经济开始腾飞。不过，石油虽然创造了繁华和财富，但此地最有名的是"牛仔文化节"。

　　天下之事，只要一成了节日，就有了传说，多了捧场。每年7月，全世界会有100多万游客拥来此地狂欢。真牛仔也有来凑热闹的。7月的第一个星期五，"卡尔加里牛仔节"盛大开幕，它将轰轰烈烈地开展10天。各色各样的牛仔帽挤破了头，脚蹬牛仔靴、屁股上套着牛仔裤的真假牛仔们，在城市的大街小巷中横冲直撞。驯烈马、骑蛮牛、赛篷车……疯狂展示着牛仔昔日的荣耀，在篝火与飞尘中，宣泄豪迈与粗犷。

　　不过那是盛夏的欢宴，现在滴水成冰的季节，我们还能看到多少牛仔的风采呢？在我们的旅程中，有一个极好的安排——赶赴当地牛仔家，在那里住一夜，和牛仔同吃同住，体验真正的牛仔生活。

大雪纷飞，公路被扫雪机清扫出一条通道，两边雪壁夹击。路途遥遥，凝望窗外蛮荒的景色，我觉得很符合关于牛仔的想象。秀美而井然有序的景色，似乎和牛仔不和谐。掠过的雪原和直刺云天的树干，我突然想起下乡插队的同学写来的信中，描绘他们于1968年冬季，在陕北苍茫的黄土高原上颠簸，看到的大致也是如此景色吧。世上的风光，一下了雪，就格外相似。雪是世界上最大的和事佬，掩盖一切差异，只留下幻觉般的类同。

放晴了，露出了蓝天。在加拿大，蓝天是正常的，所以人家没有我们这般大呼小叫的欢欣。临近中午了，我们选路边小镇上的馆子用餐，吃汉堡包。

进了店，牛仔气息扑面卷来。墙壁粗糙，为粗大原木垒建而成，树皮斑驳，蛀眼犹在。由于年代久远，树皮和芯木的接壤之处，已经有了些许柔滑，不再壁垒分明。生锈的巨大铁钉上，坠着形形色色磨损的马鞍，马鞭带着力度和呼啸余音，不甘心地蜷曲在墙上，兀自乱颤。两边翘卷的牛仔帽，一排排整齐地悬挂着，散发着牛仔热腾腾的汗气……猛然恍惚生出错觉，仿佛时光倒退100年，一伙烟熏火燎的牛仔刚刚醉醺醺地散去。

店里客人不多，多是步履蹒跚的老翁老媪。老爷子半睁着浑浊双眸，吸溜一口咖啡，瞄一眼报纸，真正的目的是在等待午餐。他们对临时闯入的外乡人，没有一点好奇，灰白的眼睫毛眨也不眨。不知他们是不是当年真正的牛仔，血雨腥风过后，一切都已淡然？还是实在老迈得和世界已经脱节，淡然疏远？

几位老太太稍微活泛一点，一两声孩子的欢笑会让她们脸上短暂地露出无牙的牙床，可能是回想起了自己初为祖母的年代吧。门被推开，又来了一位老媪，穿着粗大毛线织就的蓝白及膝松垮毛衣，颤巍巍地坐下后，并不点餐，径直进入了安静的等待。我悄声问脸膛儿红润的服务生："这老人家不吃饭，来做什么呢？"

服务生满脸雀斑。这种长相的人一般爱好说话。他眼睛并不瞅老人，好像在说别人的事："她当然会吃饭的。"

我说："可是她什么也没有点啊。"

雀斑小伙说："她不用点餐。在过去 40 年里，她每天中午总是同样的食谱。"

他并不压低声音，吃准了那老人家分明已听不见。

我为 40 年如一日的咀嚼吃惊，不单是口味，而是这期间她就从来没有离开过吗？

我说："总吃同样的食品，她不嫌腻吗？"

雀斑小伙快人快语："之前太久远的事我不敢说，起码从我到这里，她从未离开过小镇。我们的汉堡包是全加拿大最好吃的，没有人会腻！"

汉堡包夹的是顶级牛肉，调料也是秘制的，常常有人驱车几百千米，只为一尝佳肴。我因为不吃牛肉，点了素汉堡，无法汇报正宗汉堡的美味。汉堡坯子出奇地大且厚，壮汉吃一个也会八分饱。

太阳西斜的时辰，总算到了旷野中牛仔的家。

我说夕阳西下，千万不要以为已经是傍晚，其实只是午后 3 点。但太阳的确是歪斜了，这里地处北半球的高纬度地段，已是一年当中日照最短的季节，太阳马上要落山了。

首先晤见的非牛仔本人，而是三条狂吠不止的狗。我虽不是胆小的女人，但这几条身形庞大、体格健壮、油光发亮的巨型犬，没有丝毫宠物的媚态，而是斗志昂扬、欢蹦乱跳的斗士，搅起的雪雾铺天盖地，令人感到强烈不安。好在牛仔本人旋即闪亮登场，自我介绍叫比尔。比尔符合我们对牛仔的所有想象，简直就像刚从西部电影中走出来的侠客。他瘦削高大，浑身没有一丝赘肉。脸被猛烈的罡风吹成紫红，胡须冷冷地撒在凹陷并布满血丝的双颊上，不苟言笑。皮裤上的破洞呈狭长点状不规则分布着，护腿的皮套裤皮穗零落不齐，简直可算衣衫褴褛。标志性的牛仔帽稍有一点歪斜地扣在头顶，纷乱白发在其檐下杂乱分披。过分凸起的眉弓下，眉毛显出轻微红色，好似刚刚溅上了一滴血，人血兽血看不清，总之被不经意抹去了。

比尔有几栋相隔的木屋供客人居住。登记住宿的小屋墙角处，是一只龇牙咧嘴的雪豹标本。工作人员问清人数后，让大家分性别而居。我和A、B两位姑娘，蹚过没膝的积雪，走进了雪原中的小房子，刚一推门就被惊骇住了。厚厚木板围起的房间里，等待我们的除了熊熊炉火的温暖，还有满屋子的动物尸体。

我这么说对比尔的精心设计有所不公。准确地讲，动物尸体其实是动物标本，是牛仔特意布置的狩猎场景。木梁上、木壁上、走廊中、天花板角落……举凡能够悬挂物品的地方，都被栩栩如生的鹿头和熊皮、狼皮占满了，如同动物无所不在的丛林。我惊恐站定，不由自主地数了一下，共有28个动物标本居高临下地俯瞰着我们。特别是鹿头。它们并不仅仅被砍截下头部，而是被剁下来了半个鹿身。钉到墙上后，鹿躯的头和角，以挣扎的姿态奋力探向室内空间，凸出来足足有一米半长，凌驾于宿客头颅之上，呈泰山压顶之势。平心静气地讲，这些动物标本制作极为精良，尤其是眼睛，不知用的何等高科技材料，晶莹剔透、熠熠闪光，简直比动物们活着的时候还要清朗润洁。这一技术的成功应用，使得被杀死的动物宛若生前，好像你也是它们的同类，它们安宁得简直就像是在充满感情地注视着你，更让人彻骨寒凉。

像我等属于狩猎传统薄弱的民族之后人，在动物目不转睛的凝视中，呼吸陡然变得不畅。

壮着胆子放下行李，我们赶紧出门再次与老牛仔碰头。他领着我们乘坐马拉雪橇，周游牧场。马是好马，但雪车极为简陋，车厢就是一块木板，没有座位，也没有围挡，一如舢板。马刚一抬腿，人已前仰后合。

马开始奔跑，我东倒西歪，情急中只得揪住屹立车头的老牛仔的衣襟。比尔双脚犹如章鱼吸盘噏在木板上，柱子一般稳定。他指给我一个绿色的小箱子，示意我坐在上面。重心放低了就稳当很多，我这才有余力看周围的景色。

天哪，震慑人心的美！夕阳将最后的光芒倾泻到雪原，如撒下万千金粉，大地出现奇诡的金色。脱尽了叶子但还保持着枝杈完整的树木，看上去几乎是澄蓝色。更远处，植物铅黑色的精细轮廓，矗立在山峦的背景上，如同铮铮铁艺。空气冷冽鲜畅，洗涤肺腑。三条狗在雪地上撒欢儿，相互争斗，洁白的雪花踢到半空成为迷蒙雪雾……狗儿跑得热渴，用舌头舔舐积雪，得意非凡地吠叫着，顺便逼视着我们，威风凛凛地宣示谁是这里真正的主人。

面无表情的牛仔比尔用口哨向旷野呼啸，马蹄嗒嗒，马群应声而来。老牛仔停了马车，把我刚才当板凳坐过的小绿箱打开，掏出箱内物品向马群抛撒。马匹欢乐地围着他的手臂绕着圈，看得出它们对小绿箱的内容物颇有好感。

我问比尔："这是什么？"

比尔说："盐和矿物质。"

我说："这里的草不是很丰美吗？"

比尔说："再丰美的草还是会缺一些东西。有了这些营养，马儿会活得更好。"

我说："看得出您非常喜欢马。"

比尔难得地微笑了，说："我本来是可以到城里去的，可是我离不开它们。"

我说："所有的马您都认识？"

他有些不满地瞋了我一眼，这个问题，挑战了牛仔的尊严。他说："当然，每一匹。"

我只好马上想出令他喜悦的问题，以驱散他的不快。我说："那您一定有最喜欢的一匹马了？"

他果然开心起来，说："都喜欢，但还是有最喜欢的。我叫它过来见你。"

比尔连续吹起口哨，很多匹马围拢过来。他指着一匹毛色黑红相间、看起来并不是特别高大的马说："喏，就是它。"

马通人性，亲昵地凑近比尔，任他抚摸。

马群五颜六色，每一匹都油光水滑，昂首挺胸。我看不出这匹马到底好在哪里。

比尔看出我的疑惑，说："它要下小马驹了，那个马驹会非常棒……"

我说："我可以摸一摸它吗？"

比尔说："当然可以。它脾气很好的。"

果然，黑红马友善地看着我，好像已经认识了百年。它的皮毛有一点点濡湿，在冰冷的空气里，毛皮下的滚滚脉律令人感动。估计是它刚才听到口哨后，赶过来太猛了。

告别了这匹马，简易马车又开始奔跑，人仰马不翻地绕着农场奔驰。直到这时，我们还没有见到农场的老板，心想吃晚饭的时候，他总该露面吧。

在通往餐厅的路上，比尔得意地领着我们参观周围的房舍。通往仓库的路上有一座土色的柴火山，轮廓参差不齐，很不周正。走得近了，才发现组成山体的并非树杈，而是堆积的鹿角。每副鹿角都有1米多长，枝枝杈杈架叠着，最保守地估计也有上千副吧。

进了仓库，以为里面储存柴米酱醋盐什么的，毕竟这里人迹罕至。不想两层楼的硕大空间里，摆满了各种动物的头颅，还有皮毛和骨骼。我们脚下穿的拖鞋是兽皮缝制的，挂衣帽的架子是用巨大的鹿角制成的，桌子上的灯罩也是兽皮裁制的。

比尔颇为自豪地说，这里所有的设计，连同所有的房子，都是他自己完成并亲手建造起来的。

直到此刻我们才确切地判定——比尔就是这座山野王国的国王。他介绍说，农场有4000英亩大。我快速地心算了一下，1英亩大致等于6亩地，比尔有24000亩地，约合中国一个乡的土地了。他有牛马各数百，还租了数倍于自有山林的国有土地，地域辽阔。他是主人，也是工人。他是农场主，也是捕猎手。

"那这些……都是您猎获的吗？"我战战兢兢地发问，不敢用手指点那些动物的残骸。

"是啊。"他很随意地回答。就像你指着一个麦秸垛，问老农：这些麦子都是你种的吗？

可是，动物并不是麦子啊。

餐厅里最温暖的部分是壁炉，升腾着火苗，是真正由木头拱起的火焰，而不是我们在国内常常看到的红绸子或激光拂动的假火焰。我们吃了一顿丰盛的晚餐，不过只要是肉类端上来，我就不敢动筷子。瞟见俯视着我们的兽首，似在若有所思。

饭后，比尔坐在壁炉边的旧皮椅里，看来那是他的习惯位置。旁边有一架钢琴。他做了一个邀请的姿势。屋内的人分成了微妙的两派，一方是牛仔，一方是外乡人的我们。客人们很希望能以实际行动向主人表示谢意，在自愿报名的基础上，我方出动两员大将弹钢琴。

比尔微微侧着身体，倾听客人们的演奏。先是女孩上场，当然要先谦虚一番说是很久没练习了，不一定熟练。人们耐心地等她说完了开场白，进入实质性的演奏。她弹的是《致爱丽丝》，的确是不熟练，属练习曲水平。然后是我方的男生出场，我们对他寄予了希望，哦，简直可以说是厚望。男孩子的手指一开始翻飞，人们就愣了，因为他的曲目也是《致爱丽丝》。

"换一个吧。"我们呼吁。

男孩子抱歉地说："我只会这一个。"

明白了，他们都只会很有限的练习曲，浅尝辄止。

对我们想表达的谢意，比尔照单全收了。他很认真地听着磕磕绊绊的练习曲，在曲终的时候奋力鼓掌，夸他们弹得不错。我们一时不知道说什么好，平心而论，演奏乏善可陈。短暂的静默之后，老牛仔慢慢起身，踱到了钢琴旁，当我们刚刚意识到老牛仔也要献上一曲的时候，他粗糙的十指已经在琴键上辗转腾挪。一段极具美国西部风情的曲子骤然响起，手法纯熟，节奏飞快，比尔表情淡定，暗地里又激情澎湃……我方所有的人都傻了，半张着嘴，除了激赏，就是为刚才的班门弄斧而羞愧。

比尔看来很兴奋，证据就是他越发活泼起来，又开始表演手风琴……脸上洋溢着打破了外界对牛仔都是大老粗的成见而自喜的笑容。

或许在冬季，难得有人到偏远的庄园来，他有点人来疯了。他一会儿介绍这个，一会儿让我们看那个，献宝似的领着人们参观他秘密的阁楼。那里有十几支猎枪，火药味甚浓。这些枪可不是展品，而是真正的武器。每一支都曾子弹出膛。

夜色渐深，身心俱乏。比尔谈兴正浓。他似乎看出了我们的倦意，抛出撒手锏："你们要不要看看农场夏日的生活，还有我的……妻子？"

热爱窥探别人的隐私，是人类的通病。特别是对这样一位神秘的老牛仔，我们迫不及待地想多了解他。于是我们抖擞精神，异口同声地说："愿意！"

一盘盘录像带，将我们领回盛夏。牧场绿得像被泼上了油，广袤到不真实。比尔纵马驰骋，马群疾跑如风，无比神勇。

"这是谁给您录下的？"问。

"我妻子。都是她拍的。怎么样？很棒吧？！她是个艺术家！"老牛仔一脸骄傲地说。

话说到这个份儿上，人们当然会注意到他的妻子没在场。"她到哪儿去了呢？"有好奇者问。老牛仔说："妻子去了城里，照顾女儿。"

后来才知道这是他的痛。妻子因病去世，她亲手拍摄的照片和录像带，就成了比尔刻骨铭心的纪念。

我实在困倦了。比尔谈兴正浓，在这孤寂的冬夜，有远方来客愿意听他摆古，述说他自己的经历和妻子，于他是一种悠长的享受。这样聊下去，可能会到天亮吧？我真怕自己忍不住睡着了显得失礼。现在告辞呢，看起来有些唐突。两害相权取其轻，我致歉后离开了。

踏着吱嘎作响的积雪，蹒跚走回女宿舍。尽管已经做好了充分的思想准备，推门的一瞬，还是被活灵活现的动物尸体吓得不轻。那两位女生还没回来，偌大的房间里，除了我，就是墙上圆睁着的鹿眼、狼眼、熊眼……

我向壁炉投入木柴，暖意让我的胆子膨胀了一些。不敢洗澡，我觉得人洗澡时很脆弱，宛如婴儿。如果发生了什么意外，逃跑都来不及。

草草洗完脸之后，神志略微清醒了点，但我发现了一个很重要的问题。如果不妥善解决，无法入睡。

这间预备给女牛仔的房子，门上没有钥匙没有锁，只有一个钢质的巨大挂钩。我的床在走廊深处，挂上挂钩，万一我睡死了，听不到那两位女子归来，她们就要在雪地中站立很久。不挂挂钩，等于这房间完全不设防。歹人未必有，野兽不可不防。

思忖再三，我决定挂上挂钩。为防自己听不见，让迟归的女伴们受委屈，我决定放弃到床上睡觉，只在靠近门扉处的沙发上和衣而眠。关了灯，一片黑暗。累是真累了，困是真困了，但四周兽眼凝视，身旁门扉山风拍打，耳朵支棱着倾听女伴何时而归，似睡非睡，极不安稳。也许，最终让我不安宁的，是无法在一群动物尸体下入眠。

大约凌晨 2 点半，有人敲门。我第一时间翻身跃起开门。是 A 女孩。

"比尔可真能聊啊。"我揉揉眼圈嘟囔了一句。

"没有，聊了一会儿，就散了。我们在男生那边又说了会儿话。"

"哦，B 女孩在哪儿？"我看看门外的雪地，不见那个女孩的踪影。

"她还在那儿聊呢，说先不回来。"A 女孩答道。

现在，女牛仔房内，有 A 和我两个人了。我胆战心惊的状态缓解很多。不过，刚才困扰人的问题依然存在。锁不锁门呢？锁了，B 女孩回来怎么办？不锁，我们门户大开。

我对 A 说："你去睡吧。我等她。"

A 是个善解人意又会照顾人的女孩，说："您年纪大了，还是我守在这里吧。"

我说："我刚才已经迷糊了一会儿，不大困了。你一点都还没睡呢，到里面去安睡吧。"

A 说："我睡不着。在满是尸体的房间里，会做噩梦的。"

我说："并不是你杀了它们。按照此地的法律，这也不是犯罪。对一头北美麋鹿来说，是终老山林还是被更凶猛的野兽吃掉，抑或变成美丽的标本，悬挂在这里供人欣赏和怀念，我们并不知道哪样更好啊。"

Life is a wilderness
人生是旷野啊

加拿大夜晚的雪原

A说："您觉得鹿是怎样想的呢？"

我说："如果我是鹿，愿意终老山林。"

说到这里，我们不由自主地去看窗外。一弯马蹄铁般的月亮悬挂在空中，清透无比，好像能看到月亮背面。银白色的积雪，在月光笼罩下，变成典雅的铁灰色。树干如同妖魅，骨骼清奇，铁树银花。有野兽在林间奔突，不知是狐还是獾……为了等B女孩，我们一夜未眠。闲来无事，就不断地向壁炉里投放木柴，最后竟把房间烧得暮春般和暖。储备的木柴烧光了，我们就把原木墩子拿来，用斧头劈裂。这可是个力气加技术的活儿，我们费了九牛二虎之力，也只是将原有的裂缝扩大而已。无奈之下，我们把整块的木头塞进壁炉，火焰不是燃烧得更猛烈，而是直接熄灭了，我们从盛夏一个跟斗回到了数九隆冬……我们据此开辟了新话题——加拿大的冬天可有人"数九"？

终于盼到了晨鸟鸣叫，万物复苏。

B女孩在男生们那里过了夜。说怕黑，不敢回来。两栋房屋，相距百步不到。男生也不绅士地送送女生吗？多谢她的不归，让我在惊心动魄的不安中，得以窥见今生最美的雪夜。

我们就要离开农场了，昨晚聊得欢歌笑语，我以为老牛仔一定要送送我们。阳光下的牛仔褪去冷夜的温柔，恢复了坚硬如铁的外壳。他简单地同我们打了个招呼，继续更换他的马掌，面如深潭，头也不抬。以至于我走出了很远，都觉得尚不曾告别，以为他会从马厩赶出来再向我们挥挥手……

然而，没有赶出来，没有挥手，没有微笑，没有告别……比尔缩回到雪原中的小木屋，缩回到包围他的生死动物王国，缩回到他的回忆和期望中，一如既往地过他的日子。也许，这就是最纯粹的牛仔风度。没有人能改变他们的传统，他们是独立的世界。刻满岁月之痕的脸上什么都没有，坚守着自己的传统至死。

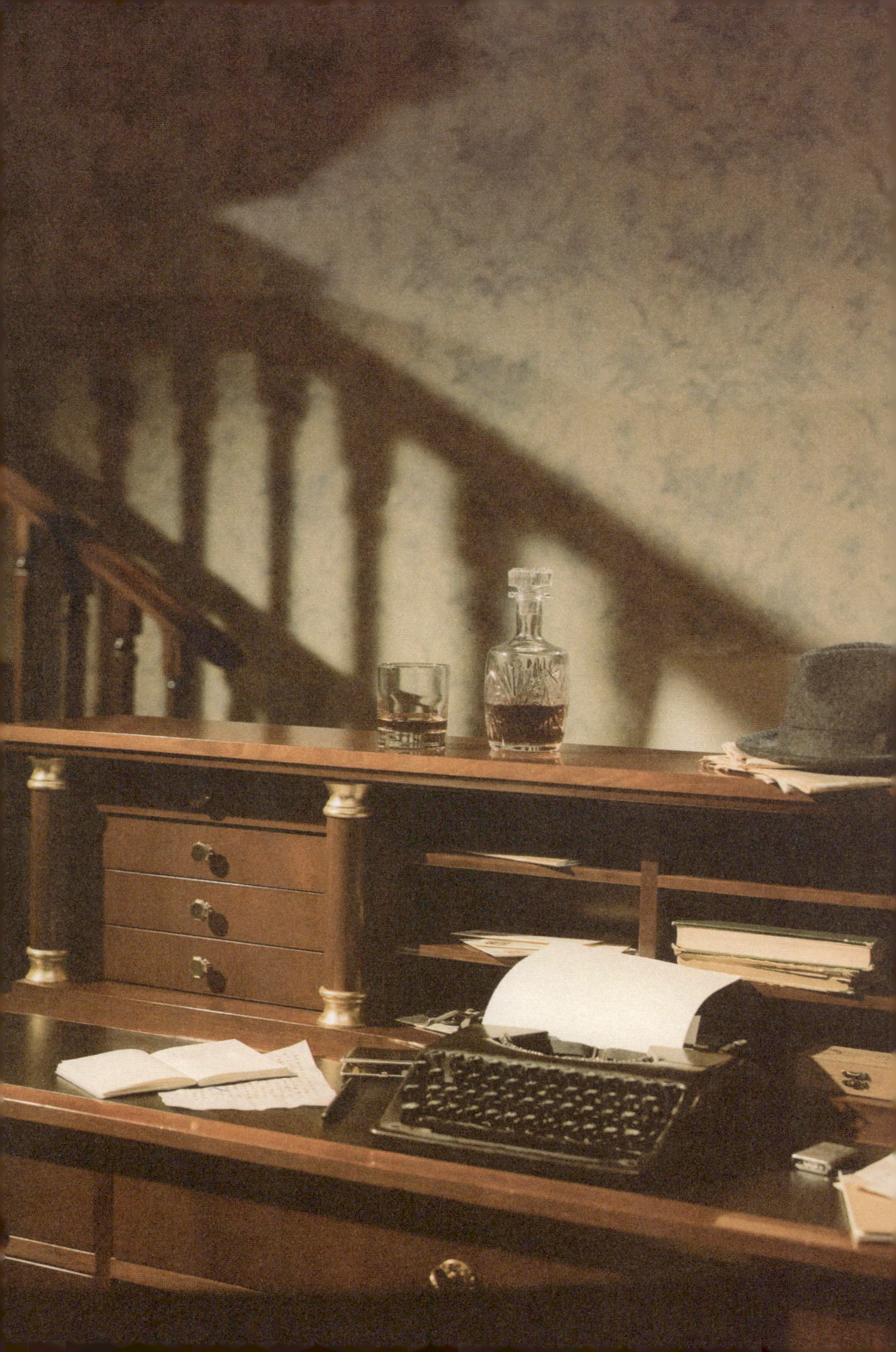

海明威的最后一分钱

◉ 北美洲·美国·基韦斯特岛（海明威故居 ------→ 酒吧）

基韦斯特是美国本土最南端的一个小岛。东西长约 5.5 千米，南北宽约 2.5 千米。像一条胖而舒适的卧蚕，睡在蔚蓝的海中。战争年代，由于基韦斯特独特的地理位置，这里是兵家必争之地。

我选择到基韦斯特一游，不是因为战争。或者说，也是因为战争——一位擅长描写战争的伟大作家曾在这里生活过，他就是欧内斯特·海明威。

半个多世纪以前，名声初起的海明威，厌倦了大城市的繁华生活，想换换口味。小说家约翰·多斯·帕索斯向他推荐了佛罗里达州的小岛基韦斯特，这个岛距离美国大陆的距离比距离古巴的距离还要远。

地处墨西哥湾和大西洋交汇的水域，岛上长满了红树林、棕榈、胡椒、椰子、番石榴……天空飞翔着蓝色和白色的海鸟，云彩堆积着，巍峨得好像奇异的山峦。海水由于深邃和清澈，变得近乎紫色，赤红色的水母遨游着，和天边的霞光呼应，构成了诡异的光柱。

岛上居住着西班牙和古巴的渔民，是早年捕鲸人的后代，民风淳朴。海明威欣喜若狂地说："这是我到过的地方中最好的一个。我一点也不留恋大城市的生活。纽约的作家，那都是装在

基韦斯特岛上的风光

一个瓶子里面的蚯蚓，挤在一起，从彼此的接触中汲取知识和营养，我想躲开他们。"

基韦斯特岛的确非常美丽，让人沉醉而迷惑。但我想不通，在如此妖媚的阳光下，海明威哪里来的心境去描写流血的战争？我有个不登大雅之堂的心得，总觉得作品是某种地理时空的产物，就像野菊花是旷野和秋天的合谋。

可能为了迅速纠正我的谬误，夜里，我就见识到了一场加勒比海骇人的风暴。暴烈的阴云和能够置人于死地的狂雨让我明白了这里的天空和海洋，可以比拟任何战争与和平。

海明威在这个小岛上，写下了《午后之死》《胜利者一无所获》《非洲的青山》《有钱人和没钱人》《西班牙的土地》《第五纵队》，以及《丧钟为谁而鸣》的一部分……这些作品，凿成一级级花岗岩阶梯，送海明威到达了不朽的山巅。

海明威来到基韦斯特定居以后，先是住在西蒙通街，后来搬到了怀特黑德街907号，现在对游人开放的就是907号故居。它坐落在一条短短的安静的小街上，回想半个多世纪以前，这里一定更为清冷。宽大的庭院。一栋白色的二层楼房。绿得不可思议的树和曲折的小径。

走进故居，首先接触到的是无数只猫以豹子般勇敢的身姿，在你脚下乱箭般蹿动。这可能是世界上最无人管教的家猫了。还有一些猫不成体统地睡在小径的中央，袒胸露乳，放荡不羁。刚开始我几乎以为它们是死猫，它们委实睡得太沉醉了。别看这些猫其貌不扬（以我有限的知识，觉得它们是一些平凡的猫，绝无名贵之种），但它们的血统直接源自海明威当年豢养过的猫，个个是正牌后裔。它们气定神闲为所欲为，赋予海明威故居以勃勃生机。它们是大智若愚的，对所有的访客不屑一顾，心知肚明自己的祖上，才是这厢真正的主人。

我在海明威的故居内轻轻地呼吸。

这套房子是海明威的第二任妻子波琳的叔父于1931年送给波琳的礼物，海明威在这里生活了8年。原先是座西班牙风格的古典建筑，年久失修，门槛腐朽，墙皮脱落，房顶和窗户也有很多破损。海明威着手组织工匠把房子从里到外来了个大改造。这不是项小工程，尤其是设计方案，有很多是海明威自己完成的。

现在看起来，这是一套舒适而井然有序的房子。我原来以为海明威的写作间是阔大的，按照房屋的规模与格局，他完全有能力为自己做这样的安排。室内的陈设，估计很可能是凌乱的。

但是，我错了。工作间异常整洁，面积也不算很大。铺着黄色的木质地板，齐胸高的白色书架靠在墙边，古典的西班牙式的圆形写字台摆在地中央，阳光充足得让人想打喷嚏。在介绍海明威的书籍里，写着海明威习惯站着写作，他常常把打字机放在书架的最上一层。但在海明威的故居中，我看到的打字机还是规规矩矩地放在写字台上。

海明威还有一个我觉得很孩子气的小习惯，就是爱收藏小动物玩具。比如铁乌龟，背后插着钥匙的玩具熊，小猴子和长颈鹿造型的小工艺品……我在一些名人故居看到的经常是名贵的收藏品，显示着主人的身份。但是，海明威不是这样的，从他这儿看到的是一个大作家的率性与真实。

让我特别留下印象的是海明威孩子的卧室，地砖的颜色如同韭黄般鲜嫩。解说员告知，这间房屋的设计是海明威亲自完成的，铺地的材料，是海明威专门从法国订购来的。

我偷偷笑笑。平心而论，和整套住宅华贵精致的风格相比，海明威为自己的孩子所设计的卧室，谈不上出色。不敬地说，甚至有支离破碎的堆砌之感。但我想，他一定是倾注了极大的爱心，单是把那些颜色暖亮得如同鸭蛋黄的瓷砖，颠沛流离地运到这个小岛屿上来，就让人的心情从感动演化成嫉妒。不是嫉妒海明威的富有，是嫉妒那孩子所得到的眷爱。

海明威的庭院里，有一座露天游泳池。出门就是天然浴场的岛屿，从咸水的怀抱里掬出一座淡水游泳池，即使在今天，也是奢侈。更不消说，海明威是在半个多世纪以前，一举完成此项工程的。那时，这颗淡绿色的葡萄，是整座岛上的唯一。

在更衣室和游泳池之间的水泥地上，有一块灰暗的玻璃，落满了尘土。解说员将浮尘拭去，让游客看到一枚硬币镶嵌在水泥中央。由于年代久远，币面显出苍老的棕绿。

这就是那著名的一分钱了。在观光手册上写着："海明威曾用两万美元修建这座全岛唯一的淡水游泳池。他说过，要用尽最后一分钱来建造。他做到了，于是在完工的时候，他就把自己的最后一分钱，镶嵌在了水泥地上。"

浪漫而奢华的故事。海明威一掷千金为博红颜一笑，有点帅哥的味道。我却多少有些不明白。既然是求奢华享受，就不要这样捉襟见肘。就算捉襟见肘，也不要公告天下。就算要公告天下，也要做得好看一些。这枚锈绿的硬币，歪斜着，尴尬着，好像一张肿了的苦脸。

我把自己的想法对解说员谈了。那是一个被热带阳光晒出一身麦黄肤色的青年。他说，自己祖居基韦斯特，对海明威很了解。

那一分钱的真相是这样的。他陷入了沉思。

海明威的妻子波琳执意要建造岛上第一座淡水游泳池。在她，这不但是一种享受，更是一种地位和财富的象征。海明威出于爱，答应了这个请求，家中当时并不富有，两万美元不是一个小数字，海明威抖空了钱袋的缝隙。施工很混乱，预算一再突破。有一阵，几乎要半途而废。海明威殚精竭虑，把最后一分钱都榨了出来，才艰难地完成了这座划时代的游泳池。

为了表达这份艰窘和来之不易，海明威把一枚硬币镶嵌在这里。

海水拍打着珊瑚礁。往事已经湮灭在不息的浪花之中。我不知道在众多的海明威传记当中，还有没有更权威更确切的说法，关于这一分钱，关于这个来之不易的游泳池。

从故居走出，我们在海明威生前最爱去的那家酒吧，点了一种海明威最爱喝的酒。慢慢呷着。我想，我愿意相信解说员的解释。因为他那麦黄色的皮肤，是一个强有力的注脚。从依然明亮的瓷砖到早已暗淡的游泳池，我在那座葱绿的院子里，除了记住了海明威旷世的才华，还感受着他的率真和独特的个性。

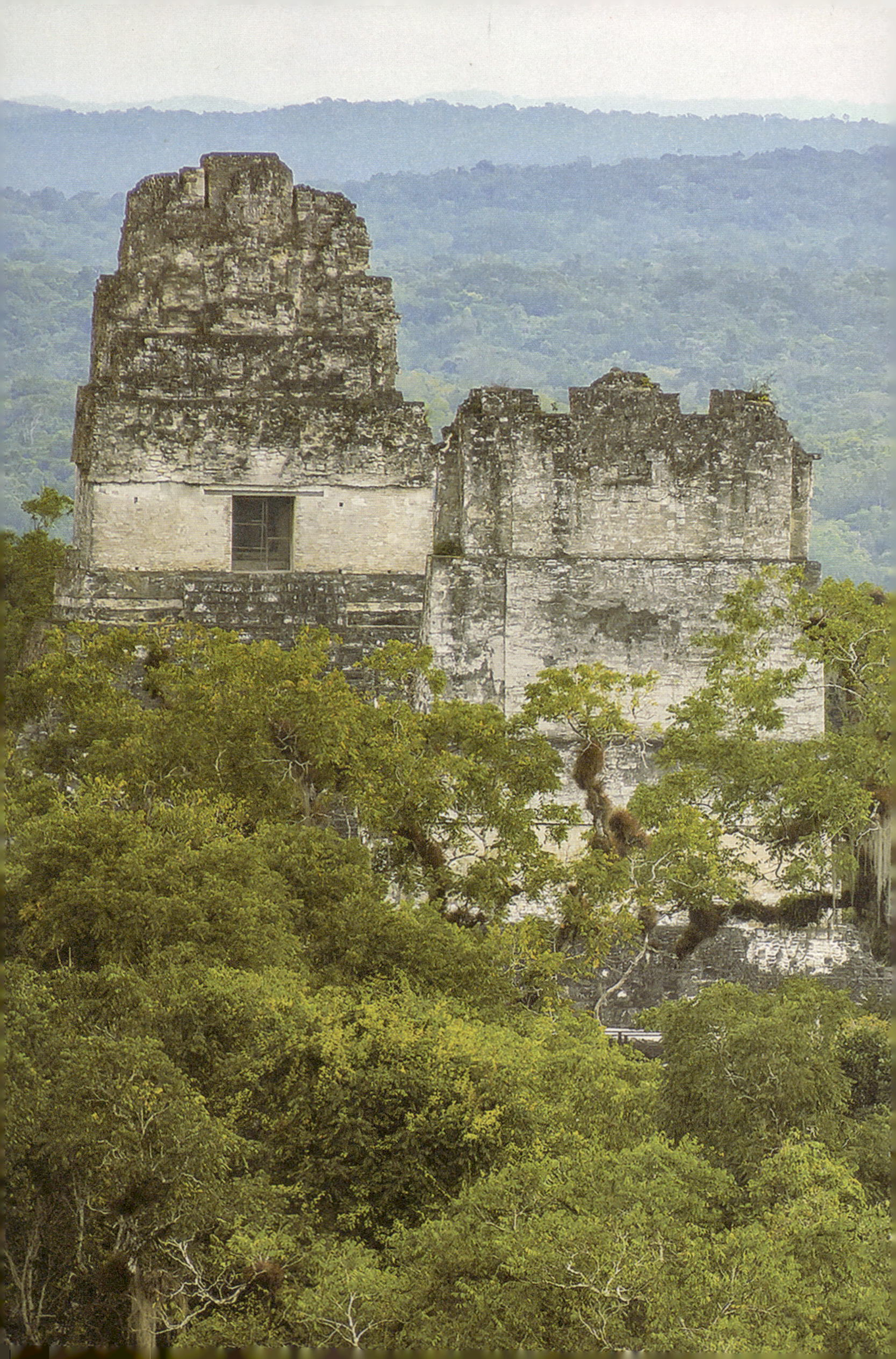

穿行在危地马拉的密林中

📍 北美洲·危地马拉（蒂卡尔遗址）

喜欢半夜船到码头的感觉。突然间晃动停止，得到土地和波涛之间的均衡感。黎明时分探头一看，不再是海天难以分辨的蓝，而是赭色的土地和绿色的植物，还有与老朋友在地平线相见。

此次出海，旷日持久加山水迢迢，朋友们怕我出意外时没着落，便把各国有关人员的电话和通信方式给了我，以备不时之需。当我问在危地马拉找谁时，朋友略顿一下，后来我知道他怕我不好意思，在斟酌回答方式。他悄声说："危地马拉和中国没有邦交。"

我们在危地马拉，乘坐包机到密林深处的玛雅遗址"蒂卡尔"观光。

先是"包机"令人惊叹。想象中很气派，看了安排书才知道，总共70人，乘4架飞机，每架飞机十几人。游客分为两派，一派欢天喜地，觉得飞机越小越好玩，刺激；另一派觉得有风险，心中打鼓。据说危地马拉有过先例，所谓"包机"，就是派来一架军机，连驾驶员可坐4人。少年不识愁滋味的人很希望能碰上这等运气。我随遇而安，听招呼。

军用机场，完全没有候机室之类的劳什子，大家站在跑道旁边，看着飞机在身边降落，然后从舱门放下一架简易梯，类似家中从高层取书的简易铝梯子，登上飞机。

驾驶舱无门，机舱内可直见仪表盘。也无空姐，更别提水什么的。芦淼的行李无处放，驾驶员态度甚好，让他把行李放驾驶舱里了。朝着太阳飞，晃眼，驾驶员弄了块遮光板，把机头处的玻璃挡了一半。我刚开始有点吃惊，心想，要是看不清对面飞机怎么办？后来一想，艺高人胆大，此国飞机也不多，空中撞机的概率很低吧。总之，安之若素，听天由命。

在蒂卡尔住的宾馆远看像原始人的棚子，内里的装修却很现代化。听内行人说，此种用芭蕉叶做屋顶装饰材料的建筑，其实很靡费。叶腐易生虫，每三年就要彻底更换，表面上的返璞归真，反倒不环保。

热带雨林，酷热难耐。在湿滑的雨林中行走，对人的体力和意志力，都是强大考验。

密林中，除了古迹，就是动物了。想要看到动物，眼力非常重要。我等只顾看脚下，生怕滑倒，所见很有限，至多看到绿色蜥蜴什么的。偶尔抬头，看到的也只有红头啄木鸟。导游是玛雅人后裔，叫"本地多"（他说自己的名字是"神圣"之意）。

本地多说他昨天看到了美洲豹。我们忙问："今天有希望看到吗？"本地多说："看美洲豹必须要夜里，白天这么多人，这么大的人类气味，早把美洲豹吓跑了。"

我问："美洲豹吃人吗？"

本地多答："美洲豹如果不是饿极了，不吃人。这里是危地马拉国家森林公园，动物种类很多，可吃的东西很丰富。美洲豹通常不吃人。"

本地多非常热爱自己民族的文化，讲起历史来，充满感情。他说"蒂卡尔"是"声音之城"的意思。我问："声音怎么能成为城市呢？"本地多说："蒂卡尔原本是有回声的，如果你站在城市的中央说上一声，四周的建筑会有多次声音折射，远处也可以听到回音，这与玛雅人的天文和数学计算知识有关。只是现在建筑残破了，奇迹般的效果已无法复现，空留地名。"

我们说："在遥远的中国，我们也有这样的建筑，叫天坛回音壁。将来欢迎你去看看。"

本地多答，他早就听说中华文化和玛雅文化之间有神秘关联，他将来一定要到中国去看看。

本地多真不愧是玛雅人的后代，经常在绿色密林中，一眼发现各种动物，指点给我们看。比如浣熊和一群猴子在快乐地嬉戏。

蒂卡尔，这个名字对大多数人来说，十分陌生。一是因为中南美洲距离我们太遥远了，不单分属东西半球，而且还隔着南北半球。二是因为危地马拉和我国至今没建交，处于隔膜状态。蒂卡尔的具体位置在危地马拉北部佩腾省东北部的丛林中，耸立在原始热带密林中，周围沼泽环绕丘陵密布。它是玛雅文化最重要、最大的城邦之一，也是迄今为止所发现的历史最悠久的玛雅古城。

蒂卡尔昌盛繁荣了1000多年，占地面积达130平方千米。从约公元300年到公元900年，大约有29个君王在此定都。据研究，在它鼎盛时期，人口有6万人。依我个人的观察，觉得当地人数远比这个要多。比如说这一带现在还遗有3000多座建筑，总不能一座建筑里只住几十个人吧？虽说有的金字塔，并不是用来住的。但这么大体量，总要有人来修建吧？如果只有6万人，修得起来吗？由于我们所不知道的某种原因，蒂卡尔城如同魔术师遗弃的道具，在原始森林中销声匿迹，偃旗息鼓数百年。

1893年，美国探险家约翰·斯蒂文斯，在热带丛林中艰难跋涉。密密的树枝和悬空的巨大藤条使他寸步难行，不得不常常在灌木丛中绕来绕去（这个感觉，就是现在在蒂卡尔的热带雨林中行走时，也依然感同身受，疲惫到几近绝望）。突然，斯蒂文斯脚下传来异样的感觉，好像踏上了一个石砌台阶。他欣喜地走下去，找到了台阶节奏，一步一步地随着台阶不断攀登。职业的敏感性使他马上意识到，这是人工雕琢而出的，可能是人类古文明遗址。果然，丛林中的阶梯，通向一座巨大的精美石像。这是玛雅神殿的遗址，千百年来被四周密林和巨藤遮挡得密不透风，人们离开它100米远，就难以发现。

说实话，我对这一类探险家自述的遗址发现过程，总是心存异议。在柬埔寨吴哥，也曾听到这种说法。

18—19世纪时，柬埔寨遍布浓密的原始森林。1861年，法国生物学家亨利·穆奥为捕捉一种珍稀的蝴蝶踏上了这片土地。他先是沿着湄公河支流漂到了一个大湖中，就是今天所说的洞里萨湖。穆奥在湖岸登陆，带着4名柬埔寨随从人员，劈开热带灌木丛，向森林深处走去。走了一段路程之后，当地人宣布不再往里走了，他们乞求说，不敢进到森林深处，前面有很多魔鬼，魔鬼会使人迷失方向。居住在森林里的居民们也都陆陆续续搬走了，只剩下一座很大的古城，孤零零地耸立在那里。

穆奥很好奇，想：莽林之中怎么会有城市呢？他顿觉搞清楚这件事，比捕鸟捉蝴蝶重要万分。赶紧给4个随从加薪，说服他们继续上路。第五天，正当穆奥因为一无所获准备败兴而归时，突然发现在不远的森林里，显露出5座高大的石塔。

穆奥在《高棉诸王国旅行记》一书中是这样描写这个瞬间的："辽阔的森林中，圆形弧顶、五重塔的巨大廊柱遗址独自耸立于天际，孤寂地伸展于绿林之上，当目光触及这座美丽又端庄的建筑物时，仿佛拜访的是一个种族全族的族墓。"

这就是著名的吴哥窟。穆奥怀着极大的兴趣，沿着浮雕阶梯，步履蹒跚地登上了中间石塔顶部。它高达65米，在塔顶极目远眺，无尽林海山呼海啸般涌来。它的四周如同岛屿般耸立着无以计数的高大而优美的建筑。穆奥返回法国后，大肆渲染他的发现，却没人在意他的话。数月后，穆奥又一次到柬埔寨密林探险，不幸染上疟疾，离开人世。

后来，世人证实了穆奥的发现。1861年1月，法国生物学家亨利·穆奥为寻找热带动物，无意间在原始森林中发现了宏伟惊人的吴哥遗迹，并著书《暹罗、柬埔寨、老挝、安南游记》，把奇迹介绍给全世界。

柬埔寨导游说："我们世世代代生活在这里，我们一直知道在密林中，有这些伟大建筑，有我们祖先的亡灵和我们的历史，怎么能说是被法国人发现的呢？吴哥一直存在着，我们都知道，只是他们不知道。为什么我们知道，就不算知道，只有他们知道了，才算知道，然后把这称为'发现'呢？"

这话说得很有道理。假如我们孤陋寡闻，从不知道意大利的罗马，而当地的意大利人都知道。有一天，我们漂洋过海到了亚平宁半岛，突然看到了罗马凯旋门和斗兽场，大吃一惊。能说我们发现了罗马吗？

如果说，只有著书立说，让世人知道了此地，才算是"发现"，那么，比穆奥更早将吴哥写入书里的，是一个中国人，叫周达观。

这是至今还让中国人感到陌生的名字。周达观，元朝成宗元贞元年（1295年），奉命随使团赴真腊访问，次年抵达柬埔寨，在那里逗留1年多，回国后，把所见所闻用游记形式写成了《真腊风土记》。周达观巨细无遗地记录了他所见到的吴哥，此记录，不但是最早记录吴哥窟的史料，也是吴哥化为废墟之前留下的唯一文字存照。1903年，法国伯希和就将周达观所著的《真腊风土记》译成法文。也不知道穆奥读没读过这本书，我怀疑他读过。

我们参观约旦的佩特拉古城时，也听导游说，此地是在1812年被瑞士旅行者约翰·路德维格·贝克哈特发现的。更不要说举世皆知的——意大利航海家哥伦布发现了美洲大陆、葡萄牙航海家麦哲伦发现麦哲伦海峡等一系列丰功伟绩。

什么叫作"发现"？字典上是这样解释的——经过研究、探索等，看到或找到前人没有看到或找到的事物或规律。

约旦的佩特拉古城，不是"前人没有看到或找到"，当地的贝都因人一直都知道并护卫着它的存在。吴哥窟也不是"前人没有看到或找到"，当地的高棉人也一直知道它的存在。同理，危地马拉的蒂卡尔，也不是"前人没有看到或找到"，当地的印第安人一直知道它的存在。那么，把这一切都命名为"发现"，正义吗？

说到底，这是欧美发达国家的话语霸权，是一种以西方为世界中心来观察世界的偏仄视角。从16世纪欧洲文明率先进入大航海时代，由于技术突飞猛进，加上坚船利炮开疆拓土，使得殖民主义者们不断"发现"着，并通过战争与征服、好奇与猎奇，让"发现"演化成了居高临下的统治。紧随其后的欧美人文学者，虽然他们本人或许没有抢劫和杀戮，但并没有放下高高在上的身段，如入无人之境，完全无视当地人的权利。只要他们不知道的，就绝对空白。至于当地原住民，知不知道没有任何意义。我看到了，我来过了，我描述了，我定义了，这就是我的发现，全世界都要公认。

好比你从来没有看到过月亮，但无数的人都看到过月亮，只是你蒙住了双眼。有一天，你突然看到了，大叫一声，说："哈，我发现了月亮！"从此，月亮就被你命名，月亮的研究从你看到它的那一天开始计算。这不极为可笑？

你至多可以说是你在那一刻"找到"了月亮。而且，这仅仅限于你的视角。这个世界上有很多视角，八面来风。

穆奥"找到"了金字塔和古代城市遗址，举世震惊。各国的考古学家和探险家蜂拥而至，足迹踏遍了危地马拉、洪都拉斯、墨西哥的玛雅人各处遗址。蒂卡尔城里，古代玛雅人用石头和石灰做建筑材料，一共建起了大小金字塔共300多座。金字塔都以大方形地基为底，斜截锥形，陡直的线条，直插苍天，外观匀称挺拔（埃及的金字塔胖乎乎的）。危地马拉政府拨出专款在其周围576平方千米的土地上，开辟建造了蒂卡尔国家公园。

巨豹神庙是蒂卡尔城保存最完整的建筑物之一，它是台阶式金字塔，共有9级，单独有道台阶直通塔顶高达47米的神庙。与其遥遥相对的是2号金字塔，46米高。与它相距半千米处是最高的4号金字塔，高75米，站在塔顶可眺望蒂卡尔古城全貌。5号金字塔高57米。此外还有一些规模较小的金字塔。说来令人惊奇，这座伟大城池当年自信满满，并不怕别人侵略，周围并没有任何防御设施或是堡垒，只在北面有条护城河。

公元9世纪，蒂卡尔开始衰落。大广场上竖立着几十块纪念碑，被学者们称为"石碑仪仗"。它们像中国商代铜鼎，排列整齐，记载着当时的重大事件。最早的一块石碑建于公元292年，最晚的一块建于公元869年，此后就突然停止雕刻了。石碑像编年史，记载了蒂卡尔的兴盛，却没有留下它消亡的原因。曾经无比强大的蒂卡尔城邦，莫名其妙地被遗弃在丛林中。繁华都市沉沦荒芜，有着无数辉煌建筑物的古城，被逐出了历史。

蒂卡尔遗址离现代都市非常遥远，以前都是步行或骑骡马，披荆斩棘方能进入。

此次乘机时，我跟领队半开玩笑说："我可不可以和我儿子分乘两架小飞机？"

那没有说出来的话是：如果飞机真的失事了，如果我和儿子一块儿殉了自己的爱好，我家还剩下的那一口人，日子太难过。分开来，两架飞机都失事的概率，会小一点。

航班都是事先排好的，我的要求未被允许。上了小飞机，机舱不密闭，没有恒压。幸好飞行高度不是很高，除个别人感到胸闷不适，基本尚好。不过，我和芦淼携带的水杯，因为无密闭扣，在急剧压力的变化下，猛然迸开，水洒了一挎包。相机和信用卡等被浸透，手忙脚乱地抢救，把周围几个人的纸巾都搜罗来蘸水。小小混乱。

本着节约原则，我们原本预订的是三星级酒店。事到临头，当地旅游公司发来信息，说此地治安不良，为了游客安全，强烈推荐五星级酒店。我们每天支出要增加50美金，虽说囊中羞涩，但客随主便，尊重人家安排，于是忍痛住进当地最好的酒店。

我住二楼，推开阳台门，满目莽莽苍苍的密林。住在一楼的人，干脆能直接从露台走到绿茵茵的草坪上，不远处湖水荡漾。

顺着草坪的另一方向是茂林，小湖风光绝美，据说是陨石砸出来的坑，自在天成。每天不少人凌晨即起，坐小船到湖尽头去欣赏日出。看完日出，雨林漫步。早上是猴子进餐时刻，黑猴在树冠上跳来跳去。我等眼神不济之人，多半只能听到声响，待循声音探寻而去，只见绿叶翻飞颤抖，肇事者早已消遁。巴掌大的蝴蝶，像一片片蓝色云母，闪着磷光翩翩起舞。

有一奇怪事。宾馆地面，撒有一簇簇药粉。刚开始我以为是药杀蟑螂，后来才知道，是为毒蛇而备。冰凉滑腻的冷血生物，密林中无所不在。半夜时分，会从人所不知的缝隙游进房间，此药是为保护客人安全。听罢，魂飞魄散。如半夜起来，朦胧中看到拖鞋里盘条五彩斑斓毒蛇，怕会吓得像许仙一样昏死过去。据说如果不主动招惹毒蛇，它们也不一定非要取你性命，也许会独自溜走。当地人说，这种粉末并非毒药，只是发出一种淡淡的刺鼻味道（人闻起来并不很难受，估计毒蛇和人嗅觉不同），毒蛇会退避三舍。

想要看到古代玛雅人最壮观的金字塔不容易，从蒂卡尔国家公园的门口开始须步行三四小时才能到大广场。赶上雨季,时间还要更长。小路两旁隐藏危险。有片水塘是鳄鱼天堂。还有某种树的叶子,简直是黄蜂的前世,一旦碰到它就会浑身瘙痒刺痛一整天。无所不在的蚊虫更是猖獗。丛林是它们的老巢,而人类是非法侵入者。蚊虫是集体主义典范,喜爱扎堆。万一遭遇蚊阵,黑压压的一团,围绕中心旋转,组成蚊虫银河系。一见之下慌不择路逃之夭夭,若被这种热带雨林中的大蚊子垂青,也许会成为丛林烈士。

感谢玛雅人向导一路引领,不必像当年探险家挥舞砍刀杀出一条血路。本地多不断郑重提醒我们,紧紧跟随他,万不可走偏,不可擅闯路旁树丛,谨防危险。在一棵树根旁,看到一个巨大的泥团,椭圆形,直径约60厘米,精致螺纹层层叠叠,构造细腻。芦淼好奇,想拿树枝去捅一下,被本地多一眼瞅见,厉声制止:"那是白蚁窝!底下还串联着其他白蚁窝,里面白蚁数量超过地球上的人口总和……"

所有的艰苦和怨言,都在看到丛林金字塔时涣然冰释。外貌惊险、俊朗挺拔的金字塔,是蒂卡尔的地标性建筑。它不像埃及金字塔那样四

蒂卡尔金字塔

平八稳，也不像墨西哥金字塔那样大讲排场，占地铺张。蒂卡尔金字塔最主要的特点是"锋利"，在金字塔里属最苗条身材。它的斜度达70度，因而有人称之为"丛林大教堂"（真是欧洲人癖好，把什么都用熟悉的东西来命名。我对天发誓，玛雅人的金字塔一点都不像教堂）。

想当年，沿着陡峻得令人眩晕的石阶，玛雅王一步步进入金字塔顶端，玉树临风长身屹立，万众匍匐。他高得仿佛升入天际，仰着头，与众神窃窃耳语。在令人惊骇的仪式中，获得超越世俗的力量。这种极高建筑，除了祭祀的宗教作用，也是科技大舞台。在金字塔顶端，玛雅人观测星象，制定历法，建造起非凡的文化体系。这里是天人合一的圣地，距人远，距神近。说来我辈凡俗人等，本不应僭越，是时间给了我们特权。金字塔现在允许游客攀爬，只是出于保护目的，建了木质栈道。

我一步步爬上，腿软心跳颇觉吃力。好不容易登上64米高的神殿顶端，百感交集。我并非任何一个教派的信徒，但眼前古文明的遗迹所带来的震撼，没有亲身经历过的人难以想象。天空如蓝宝石般澄明，巨风扫荡，冷汗涔涔。鸟瞰四周的原始森林，万物萧索。野鸟啼叫，树丛中不知隐藏了多少神灵的秘密，畏惧之感油然而生。又似在悬崖峭壁之上，有轻身而下之冲动。

玛雅人留下辉煌文明。他们创造的太阳历，迄今为止没有多少人能够看懂。高超的建筑工艺，孕育了历经时间洗刷依旧璀璨屹立的大金字塔。无人知晓，什么力量驱使他们堆砌如此宏大庄严的金字塔。

好在写下以上文字的时候，我约略猜到了起因，觉得在精神追索层面上，懂得了玛雅人的心。这个破译，让我感慨万千。世界上所有的金字塔，都在模拟一座伟大的山峰。至于玛雅人和那座山峰是什么关系，我不是专门的学者，还没有更多地研究。我相信沿着这个思路走下去，也许别有洞天，金字塔就不再是鬼神莫测的天书。

"'玛雅'，究竟是什么意思呢？"当我离开这片丛林时，我问本地多。

他想了想，说："在玛雅语里，这个词的意思是'我和你'。"

本地多说，当年西班牙征服者第一次踏上玛雅人的土地，他们问一个玛雅人:这里是什么地方?玛雅人不懂他们的语言,以为问的是"还有谁?",就用本民族的语言回答他——"玛雅",意思是这里只有"我和你"。西班牙人以为这个地方就叫"玛雅",故得名。

我说:"有些西方的研究者说玛雅古迹和历法,可能是外星人留下的。"

玛雅人的历法和天文知识究竟精确到了什么程度呢?他们把一年分为18个月,测算出每个地球年为365.2420天,现代人测算为365.2422天,误差仅0.0002天。他们测算的金星年为584天,与现代人测算的误差极小。多么令人难以置信的数字!

我以为本地多很中意这种说法,起码也会持中立的研究态度,却不想本地多一下子愤然起来。对,愤然还不足以表达本地多的情绪爆炸,精准讲应是怒火冲天。

本地多说:"西方人为什么这么说?因为他们看不起玛雅人,觉得自己未曾掌握的文明和技术,玛雅人就不配拥有。玛雅人就是有非常精确的天文历法,就是能建造出辉煌的金字塔。他们解释不了,又不想承认玛雅人的先进文明,就瞎编什么外星人,觉得只有靠外星人,玛雅人才能发明建造出这些东西。我要说,这都是玛雅人独立研究和建造的,和外星人没有丝毫关系!"

我赶紧向本地多诚恳道歉,说自己不应该鹦鹉学舌,拾西方人的余唾。

玛雅人和中国人之间,隔着浩瀚的太平洋,但又有很多相似之处,特别是和三星堆出土文物,更有一种神韵相连。我不是这方面的专家,仅为普通游客。危地马拉因为当时与我国未建交,联系更十分稀少。翻译小唐后来给我发了资料,说玛雅语和汉语有很多相同之处,有专门学者曾进行过研究。材料十分专业,容我做点摘录。

玛雅语和汉语的共同词在100个基本词中占26个,减去4个可能偶然相似的,还有22个两种语言共有的词。依据统计概率,两种语言的共同词如果有22个,分开的时间是5000年前,这也就是玛雅人和中国人分开的时间。这个时间与语言学、考古学、人类学和历史学的已有研究结果非常一致。研究表明:

1. 原始玛雅语在4600年前开始分化为现在的各玛雅方言。
2. 在玛雅地区考古发现的最早陶器制造于4500年前,已相当成熟。
3. 玛雅古文献把历史、历法开始的时间定在公元前3114年,也就是大约5000年前。
4. 学术界认为,玛雅人是最晚从亚洲到美洲的。而古代亚洲人到美洲的最晚时间是5000年前。
5. 传说玛雅人远祖从西方来,或是从北方乘船来。从中国到美洲大方向是自西而东,如果乘船顺太平洋洋流沿日本、千岛群岛、阿留申群岛,再沿美洲海岸向南,到达中美洲,就是从北方乘船来。

玛雅人与中国人同种。美洲的印第安人是从亚洲去的,属蒙古利亚种,这已成为世界人类学家的共识。玛雅人也属蒙古利亚种,许多去过玛雅地区的人都能看出玛雅人酷似中国人(这一点实在是令人惊叹。你有的时候会觉得他们怎么可能是外国人呢?自己家的邻居就是长这个样子啊!真是讶异)。

我并不觉得如果两个国家的文化有所关联,或者说某国的文化更为古老就是祖宗,后起之秀就是孙子,两者有长幼尊卑之分。不,并非如此。世界上的国家,无论大小,都是平等的。世界上的优美文化,无论古老与否,都值得尊重。搞清楚它们之间的联系,对于人类认识自己,对于这个世界更加和平和谐,是有趣且有利的。

我对本地多说:"中国有个地方叫三星堆。"

本地多兴奋地答:"我知道。"

我奇怪,说:"你怎么知道?"

本地多说:"凡是到过危地马拉,看到过玛雅人文化的中国人,都会说起三星堆。说那里出土的文化,和我们玛雅人的文化,有很多相似之处。"

我说:"有一天,你能到中国去看看,看看三星堆,你会得出自己的结论。"

本地多无比神往地说:"我一定要到中国去,我一定要亲眼看看三星堆文化。"

我们说:"中国欢迎你!"

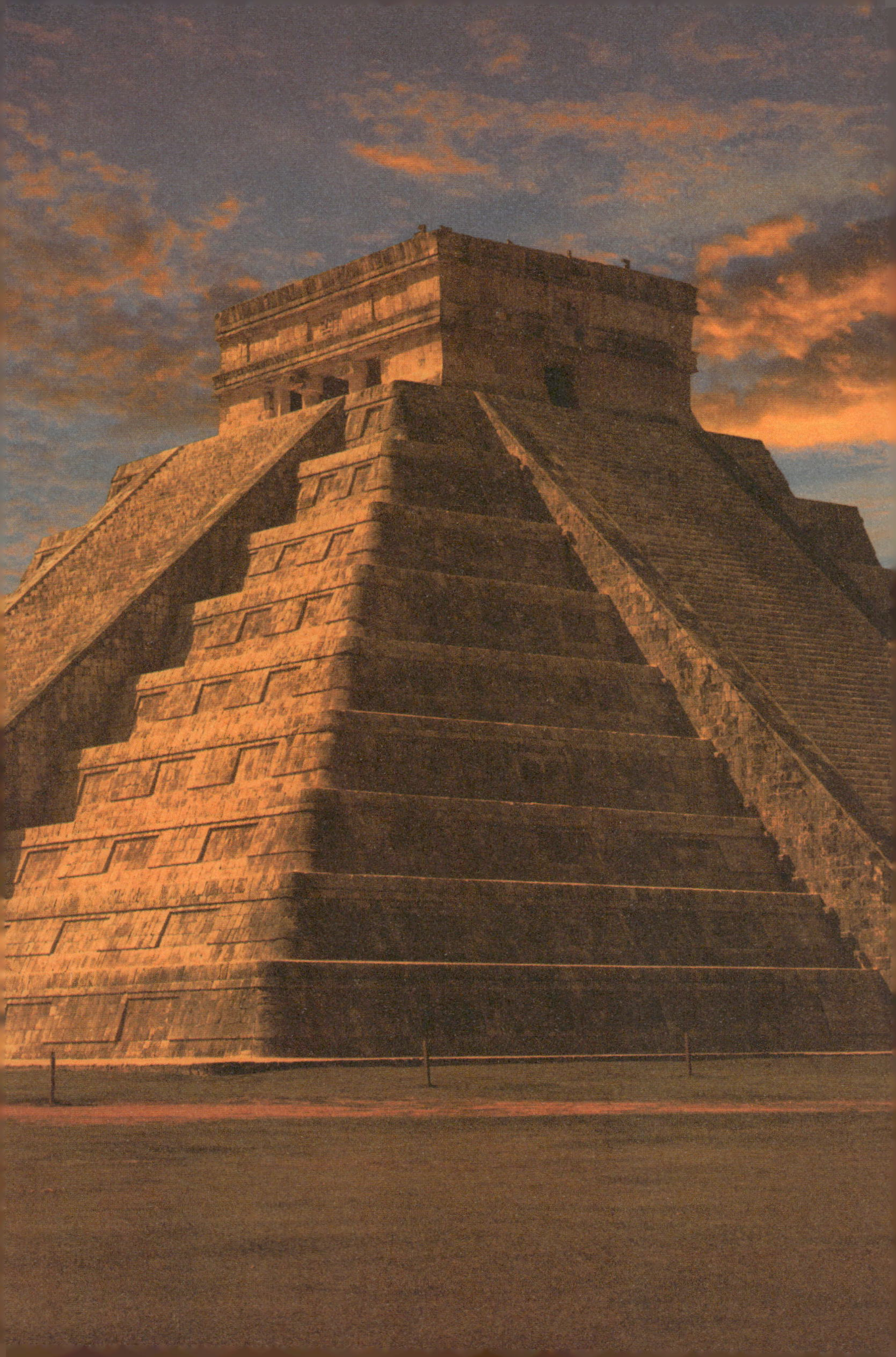

欢庆大道的 15.5 度偏角

📍 北美洲·墨西哥（墨西哥城 ┈┈► 特奥蒂瓦坎遗址 ┈┈► 尤卡坦半岛）

有些地方，一生当中去一次足矣，甚至去了之后心生懊悔，本该不去的。有些地方，值得一次又一次抵达。墨西哥便是后者。在墨西哥城特奥蒂瓦坎遗址，走在太阳金字塔通向月亮金字塔的黑色石砟大道上，我上一次来时在此地系上心头的那个疑问，变得越发沉甸甸——这条路，到底是干什么用的？

月亮金字塔是特奥蒂瓦坎遗址两座主要的金字塔中较小的那座，太阳金字塔是较大的那座。太阳金字塔在世界上现存的金字塔中排名第三，塔的底部面积为 225 米乘以 222 米（基本上是个正方形），高约 64 米，据说原来有 75 米高，后来坍塌了一部分。如果你对这一组数字没有清晰的概念，那么让我打个不太恰当的比喻——它的高度约合 20 层楼，底座面积有近 5 万平方米。按照国际足联的规定，标准足球场的面积是 7140 平方米，那么太阳金字塔的底座，大约相当于 7 个足球场大。

写出以上数字，深感为难。在任何墨西哥金字塔的相关介绍中，都可查到这些材料，抄录便有堆砌之嫌。但若不写，没有来过的人、无暇翻阅资料的人，就难以得到起码的印象。我的上部书稿曾被出版机构审阅，一看到罗列数字，就怀疑涉嫌抄袭，令我更改了多篇文稿，从此便怕了。相关数字如不如实抄录，自己攒一个出来，倒真是吓人。

太阳金字塔是古印第安人祭祀太阳神的地方，从正面攀登上去，要走过248级台阶。计算一下，64米的高度除以248级台阶，每一级高度约为26厘米（阶梯并不是很均匀）。角度偏直，感觉较陡。爬上顶端，是个平台。据说当年建有宫殿式的房屋，但现已坍塌湮灭，原有的形状也无以揣摩。站在平台上，尽管日光毒辣，仍有阵风袭过，鸟瞰整个古遗址，感慨万千。消失的文明促人浮想联翩，猜测此间曾发生过怎样的铁血柔肠。人在昔日辉煌的废墟之上，最易感受到时光的无情碾压。

金字塔本身足以令人敬畏，连贯两个金字塔的宽阔大道，更让人生出探究冲动。此地先民，在2000年前，既没有金属工具，也没有机械化装备，单是凭双手和极其简陋的家什，就把几百万吨土方和石头不知从哪里运了来，艰苦卓绝地堆垒起来，砌成了如此宏伟的金字塔。然后又用一条宽阔的大道相连，有何深意？

金字塔这个名词，用来形容古埃及法老的大地杰作，真是再恰当不过了。无论你见过还是没见过金字塔，"金"这个字，都能精确地向你呈现出金字塔的模样。不过若用"金"字来比拟墨西哥的高塔，便生出几分不确。墨西哥的金字塔是无头的，也就是说，"金"字的上半部分被切成平顶，宛若"金"字没有了最上面的人字形盖头，便和真正的"金"字，生出芥蒂。

连接太阳和月亮金字塔的大道，被称为"亡灵大道""死亡大道""黄泉大道"等等，总之都和死有关。我听说它的长度约3000米，宽约40米，南北贯通。这组数字一般人可能没有清晰的概念（我就属于这种人）。特别查了一下，北京的第一长街——长安街，按照最早的起止点，是从东单到西单，长度为3780米。宽度现在为5上5下的双向10车道。除了天安门广场处特别加宽外，如不算非机动车道，长安街机动车道宽35米。也就是说，连接太阳和月亮金字塔的这条大道，与号称十里长街的长安街机动车道相差无几。在劳动工具那么落后，也无须行走汽车的2000年前，为什么要修建这样一条惊世骇俗实际上有些大而无当的道路呢？

另据考古学家精确计算，此大道的走向，并不是正南正北，而是有一

特奥蒂瓦坎遗址

个 15.5 度的偏角。为什么会有这个偏角呢？你可千万不要猜想是否此地的先民疏忽了测量，这是完全不可能的，要知道玛雅人的天文历法之精准是为一绝。具体的原因，科学家们至今也没能找出来。我对此有个不成熟的揣测，容后文再说。

科学家们用碳-14 的方法，考证出此地从公元前 800 年开始有人类聚居，那时大致相当于中国的西周末和春秋时期。在公元 5—6 世纪，这里的常住人口大约有 20 万，建设规模也达到了巅峰，那个时段，相当于中国的魏晋南北朝时期。公元 7 世纪末，此地文化逐渐消亡，咱们那会儿已经是唐朝。现在人们能看到的遗存废墟，大约是在绵延了 1000 年的时间内修建的。

目前唯一比较通行的说法是：大大小小的金字塔对应着一些不在视野中的远山。

在墨西哥南部的尤卡坦半岛，我们再次和难以计数的金字塔迎头相撞。2008 年我环游地球时，游览过危地马拉热带雨林中的金字塔群，数目之多，劈头盖脑将我震撼。回来狂查资料，得知早在公元纪年前后，居住在中南美洲的玛雅人，就达到了第一个伟大的兴盛期，建立起了第一批"城邦"，修造了大量的金字塔、祭坛、浮雕石碑等等。到了公元 4—9 世纪，玛雅人进入第二个繁荣期。有文字记载的大小城邦有 100 多个。我去过的蒂卡尔遗址，在大约 50 平方千米的区域内，修建了大大小小百余座金字塔。那里的金字塔当时允许攀爬。我气喘吁吁登到顶端，极目四望，密林当中掩藏着众多金字塔，场面不仅仅是波澜壮阔，而且是……骇然。

在大约 10 个世纪的时间里，玛雅人在墨西哥南部的尤卡坦半岛，现在的危地马拉、洪都拉斯和萨尔瓦多的广大区域内，繁衍发展，创造出了极为灿烂辉煌的古代文化。

那个疑问挥之不去——金字塔到底是干什么用的？

首先想到的是求助于玛雅人的文字。玛雅人有文字，就会有相关记录；有记录，就会有解释。文字如同一条红丝线，缠在历史的手腕上，溯源而寻，就能抵达历史的大脑沟回。那年我在美国访问，一位当地学者曾对我说："看！印第安人没有文字，他们的历史没有人能说得清。"对于北美印第安人到底有没有文字，我没有研究，但我坚信能在中南美建造起如此气势磅礴设计精当的宏大金字塔的人，没有文字是不可能的。

玛雅文字大约出现在公元纪年前后。现在有确切文字记载的玛雅石碑，成文的年代是公元 292 年，出土的地方就是危地马拉蒂卡尔。据说玛雅文字，最初只在很小区域内使用，直到公元 5 世纪，才普及到整个玛雅地区。玛雅人的文字为象形文字，已被识别出了约 800 个字符。现在科学家们好像已经破译出了大约 80% 的最常用字符。这些文字多是用来表示时间的，比如各天的称呼、月份的名称，还有数字、方位、颜色以及神祇名称等等，基本记载在石碑、木板、陶器和书籍上。玛雅人的象形字，很像古埃及文字和日本文字。我查到的资料上如此描述，没有和中国古代文字相比较。我估计古时的日本文字，应该和中国文字很近似吧。总之，那些研究学者就此止步，乃大遗憾。

文字是多么富于生命力的创造，聪明的玛雅人为什么不飞速推广？原来通过学习识得玛雅文字在当时是一种特权，只有少数高级祭司才可掌握。这一小撮人肩当重任，负责记载玛雅宗教神话、祈祷文、历史、天文、历象等工作。西班牙殖民者入侵玛雅地区后，焚书坑儒，把珍贵的玛雅文字手抄本作为异教文化付之一炬，并大肆杀害掌握文字的玛雅祭司。现今保存下来的玛雅文字手抄本,全世界只有几份,这使得玛雅文字至今还如天书,不能完全释读。

文字这条线索断了,不但金字塔的功能陷入迷雾中,更无法查出玛雅文明为什么衰落。对于这些让人颇费脑筋的难题,历史学家们苦思冥想,给出了种种解释。最离奇的一种,是怀疑玛雅文化原本来自外星,外星人扬长而去之后,玛雅文化就只能渐渐消亡。

有的学说,比较靠谱。

2003年,由瑞士苏黎世联邦技术研究院牵头的某国际研究小组发现,在公元750—950年(相当于中国的唐朝和五代十国时期),玛雅人居住的区域,遭受了旷日持久的干旱。大规模的苦旱共发生过3次,每次的持续时间为3—9年。现代科学甚至精确测出灾难降临的具体时间,大约是在公元810年、860年和910年。

这每隔50年出现一次的大旱灾,是不是那个年代的超级厄尔尼诺现象?

那时的玛雅人以种植业为生,基本上是靠天吃饭的农户。玉米是他们最早培育出的明星产品,捎带脚地也种植蚕豆、西红柿、南瓜、甜薯、可可、辣椒、烟草等,果木的繁种也是拿手好戏。除此以外,还广种棉花和龙舌兰。前者供织布穿衣,后者供酿酒欢娱。由于玛雅人的居住区域内没有金属矿藏,他们不会冶铁,也没有铁质工具。这么繁重的田间劳动,主要靠木棒和石斧。尖头木棒用来挖坑点种,石斧用于砍树开地。在这种落后的生产业态下,遭遇连年大旱,该是多么可怕的厄运!

玛雅人对水的珍视,至高无上绵延不衰。墨西哥人类学博物馆门口,就有用整块石头雕成的"雨神"。它高8.5米,重168吨,可谓庞然大物。院内还有图腾大铜柱,柱上有一个巨大蘑菇顶,顶上蓄水,向四周喷洒,象征"雨泉"。可见水对于中南美洲这块土地弥足珍贵。

某次和气象专家聊天,说到旱灾和洪水谁更可怕的话题。我说:"当然是洪水。在很多民族的神话里,都有滔天洪水让人类面临灭顶之灾的传说,要不是神出手拯救苍生,保不齐大家现在都已是小鱼小虾。而旱灾呢,不过是收成减少,来势较缓,人有接受的余地。实在熬不过去了,可以逃难。你看,凡被授予农业战线英雄称号的人,基本上都是和洪水搏斗以身殉职,几乎找不到因抗旱而死的人。就算死在抗旱现场,也是原有的基础病,来了个急性发作。"

专家摇头说:"不,旱灾更可怕。 严重的时候,导致农作物大面积绝收。你说逃难,往哪里逃? 水淹一线,旱灾却是赤地千里。 就从旱神和水神的形象来说,也可见人们的倾向性。水神是龙王,威武中看,就是脾气暴躁了点。 旱魃的形象,却非常丑陋。最早是个披着头发的女人,然后干脆变成小鬼和僵尸模样。民间认为旱灾和死人有关,是死后 100 天内的幽灵窜出来作祟。 驱逐旱魃的方法是要掘墓焚尸,烧毁了新鲜尸首,天才会下雨……"

听此一番教诲,我方认识到旱灾猛于虎。 那时长期的严重自然灾害,给予玛雅文明致命一击,许多城镇不得不废弃,人迹渺然。 在看不到终结的苦旱当中,当年的玛雅人会多么恐慌,多么无助! 玛雅人无法解释这一切,能够想到的原因,就是自身惹怒了神灵。 他们能够做的最有效也是最无效的工作,便是祈雨。 竭尽自己所能,向上苍祭献,恳请神明的原谅与再次眷顾,降下甘霖,化作福祉,以拯救玛雅人岌岌可危的命运。

玛雅人崇尚鲜血和生命。 在中南美的土地上行走,你会感觉到他们对于死亡与我们有不同的理念。 比如在墨西哥,纪念亡灵的节日会十分盛大和隆重。 也许有人会说,这样的节日咱们也有啊,比如清明,比如盂兰盆节……但我觉得这两类节日氛围大不相同。 中国式的祭奠,大抵脱不了悲戚,祈望的是亡灵的安息和尽早轮回。 在中南美地区,死亡更像是一个热烈的庆典,民众会激动振奋兴致盎然。

这是不是古老的玛雅遗风?

在金字塔废墟上,发现过不少尸骨。 我记得科学家们对这些残骸进行过 DNA 测试,显示尸骨可追溯到公元 50 年到公元 500 年之间。 或许是当时的人们,会用杀人的方法来供奉金字塔。 那种时刻,当然不会悲戚,很可能兴致勃勃,甚至兴高采烈。

很多证据表明,玛雅人会在特定节日,把一些人当作祭品奉献给神灵。 这是凡间与神灵对接的时刻,人给神送礼物来啦,神会笑纳啊,当然应该欢天喜地。 由此推断,在旱魃肆虐、万众祈雨的关头,玛雅人必然也会祭献生灵。

什么样的人才能充当如同圣诞时绑扎缎带的盒装礼物？

我以前的想法是，人祭当然要选美女帅哥。这印象恐怕来自《西游记》。故事中说到饲喂妖怪的童男童女，一定要挑长相清俊的，猪八戒变的胖丫头就被悟空判作不合格。查找资料，发现文明史上有两种截然不同的人祭风格。

先说古希腊的祭祀标准——谁长得最丑就把谁献给神。

谈到古希腊，涌上人们脑海的是深奥的哲学和谱系繁多的神祇，是丰美仙女和凶悍天神。哲学家面对满天星斗侃侃而谈。政治头脑们斜披白色朝服，手执权杖，唾沫星子飞溅着争论城邦与民主。艺术家们则埋头雕琢乳脂般的大理石，天使的翅膀在他们手下显露羽毛……

然而真实的历史是，古希腊人并不总是优雅唯美，他们笃信有鬼魂游荡的世界存在于地下。现实中的人们要不断地向鬼魂进行祭祀，方能保得人间太平。

活祭，是凡人贿赂怪力乱神的最高诚意。

期望苟活的古希腊人，会选出该城邦最丑的居民——畸形的人、底层的人、无家可归的人……像喂养宠物一般，给他们吃最好的食物，让他们整天无所事事，变得肥胖。待到相宜时机，便驱赶祭祀对象绕城游街，让愤怒的人们用各种野生植物鞭打祭品。活祭的生灵会被石头砸死、被火烧死或者被直接推下山崖。

古希腊人为什么如此残忍地对待体貌不周全的人？他们崇尚纯洁，迷恋到极致。觉得背离常态的人，会成为威胁，进而导致危险。他们笃信道德上的瑕疵，会在身体上映象般地反映出来，形成生理上的不完美。说起来，咱们中国民间文化中也有这样的因子，比如流传甚广的俗语——癞毒瞎狠。丑陋而畸形的人，常常被怀疑是某种恶行的天理报应。

牺牲个体能带来拯救群体的结果的心理，广泛存在于众多民族的集体无意识之中。它或许来自我们还属动物世界时的生存本能。在非洲，我亲见角马群在狮子的追逐下慌不择路地狂奔。当落在后面的最弱小的角马被狮子扑倒后，其余的角马立马松一口气，立刻放缓奔跑的脚步，甚至在不远处围观，深知危险的警报业已解除。物竞天择，一个弱者的死亡，换来了整个族群的短暂平安。

玛雅人的献祭风格则迥然不同,他们遴选最优秀的人,供奉给神。

在尤卡坦半岛的奇琴伊察,我从墨西哥城开始积聚起来的惊奇,达到顶峰。这里曾是玛雅人繁盛的都邑,城池广阔,设施齐全。不计其数的庙宇和宫殿,让人目不暇接。高耸的神殿、宏伟的祭坛、鳞次栉比的市场、阔大的足球场、奢侈的浴池、恢宏的神院、神秘的天文台……一应俱全。

在废墟中漫步,你不得不惊叹当年建造它们的玛雅人,该是何等气定神闲!他们不遗余力地打造建筑物柔美的线条,精益求精地推敲装饰物的匀称比例。羽蛇神金字塔,简直完美无瑕。

这座金字塔,依照古玛雅历建造,分为9段阶梯,每段阶梯又被台阶一分为二,总共18级,代表玛雅历中的18个月。金字塔的四面,每面有一条91级的台阶,共364级,加上塔顶,计365级。你一看就明白了,这代表一年中的365天。关于这个金字塔的优美神妙之处,所有介绍奇琴伊察的书中都有详细介绍,恕我不再重复。

我们从城市中央向边缘走,脚下是一条宽阔的沙石大道,路面略高于四周。玛雅人对宽阔的路面,有一种痴迷。

导游问我:"你说被祭祀的人,挑什么样的呢?"

尤卡坦半岛的奇琴伊察金字塔

我已略知一二，答："是玛雅人中最珍贵的人。"

导游说："这是大的原则。"他追问道："具体说谁是玛雅人中最珍贵的人？"

"这个……"我支支吾吾。想来最珍贵的人，该是大祭司和部落酋长吧？但一般情况下，他们是不会把自己当作祭品以身殉职的。那么，如果说神祇基本上都是男性，出于贿赂讨喜的动机，人间供奉的应该是未婚的妙龄女子。在中国的相应传说中，都是以处女或是童男童女献祭。于是，我说："是小孩和年轻女人吧？在原始社会繁殖力低下的状态下，孩子代表未来，女子代表生育，这应该都是珍稀资源。"

导游说："你说得不对。玛雅人是用男性少年来祭祀。他们才是部落中最珍贵的人。"

一时热汗滚滚。不仅是答错了，还因酷暑，我似有虚脱之感。是的，一个古代部落中最优秀最有希望的人，应该是他们朝气蓬勃的少年郎！可是，如果一个民族中的男性青年都这样不明不白地死去，只剩老弱妇孺，那这个民族复兴的希望，会不会渐渐渺茫？

导游接着说："你之前说过，很奇怪玛雅人为什么热衷修这么宽的道路。我告诉你，献祭的时候要载歌载舞，有点像现在的大游行。没有宽敞的道路哪里容得下？那很容易发生踩踏啊！"

举一反三。我恍然明白连接太阳和月亮金字塔的死亡大道之用处。人们簇拥着将被血祭之人和主持盛典的祭司，走向金字塔的最后旅程，是盛大的告别和庄严的送行，是人神共谋的狂欢。

至于太阳金字塔和月亮金字塔之间死亡大道的15.5度的偏角，我相信它们像路标一样，有一个明确的指向。指向哪里呢？还记得我在前面说过，科学家们相信，大大小小的金字塔对应着一些不在视野中的远山。这个远山，究竟是什么山？

我以为：太阳和月亮金字塔，是模仿中国西藏冈底斯山脉的主峰冈仁波齐形状所建造，冈仁波齐是天然形成的酷似金字塔的伟大山峦。死亡大道的偏角也指向冈仁波齐方向。在先民们的古老崇拜中，冈仁波齐是世界的中心，是人间和神祇沟通的天径。

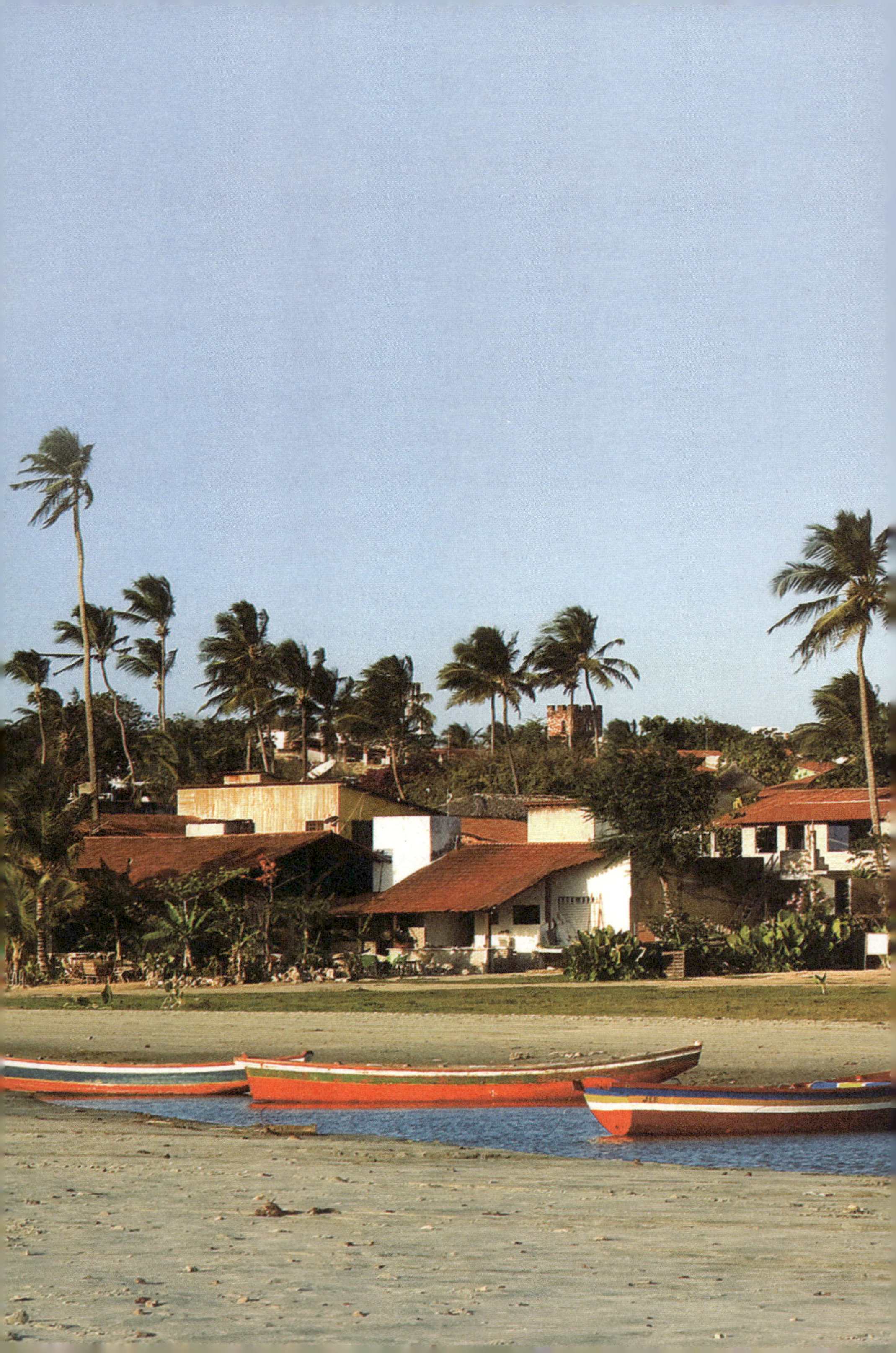

南美洲篇

South America
Chapter

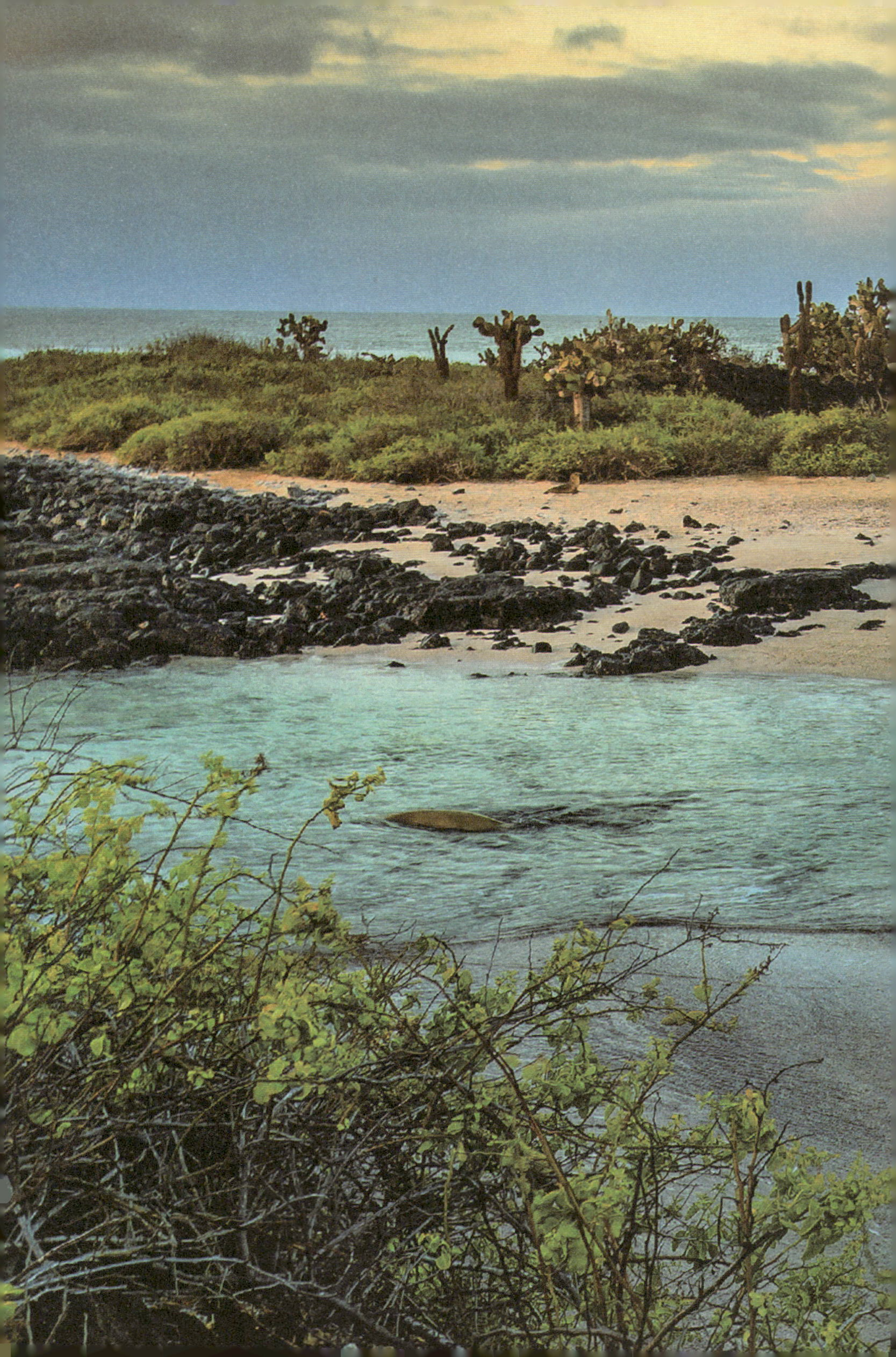

不要从小宇宙带走任何一块石头

📍 南美洲·厄瓜多尔（首都基多 ┈┈> 瓜亚基尔 ┈┈> 加拉帕戈斯群岛）

美国最畅销的旅游杂志曾在读者中发起投票，选出 2015 年世界上最棒的小岛。谁夺了冠呢？是位于南美厄瓜多尔的加拉帕戈斯群岛。当然，你不必太把这种评比当真，要是觉着自己家门口的青葱小岛乃天下第一，当然也完全成立。所谓"最棒""×佳"，臀部都打着带评选者个人倾向的紫药水印。

不过这个加拉帕戈斯群岛，在世界上的确大名鼎鼎。它的名字有些拗口，像外国小说中的主人公。我碎碎念若干天，才勉强记住。下这番苦功的时刻，大约在 10 年前。2005 年，我打算乘船环球旅行，路线图中途经中南美，有机会登岛。

坐游轮走世界，大体可以分为两种方式。一种是整天待在船上，与船体肌肤相亲，长相厮守寸步不离。另一种是趁船靠港的时候急忙下船，马不停蹄地参加陆地上的观光活动。当船再次起程之时，有时会往回继续航行。更多时候，常常因景点遥远而滞留陆地，做出流连忘返状，并不乖乖回到轮上；待到从从容容逛完了，会乘飞机赶到下一个港口，和海路跋涉来的航船会合，登船再续前缘。

船上的客人也因采取不同方式游览，而分成两大流派。一派是笃定的航海家，认为离船就是背叛。他们随着船一寸寸爬过地球的蓝色一圈，不曾有半步离弃。另一派应该归入机会主义者，立场摇摆，对船的感情欠深厚，只要有机会到别处一游，就始乱终弃脱船而动，兴冲冲投奔陆上风光去也。

依我本心，肯定是投机分子无疑。实际上，我却是老老实实待在船上的日子居多，极少登陆地畅游。究其原因，概因囊中羞涩。陆地上的每一米旅程，都要用亮闪闪的银两铺就。待在船上，一张船票涵盖了所有开销，包吃包住，经济实惠。

盯视一条条美妙的陆地旅行路线，因经济窘困不得参加，肝肠寸断。劝自己随遇而安，知足吧，花十几万元人民币买了船票，已是"倾巢"而动，不要再得陇望蜀。话虽这样说，仍是很没出息地遐想不断，加拉帕戈斯群岛就是让我心驰神往的地方。当时船上的游客若参与活动，从美国纽约港下船后飞抵群岛，为期7天，费用约4万元人民币。

我在船上结识了一位台湾女士，其意气风发地加入这条路线。她提着粉红色提箱，走下舷梯那一刻，扭头对我说："这是环游世界中最有趣的旅程，达尔文老头在这岛上创立了进化论。岛上的陆龟活了几百年，没准还见过达尔文。你为什么不参加呢？"

我佯作镇定地笑笑，说："祝你一路平安。"

她说："我会多拍一些照片，回来与你分享。"

粉红女士归来后，略带显摆地展示行程见闻。我第一次近距离看到如铁丝般坚硬曲折的加岛海岸线，看到母海豹生下小海豹后吃掉胎盘，看到瞬忽而过的达尔文地雀如闪电般快捷，看到海鬣蜥如化石般僵卧无声无息……

于是，我决定这一生中，积攒盘缠，不远万里，一定去加拉帕戈斯群岛看看。

谈何容易！加拉帕戈斯群岛坐落在东太平洋中，距最近的南美洲海岸线约1000千米。它还有个别名叫科隆群岛，包括9个大岛和若干小岛。此君入选"世界最美岛屿"榜单，很容易给人错觉，以为它风光旖旎美若仙境，浪漫而精致。真实情况完全不同，它属古老蛮荒流派。可以把它定义为美，那也是另类之美，超出常态。比如一般优美海岛俯拾皆是的松软海滩，在它那儿，想都不要想。此岛的前世就是由火山熔岩凝固，至今边缘还保持着尖锐锋利的芒刺。有些岸礁，干脆赤裸裸地定位于熔岩流淌时的模样，仿佛能听到惊天动地的海水沸腾之声。岛上植被也大多破烂不堪，时断时续，乏善可陈。很多地方干脆像月球表面一样干燥荒凉，寸草不生。即便偶有草木茂盛之处，也毫无章法，完全颠覆城市里修剪精美的花坛和端庄灌木丛的人工审美观。

出发到加拉帕戈斯群岛前晚，和中国驻厄瓜多尔大使聊天。大使说："明天你们乘坐1小时的飞机就可抵达目的地。"这让我心生疑惑，行程表上说这段航程需4小时。想想也不解，1000多千米的路途，为何如此周折？大使公务繁忙，也不便就这等细节向他打探不休。自找一理由，大使是坐战斗机去的，而我们将乘坐小飞机，故耗时不同。

第二天3点启程，起一大早。虽是盛夏，因厄瓜多尔首都基多地处高原，黎明前正是黑暗森冷之时，寒意逼人。到机场要开车近1小时，当地司机将音响放到最大音量，估计也在驱赶自己的睡魔。我断定听这种音乐，瞌睡虫肯定吓跑了，但驾驶员五脏晃动恐易将车翻进山壑。在寒冷和噪音双重袭扰下，平安到达机场。飞往加拉帕戈斯的客人们受到礼遇，被编入指定区域单独成队，并须购买特别通行证，每张10美元。行李开箱验查，并贴以特制封签。这种先声夺人的待遇，让人顿生殊荣之感。好像即将进入的不是观光胜地，而是特定战区。临上飞机，我扫一眼，这飞机也不算小啊，怎会如此之慢！飞起来才晓得，并不是直飞加拉帕戈斯，而是先绕行至几百千米之外的瓜亚基尔，在机场停留1小时，再次起程才飞往加岛。

我们去厄瓜多尔时还需签证，自2016年起，厄国对中国客人实行免签，估计将来去加拉帕戈斯群岛的客人不少。给后来者提供小小参考意见，尽量乘坐基多飞往加拉帕戈斯的直航，避免造成时间和能源上的浪费。再则基多每天有多次航班赴岛，如果不是旅行社为了省盘缠或头脑进水，不必非选择早上3点钟让客人听半夜鸡叫的这一航班。它所带来的倦怠，绵延数日，影响观岛。

终于临近加岛了，一位身材高大的咖啡色肤色空少，从机舱尾部走来，大鹏展翼般噼噼啪啪不由分说将所有行李舱盖次第打开。手提箱、塑料袋、纸盒子……行李舱肚子里的货色花花绿绿大暴露。靠近过道的客人，惊恐地侧身避让，害怕此刻若有颠簸，杂物坠下砸个满脸花。我不幸属于此类座位，遂做缩颈抱头状。疑惑中，目光如炬的空姐随即赶来，尾随空少，手持喷雾器，对着行李舱一通狂喷。霎时青白烟气缭绕上升，怪异味道弥漫机舱。陡地明白，凡是上岛的物件，原则上都要彻底消毒，以免外来物种侵入加岛。

我估摸此程序应是空乘轻柔打开行李舱盖，喷洒消毒液，然后关舱，待这组行李舱安顿妥帖后，再继续下一组的消毒过程。现人为拆分为两道工序，让所有行李暴露在外，再统一消毒，快则快矣，但对乘客的人身安全较有威胁。不知是程序设计上的疏忽，还是空乘们为图一己方便的自我发挥。总之在那几分钟，胆战心惊，怕万里迢迢还没看到逍遥自在的动物，自己先来个满脸花。

好在有惊无险，安然完成。我以自己的医疗知识私下研判：这种外围喷洒消毒液的措施，因无穿透性，对旅行箱内的物品，效果很可疑。它的主要功能是象征性地威慑，先声夺人。

终于，到了。蔚蓝色的海域上出现藏黑色礁岩，连成一片。飞机一点点扑向加拉帕戈斯，人便有了大鹏俯冲式的欢愉。

在海关排队，填写表格，外籍旅人每人缴纳100美元的环保费，厄瓜多尔居民只要缴纳6美元。除此以外，还有热烈的欢迎仪式、开包和搜身检查……

大家都心平气和毫无怨言地承受一系列非常措施，用行动对动物表示尊敬。

放眼四周，加岛飞机场并不是设在人最多地域最大的岛上，而是一个人烟稀少的荒凉小岛。为了保持原始生态，群岛上不修建跨岛公路，也不打隧道。出入机场都要穿上救生背心，挤坐渡轮。乍一想这多麻烦啊，又一想，才发觉很有道理。到稀罕地方去，就是要让你多费周折。来去太方便，便不珍惜。再者来的人太多，也会对动物们打扰得更频繁。在荒岛上征地，当然比在人烟稠密处要方便划算。无论从环保还是经济的角度看，都为上策。渡轮往返不息，也给当地人创造就业机会。

出机场，见到接站的当地导游。中年汉子，身材不算高大，但体魄颇为健硕，面皮褐色中带黧黑，自报姓名和一位西班牙球星相同，我私下里称他为"球王"。从此球王成为我们不可须臾离开的伙伴。他最显著的特点是眼睛，锥子一样锋利，带着看厌了风景、洞穿了人世的漠然。

总觉得他从事导游有点屈才，应该去当海盗。球王的下肢呈弧形弯曲，有相当明显的内八字，两膝不能靠拢。简言之，就是人们所说的罗圈腿。以我的医学知识分析，造成这种状况的原因，除了先天畸形，就是站姿及走姿不正确，再不然就是维生素D缺乏，在幼年时患过佝偻病。

如果他一直在加拉帕戈斯群岛生活，此处日照强烈鱼虾遍地，再贫苦的人，也不会缺乏鱼肝中富含的D族维生素，且不用说日晒后人们还可以自行合成这种维生素……所以，球王应该不是这里的土著居民。

球王的胳膊上文有一条怪异的蓝色鱼，颀长蜿蜒，盘踞半条小臂。后来他告诉我这是一条龙。作为龙的故乡来人，我对他的臂龙形象实在不敢恭维。不过，这证明他热爱海洋生物，并心存出人头地的抱负。他的O形腿，可能是长期站立船头或多年从事足球运动，两腿向内弯曲所致。渔民为了抵抗风浪摇晃，两腿分开，类乎马步，以保持躯体的低重心。球王项上垂挂硕大银链，下缀一枚巨大齿状装饰物，成分难辨银光闪闪。这套物件加在一起，分量不轻，故推断他基本不读书。读书必得俯仰颈项，这劳什子会让人得颈椎病。你看哪个知识分子脖子上敢披挂重饰连续工作？

他手上并无婚戒，穿略显邋遢的牛仔裤，鞋子也扑满加岛特有的灰黑色风尘。我估摸他没有家庭，如果有正式家室，出来接待外国旅行团，怎么也得穿戴得讲究些。不过，这并不意味着独身。

其后几天交谈中，我出于作家加心理学家的小嗜好，逐一印证自己的判断。这近似打探他人隐私，实在不好意思。好在球王豪爽，并不拒绝

"您是这儿的土著居民吗？"我问。

"不是。"球王很干脆地回答。可能是怕我因此瞧不起他的专业讲解，马上补充道："你在这岛上看到的都是外来人，原本的居民只有12家。"

多年在外旅行，我对当地导游的解说，抱持既不全信也不全都不信的开放态度。想来偌大的岛子，只有区区12户人，即使在达尔文时期，也不确实。

我说："这是多会儿的事情？"

球王眯起眼睛说："60年前。"

我说："您上这岛子多少年了？"

他说："20年。岛上的人越来越多，房子也越盖越多，这会影响野生动物的生活。比如原来岛上没有猫和狗，人们上岛，带来了他们的宠物。外来生物会偷吃象龟的蛋，猫和狗成了象龟的天敌。加拉帕戈斯之所以能保存这么多动物，是因为岛上没有大型凶猛动物，小动物互不干扰和平相处。可是，人们上岛，改变了这一切，悲剧开始了。"

我相信球王虽然不是加岛土著，但出于对职业生涯远景的担忧，他对加岛的热爱一点都不逊色。我说："您一直当导游吗？"

他说："是的。我没有家，每个月都会接几个旅行团的工作，这让我很自由。"

球王领着我们在岛上探险。我惴惴地想，当年达尔文看到过的生物可还安然无恙？曾给他以巨大启示的动物们，可还保留着当年的秉性？

此刻是2015年8月中旬，距离达尔文登岛，过去了整整180年。节令倒是差不多，达尔文登岛的确切时间是1835年9月15日，我们比达尔文早到了近一个月，加之全球变暖，似乎更热。

对此岛第一眼观感，曾让年轻的达尔文深受恶性刺激。他在日记中写道："没有什么比它给我的第一印象更糟糕了……正午火辣辣的阳光烘烤着干枯燥热的地表。空气闷热难当，如在火炉中。我们甚至觉得连灌木也散发着难闻的气味。"岛屿表面崎岖不平，布满黑色熔岩，群山高低起伏，峡谷深不可测。几株矮小的光秃秃的灌木是岛上唯一生命的象征。

"贝格尔"号的船长罗伯特·菲茨罗伊干脆绝望地长叹:"这座闷热、荒凉的岛屿与地狱相比,毫不逊色。"

180年的时光,并没有让这里有大的改变,这是件好事情。岛上的自然风貌还是那样荒凉可怖,空气中依然弥漫着令人憎恶的气味。弱弱反驳一下达尔文,这种恶味并不是灌木丛本身制造的,而是随意歇卧懒散成性的海豹的体味。

"各位注意啦,岛上的生物都很奇特,离了加拉帕戈斯,你就再也看不到它们。连随处可见的仙人掌,都与众不同。"球王挥着带有蓝色文身的胳膊,略带炫耀语气边走边介绍,好像这岛上的生灵都是他一手栽培出来的。

仙人掌是大名,这植物还有很多小名,比如观音掌、霸王掌、火掌等等。火掌这名字的来源,一定是早年间某人和仙人掌亲密接触,不小心握了个手,被它的叶子"烫"了一下,如火焰燎过般疼。教科书上通常说仙人掌是丛生肉质灌木,可加拉帕戈斯岛上的仙人掌起义造了反,变成

加拉帕戈斯群岛上的仙人掌

了身高十几米的乔木。不过粗略瞅瞅，除粗壮高大外，也未见显著异常。球王见我不得要领，提示我："请你注意仙人掌的根部。"

细一端详，果然瞅出了异样。仙人掌靠近地面部分光秃秃的，主干裸露，无任何枝权叶脉。到了约一人高之上，才改邪归正，生出饱满多汁的叶掌，恢复了寻常状态。

"你知道仙人掌的底部为什么是光杆？"球王问我。

我老老实实回答："不知道。"

这正是球王期待的答案。若是观光客无所不知，那可真扫兴。球王很高兴地说："哈！叶子被象龟吃掉了。"

再看仙人掌树干十分光滑，没有伤疤，也没有枝条曾经生长过的痕迹，我说："仙人掌自我修复的功能很好哟！"

球王说："我说的是最早的仙人掌，是这棵仙人掌的爷爷的爷爷的爷爷辈……象龟总是吃它们低处的茎叶，仙人掌没办法，只有往高里长，这就是你们在加拉帕戈斯会看到巨人仙人掌的原因。它们的矮处不长叶子，让象龟吃无可吃。这就是达尔文所说的适者生存。"

头一次听人把适者生存解释得如此直白，转念又替象龟担心。若是仙人掌都争先恐后如红松般笔直魁伟，低处又洁身自好寸草不生，象龟岂不饿死？

球王看穿了我的心思，眯缝着眼说："你不用替象龟担心，它们有别的食材，比如水果草叶什么的。"

我暗想，象龟怎么跟绵羊似的？又问："像巨人仙人掌此类异乎寻常的生物，岛上有多少种？"

球王故意淡淡地说："400多种吧。"

这远离大陆的怪诞离奇之地！当年的青年达尔文，被这里独有的奇特生物吸引，在岛上一个多月的时间，争分夺秒地考察研究，不辞劳苦跋山涉水，竭尽所能收集兽类、鸟类、鱼类、贝类、昆虫以及植物的标本。

他意识到，加拉帕戈斯群岛上的特有动植物，与南美洲发现的动植物有相似之处，但又有细微却非常重要的差异，这将加拉帕戈斯群岛的物种

加拉帕戈斯群岛岩石上的动物

与其他任何地方的物种区别开来。达尔文认识到，加拉帕戈斯群岛上的生物群落本身就是"一个小世界"，这里是遗世而立的小宇宙。

宇宙是什么？这个词谁都会说，深究起来，却不一定都能说清。中国最早阐述"宇宙"为何物者，是一个名叫文子的人，他是老子的学生。他所著的《文子》一书中说："往古来今谓之宙，四方上下谓之宇。"

诸子百家之一的尸佼在《尸子》中更进一步阐释道，"天地四方曰宇，往古来今曰宙"，给了"宇宙"以精准、确切而简明的概念。宇代表了整个空间，宙代表整个时间。它俩合起来，囊括了具有时空属性的运动着的客观世界。

宇宙究竟来自哪里？

现代宇宙学的先驱者霍金认为，宇宙创造过程中，"上帝"没有位置。没有必要借助"上帝"来为宇宙按下启动键。"宇宙可以是自足的，并由科学定律所完全确定。"

按照这个定义，加拉帕戈斯群岛上的无数奇异动植物，都是自己天然进化出来的,的确没有上帝的坐榻。

球王引导我们去看太平洋永不停歇的波涛。

太平洋是地球上面积最大的海域,别看名叫"太平",实则风高浪急很不太平。它海域辽阔,洋流复杂,据说是世界上最晚被人类征服的大洋。在1000多年前,人类依靠最初掌握的航海技术,以海岛为跳板,曾抵达了夏威夷群岛、新西兰岛以及遥远的复活节岛……因为风向和洋流关系,人们没有到达加拉帕戈斯这个角落。离这儿不太远的美洲大陆原住民,没掌握高超的航海技术,对这里鞭长莫及。历史一不留神,对此地来了个双重遗漏。加拉帕戈斯群岛孤悬在这块空白海域内,隔绝了人类的侵袭,岛上独特的生物颐养天年。在地球的其他地方,人类的活动,像九齿钉耙将大地反复梳理,进化早已杳无踪迹。

加拉帕戈斯群岛,与大陆的距离很微妙。不算太远,能够让鬣蜥和乌龟等体形较大的爬行类动物,以树干为天然之舟随波逐流来到岛上。又不算太近,足以阻挡早期地球人的蹒跚脚步。它也如一只筛,把一些物种阻挡在海水那一侧,只让不太多的幸运儿能够成行。它恰到好处地彰显了进化的节奏,既丰富又不太繁杂,不会让你在物种迷宫中不得要领。

达尔文把标本带回英国后,通过对群岛物种与南美大陆物种的相似性与差异性的分析,最终诞生了"进化论"的伟大构想。

达尔文写道:"人们必然对显现在这些荒芜的岩石小岛上的创造力(如果能用这个词的话)之伟大,深感惊讶。尤有甚者,此种创造力在如此靠近的小岛上竟能使类似的生物发生差异,实在惊人。"

地球上无以计数的生物究竟是如何进化的?是谁长了双无与伦比的巨手,缔造了如此丰富而浩大的生物种群?证据在哪里?

达尔文继续迈出孤独脚步,披荆斩棘向前走去,最终得出了振聋发聩的推论——地球上所有的生物,都有一个共同的祖先。

进化论现在尽人皆知,但在达尔文之前,可没有人挑战过森严万能的上帝。在《物种起源》里,达尔文充满激情地说:"生命以此观之,何其壮哉!最初生命的几丝力量被吹入了几种(或一种)生命形态之中;同时这颗行星依照固定的万有引力定律运转不停,从这样一个简单的开端,演化出了无穷无尽的、最美丽和最奇异的生命形式,并且这一演化过程仍在继续。"

这需要钢铁般的证据。但是,在地球的其他地方,你找不到完整的证据链。就算穷乡僻壤人迹罕至之处,还能搜寻到零星的进化遗撒下的蛛丝马迹,但整体的脉络已然灭失。成千上万的植物学家、动物学家,历经几个世纪,苦心寻觅却无力构建新的生物进化体系,至多不过捡起几个零落的证据指环。

加拉帕戈斯群岛给了达尔文见闻、勇气、力量和铁证,让他举重若轻地把上帝从进化的沙发上请走,让岛上诸多生灵所代表的大自然进化之伟力,庄严落座。

在加拉帕戈斯群岛的主岛之一——圣克里斯托瓦尔岛的主干道尽头,竖立着达尔文的塑像。他眼中闪动睿智光芒,虬髯蓬乱,符合人们心目中与上帝分道扬镳的斗士模样。我略有微词,觉得它不很贴切,起码不是当年登临加拉帕戈斯群岛时的达尔文形象。那时的达尔文只有26岁,鲜衣怒马,眼中应该是好奇和探究的神色,而不是这般成竹在胸。但达尔文有很严重的晕动病。一般人也会晕船,不过随着航程累积,人的内耳平衡机能会渐渐锻炼得皮实起来,就不那么敏感了。除了滔天巨浪,基本上不再晕船了。有1%的人,却是无论怎样努力适应,还是持之以恒地晕船。达尔文不幸属于这1%的另类,饱受长期晕船的折磨,身形憔悴不堪。

球王指点着雕像说:"达尔文沾了加拉帕戈斯的光。"

我说:"应该感谢达尔文啊。他在这岛上发现了进化论的证据,从此让此岛名扬天下。"

距离很近,我清楚看到球王脸上不屑的神色。他鼻子里哼了一声,说:"达尔文?他,不过是描述。进化,原本就在那里存在着。他,不过是把它,说出来。"

我觉得球王对达尔文不公,达尔文不仅仅是描述,而是发现。如果单是描述,加拉帕戈斯群岛上的原住民,应该更有发言权。只有描述是不够的,是达尔文提纲挈领的创见,才让加拉帕戈斯群岛声震遐迩卓尔不群。

世界上的所有表达,大体可以分为两类。一种是描述已经发生的事情,一种是预见将要发生的事情。达尔文天才地把这两者融会贯通。我争执般地对球王说:"没有达尔文,就没有加拉帕戈斯的今天。"

球王是那种内心有着坚定主见,表面也桀骜不驯的人。他执拗地说:"没有达尔文,加拉帕戈斯这个小宇宙依然存在。但如果没有了加拉帕戈斯,达尔文算什么呢?!"

我不得不服了球王。想想也是,宇宙是伟大的存在,发现它是你的幸运。不管怎么说,加拉帕戈斯等来了智慧而勇敢的达尔文,达尔文从加拉帕戈斯汲取了无穷灵感。

加拉帕戈斯群岛1978年被联合国教科文组织列入《世界遗产名录》。世界各地的观光客蜂拥而至。我们所居住的地方,为群岛第二大岛,酒店咖啡厅鳞次栉比,纪念品商店随处可见。傍晚时分,饮食一条街点火开张,烈火烹油,灯红酒绿。烧烤的油雾将四处映衬得影影绰绰,像中国南方亚热带不眠不休的小镇。

球王愤然道:"谁才是这岛上的'原始居民'?陆龟、海鬣蜥、陆鬣蜥还是蓝脚鲣鸟?它们千百万年在相对封闭的环境中,繁衍发展成今天这个样子。可是现在你看看,岛上太喧闹了。发生过燃料泄漏的事故,还有人偷猎陆龟和珍稀鱼类煮着吃。人们无意中带上岛的老鼠、火蚁等,破坏了加拉帕戈斯原始的封闭状态……"他眨眨稀疏的睫毛,眼神忧郁地看着远方,好像那里矗立着加拉帕戈斯不容乐观的未来。

我问:"岛上是哪个机构在领导?"

球王双手一摊道:"厄瓜多尔政府离这儿1000多千米,岛上的人更觉得自己像是在自治。"

我说:"自治也要有个头领啊。"

他说:"那就是环境保护局吧。它是这里的最高领导,凡是有利于环保的事，它就支持；要是不利于环保，它就会严厉处罚。"

去过世界上很多地方，环境保护局成为最高领导机构的地方，似乎只有此处。希望它的权力至高无上，以保护这一方秘境里的所有生灵。

夜已经很深了，球王说："过几天你们就要走了，记住，虽然岛上漫山遍野都是火山岩，可走的时候，一块也不能带。机场有严格的检查，你带走小宇宙的任何一块石头，都会受到严厉惩罚。"

我问球王："岛上的人一定比较富裕吧？"

球王苦笑了一下，说："酒很贵。可乐大约是大陆上的两倍价钱。"

我私下估计球王一定是嗜酒和饮料的人，不然万千商品中，为何独独举出这两件说事呢！凡特别喜好杯中物的人，按照弗洛伊德老人家的学说，多是婴幼儿口唇期未曾得到完全满足，也许球王小时留有诸多遗憾。我无意深究，只是说："那您今后一直做导游吗？"

"不，我会攒钱买一条船，我要做船长。把我的船注册在巴拿马……"球王看着暗黑的远处，夜风吹拂起他蓬乱的头发。

"一条船，大约要多少花费呢？"我问。

"一般的船，要15万美元。要是好点的，要30万美元。"球王说完，有轻微的叹息。

我虽不辨东西，但可以肯定他目光注视之处，便是巴拿马方向。我说："祝福您早日拥有自己的船！谢谢您的提醒，我离开加拉帕戈斯的时候，不会带走任何一块石头。"

球王到机场为我们送行，一一与我们握别。我家老芦突然对球王做手势。他半屈着两肘，掌心微微摊开，手指拢着向自己的躯干部分招个不停。球王上前一步，便和老芦热烈拥抱，难舍难分。

我一时惊诧，不知老芦这是来的哪一出。待到两男子分开，我们也要走进安检台了，难得动感情的球王向我们不停挥手。老芦附在我耳边悄声说："我见中南美的人做这个手势，意思是我想和你拥抱告别。我挺感谢球王的，就试着邀请他，没想到他这么热情。我相信，他真的曾经是个球星。"

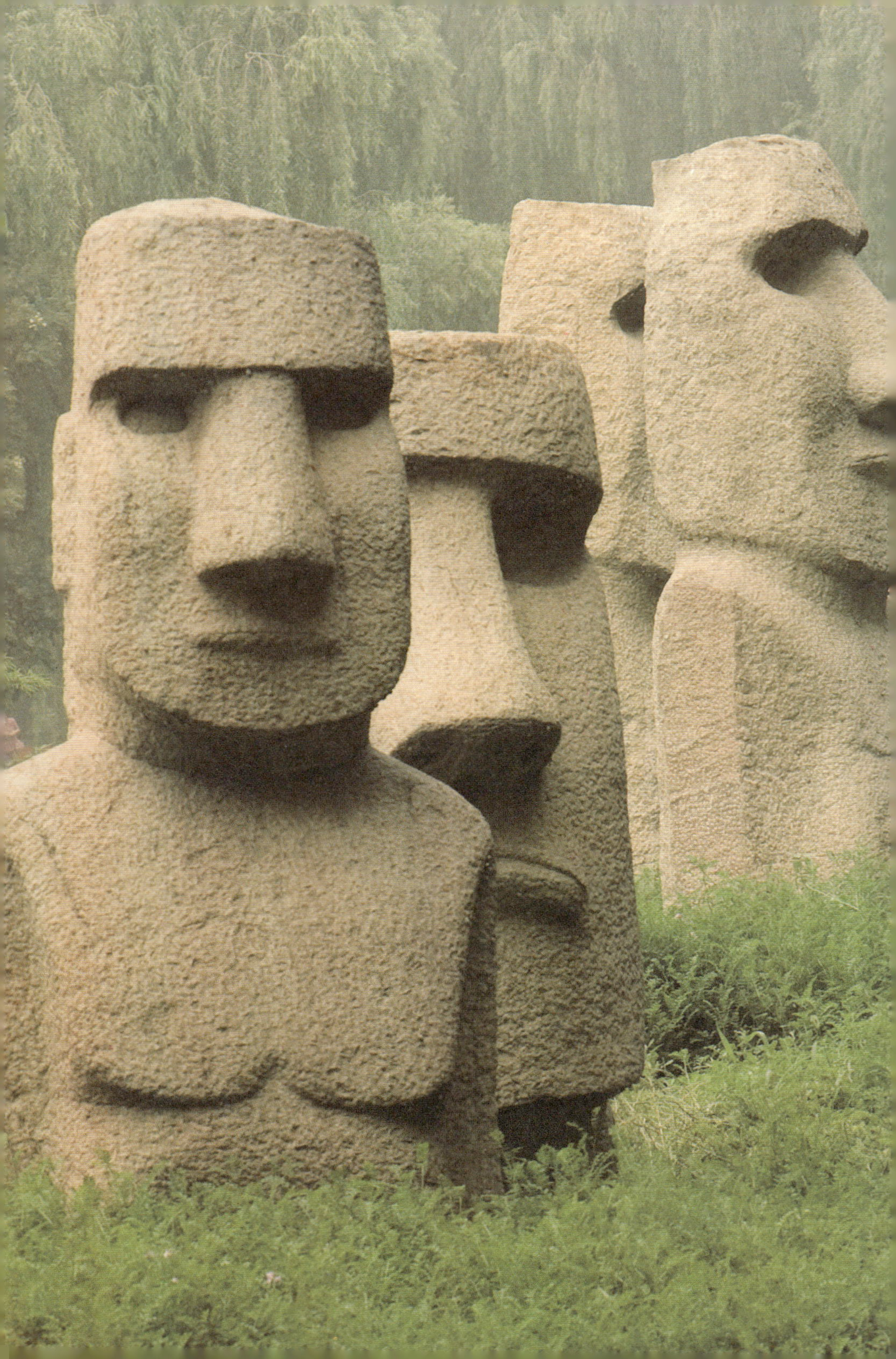

祖先保佑着我们

📍 南美洲·智利·复活节岛

　　依我在世界上走来走去的小经验，深知若想多获取当地文化精髓，一个好的当地导游是首要的，他必得爱历史爱文化也爱游客。不然的话，经受不了日复一日几乎一成不变的工作折损。无论他的外语多么上乘，临危不乱处理突发事件的能力多么出类拔萃，仪表装束多么职业化，终会有弹尽粮绝的那一天。旅游虽说常常状况迭出，但最主要的常态还是按部就班心平气和地介绍当地文化。如果对文化所知较少，只会背一些教科书或维基百科上的话，添点民间俚语和黄色笑话当芝麻盐往上撒，不能算合格导游，起码不是好导游。

　　复活节岛上的导游，是个帅小伙，皮肤红中透黑，身体壮健，五官端正，牙齿洁白。

　　接触的几天中，他三次提问，让我猜猜他的年纪有多大。

　　第一次面对这个问题，我还真煞费苦心。我对外国人的年纪，无鉴别力。应对之法是面对女人，常常故意将她们猜得年少（幸好外国女人一般不会让人猜测她们的年纪，只是我暗自估量），反正也无法落实，终成一笔糊涂账。对于外国男人，若蓄起一把大胡须，便毫不客气地把他归入老爷子，甭管他多时髦。

　　好在复活节岛的壮硕小伙，下巴干净得如同青鱼之背。

　　当猜不准陌生人年龄时，人们出于友善，多愿揣测对方心理。无伤大雅便说出符合对方预期的数字，而非真实判断。

关键是，我不知道复活节岛习俗，是希望人们将他的年龄猜大还是猜小？

我问华裔西班牙语翻译："当地习俗是喜欢年轻还是年老？"

翻译面无表情地对我说："土著人寿命通常比较短，他们喜欢被人猜得比实际年龄大。"

我明白他不愿露出诱导了我的嫌疑，就很配合地上下打量土著小伙，做思索状。然后告知他："你大概35岁。"

翻译刚转述完，土著小伙将满口雪白牙齿露出了80%，说："我只有20岁啊！"

我货真价实地惊讶了。就算我完全没有逢迎讨好之意，也会猜他二十七八岁了。真真是——显老啊！

不过，我能理解。在以高寿为稀罕的古时，少年老成，是时不虚度的好彩头。估计该小伙常常在这一游戏中胜出，满面笑容地开始进入常规工作状态。

第二天，我因为有几个旅行中的小问题要向他讨教，就拉了翻译，和他专门聊聊。刚开始没几句话，他又让我猜猜他的年龄。

翻译向我转述这个问题时，自己先有点不好意思，说："他又问了年龄的问题。关键是您已经知道了20岁，您看怎么回答好呢？"

我说："没关系，您就照样翻译吧。我觉得他有35岁了。"

又是白牙乍现，又是开心笑容，宾主皆大欢喜。

过了几天，他第三次发问同一问题。

这回，我一瞅翻译露出为难之色，知道年龄问题卷土重来。我说："没关系，请代我回答35岁。"

翻译照此办理，彼此惬意。

复活节岛上并不大，几圈绕下来，我们熟了。就管他叫"35岁"吧。

35岁问："您这几天到处转了转，发现岛上没有什么动物？"

我一愣，要说起这岛上没有的动物，那可多了去了。比如没有孔雀，没有斑马，没有猴子……不过，看着35岁略显狡黠的神色（一个20岁的土著青年，就是再狡黠，也仍很诚恳的模样），我说："看不出来，没发现啊。"

35岁正等着这样的答复，有引君入瓮的欣喜。他说："您没发现岛上没有羊吗？"

岛上有马，自由自在四处溜达，体态优美，据说有源远流长的高贵血统。按说马能吃的草，羊也能吃，只是这几天转遍岛上的犄角旮旯，的确没看见过一只羊。

我问："复活节岛的气候对羊不适宜吗？"

35岁说："复活节岛上的气候和牧草，对于养羊很相宜。"

我问："那是什么原因呢？"

35岁恨恨道："我憎恨这种动物。"

如果说恨一种吃人猛兽还好理解，羊多么温顺！怎么得罪了复活节岛人？

35岁脸上呈现出和他年龄不相符的深沉，说："复活节岛以前养过羊，非常多的羊。自1888年我们并入智利版图，智利人就只让我们养羊，前后持续了60多年。那时的复活节岛，就是一个大羊圈，到处是羊粪，臭不可闻。岛上除了种羊吃的草，不让种其他植物，岛民吃的粮都是从外面运来的，质次价高。经过斗争，终于有一天，我们可以不再专门养羊了。虽说羊肉好吃，但我们都不吃羊，也不养一只羊。"

羊是岛民们的公敌。

我猜测道："你年轻，外语又这么好，收入在岛上居民中应该算高的吧？"

35岁径直答道："每个月收入有2万到3万元。"（翻译已经帮我换算成了人民币。）

我本没打算刺探他收入的具体数字，不想复活节岛的小伙子保持原始淳朴风度，主动报出数来。

我问："岛上其他人的收入应该没有你这么高？"

35岁没有直接回答我的问题，反问一句："您观察原住岛民，现在主要从事什么工作？"

"岛上主要是旅游观光业，应该全民围着旅游业转吧？"我揣摩着说。

35岁乐了，白牙闪闪，说："您猜得不错，复活节岛所有人现在做的事，都和旅游相关。不过，也有具体分工的不同。比如我是导游，但不可能所有的人都当导游，对吧？"

我点头道："那是啊。要不摆摊卖小工艺品？"

35岁道："那是狭义的旅游。"

我追问："广义的旅游包括什么？"

35岁略一沉吟，问："您说，全世界的人都想到复活节岛来，最希望看到什么？"

这个问题难不倒我。答："当然是摩艾。"

35岁说："是的，摩艾。除了摩艾之外，人们还想看到复活节岛的原始生活状态，因为这里和外面的文明社会反差很大。可以这么说，除了复活节岛，世界上别的地方几乎没有这种生活状态。这就是复活节岛广义的旅游特色。"

我顿时对这个20岁的土著小伙子敬佩有加。我说："你讲得很有道理。"

35岁继续道："所以，除了摩艾之外，我们还要竭力保持复活节岛的原始生活状态。比如，我们不用烧油或电动的船只，全凭人力操纵的小船出海捕鱼。比如，我们也不采用任何现代化的农业机械和农药化肥，完全用原始的方法耕作农田，种植蔬菜……"

我忍不住插言："那产量不是很低吗？人们不是非常辛苦吗？"

35岁答："是的。非常辛苦，产量很低。但这正是复活节岛的魅力，如果失却了原始特色，还有什么人愿意来看复活节岛的生活方式呢？这些都保持不住了，复活节岛的旅游业，岂不是会大大受到影响吗？所以，看起来产量低、人辛苦，但这正是全世界的人们远道赶来这里，最想看到的景象啊。况且，只要想到祖先世世代代过的都是这样的生活，就不觉得辛苦了。他们传授的这套古老方式，让我们过上了今天的好生活，在辛苦中会觉得很幸福。"

我一时回应不出其他话，只有频频点头表示高度赞同。半响，我终于想出一个问题："用古老方式打鱼和种田的岛民，应该没有你收入高。"

35岁微微一笑，笃定答："大家的收入都差不多。"

我说："用如此原始的方法，从事渔业或是农业，产量低且风险大，从业人员怎么能做到和你当导游的收入相仿呢？"

35岁答："我们原住民有个组织，岛外的人传说这是酋长会议，其实现在没有酋长了，就是岛民代表开会讨论。我们做出决议，要保证所有从事农耕和打鱼的人，同我这种动动嘴跑跑腿的人，收入都差不多。不然的话，就没有人愿意种地和出海捕鱼。"

我说："这个策略从理论上讲很正确。但具体如何实施呢？难道把岛上各行各业挣的钱都统一收起来，再重新公平分配给大家吗？"我甚至想问，复活节岛奉行原始共产主义吗？

35岁平静地回答："绝对的平均是没有的。但大家非常清楚这三部分的分工，收入必须最终做到大体平衡。具体方法是，假设在岛上开饭店给游客们做饭吃，这当然是很挣钱的……"

我说："对啊，岛上餐饮很贵。"

35岁道："开饭店的岛民，每天都要做鱼给游客们吃，向游客们收取高价餐费。那么，鱼是从哪里来的？当然是收购岛民打来的鱼。开饭店的人给渔民开出的鱼价非常高，通过这种方式，他们把自己做餐饮挣到的钱，让利给打鱼的人。用这个法子，让大家的收入基本平均。"

他露出雪白牙齿莞尔一笑道："有些从智利内陆来游览的人会说，复活节岛大海边的鱼，比沙漠里的鱼还贵。"

确是这样。在海岸边看到岛民在卖刚捕捞上来的金枪鱼，要价合人民币160元1公斤。鱼并不大，不过5斤的样子，如果买来吃，不算作料，也要400元。要知道，几步之外，就是拍打的海浪。

我说："就算收入不错，一成不变的劳作，会不会有人厌烦？"

35岁摇摇头道："基本没有。我们用的耕作方式很古老，很慢。每年6月，也就是我们的冬季，下种。到11月，也就是我们的夏季，收获。虽然我们的农产品产量很低，但每一颗都是太阳和大地的精华。我们捕鱼，也只用石头、绳子和鱼饵。我们是自愿自发这样做，并无人强迫。我们尊敬祖先遗留下来的一切。"

我怀揣疑问："就没有一个复活节岛上的年轻人，想到岛外面看一

岛上的土著居民庆祝节日

看?毕竟,外面的世界很精彩。"

35岁点头道:"您说得很对。奇怪的是,一些人出去看过,但最后他们又都回来了。就拿我个人当个例子,我去过智利首都圣地亚哥。刚一到那儿,我被大城市的繁华所吸引,非常惊奇。不过时间长了,感到外面的世界在很精彩的同时,也很险恶。像我们这些在小小海岛生活惯了的人,很不适应。而且,挣钱很难。我们没有别的技术,根本挣不到每月几万块钱的薪水。绕了一圈,我还是回到岛上来了。在浓浓的亲情包围中,过祖先赐给我们的日子。我每天呼吸着和祖先一样的新鲜空气,吃着用祖先传下来的方法抓到的鱼和种出的粮食,包括我们的烹饪方式,都是传统的。一家有食物,分享给众人。现在全世界的人,都争先恐后地到我们这儿来。从另外一个角度说,也就是让我们原地不动,却见到了全世界。再者,保持古老的方式,也并不仅仅是让全世界的人来猎奇参观,是为了让我们的子孙后代能把它保持下去。这不仅仅是一种生存方式,也包含着久远的文化。它不能在我们这一代人手里失传,不能愧对祖先。您说,对吧?"

我点头不止。如果此刻再让我来猜复活节岛小伙的岁数,我会诚心诚意不带任何调侃地遵从他们古老的习俗，认真地说："你有45岁了。"介于中国人说的"不惑"与"知天命"之间。只可惜，他已不再问我。

我说："对于复活节岛，你可还有什么遗憾？"

我没想到这个随口一提的话头，让35岁复活节岛小伙难得地长久沉默，嘴唇紧抿。他脸色暗淡地想了很久，然后说："我是有遗憾的。甚至可以说，很大的遗憾。"

我悄声问："可以告诉我吗？"

他沉吟道："世界各地来的游客，对我们的文化仅仅是猎奇，不够尊重。特别是对摩艾，没有敬畏。在游客们眼里，摩艾就是个景点，到此一游而已。但在我们眼里，它们是祖先，非常神圣。我当导游，经常看到游客们拿摩艾开玩笑，态度随意，心中很不舒服，甚至可以说愤愤不平。"

听到这里，我稍有不解。岛上现在对摩艾和阿胡的保护相当严格。游客们参观的时候，必须沿着特定小径行走，绝不可越雷池一步。如有违反，在一旁专司监督的岛民，会毫不留情地大声呼叫驱赶。阿胡和摩艾周围用绳子围出保护圈，距离至少3—5米。其范围之大，使游人根本不可能靠近它们。不要说抚摸，就连观察细部都稍显困难。有时甚至十几米之外就禁止接近了。这种情况下，游客还会有怎样的冒犯？

我问："能举个例子吗？"

复活节岛小伙道："比如游客虽不得靠近摩艾，但会利用光和影的效果，做出抚摸摩艾头顶的动作。或者用近大远小的原理，假装把摩艾托在手心，用手指捏住摩艾……他们拍下这样的照片之后很得意，好像他们能够凌驾于摩艾之上，戏弄摩艾。我若看到他们用这种方式，就会知道出现的照片效果，心中非常难过。网上还有一些攻略，专门传授这种技巧，怎样把照片拍得好像摩艾都在服从他们号令，站成一排，听他们指挥。他们好似我们伟大的摩艾的领导者一般……说实话，每当碰到游客摆出这种姿势，我就产生罪恶感。我作为导游，是我把这些人领到祖先们跟前，却让他们做出如此大不敬的举动，而我又不能指责他们。游客们表面上并没有越过规定范围，留在照相机内的素材，我也无权干涉。"

有时我甚至在想，我不要做这份工作了，以免亵渎了祖先的英灵……"

复活节岛小伙说到这里，眼帘潮湿，看得出他在竭力隐忍。各民族文化中，男人都是有泪不轻弹吧。

我不知说什么好，只能肃穆沉默地陪伴。

35岁过了一会儿稍微镇定下来，说："有一天我当导游，游客们的放肆举动比较多。晚上，回想起这一切，我放声痛哭。我妈妈听到了，她本人是资深导游，在岛上的导游界很有声望。妈妈问我：'怎么啦，我的孩子？'

"我把自己的困惑和委屈讲给她听。我说：'妈妈，这种情况，您当导游时一定也遇到过。您怎么还能坚持下来做这么多年呢？您就没想过祖先们会生我们的气吗？'

"妈妈说：'孩子，你说得很对，这些情况，我都遇到过。你所有的困惑，我也都曾经历过、思考过。'

"我说：'妈妈，您不要用这一行可以挣比较多的钱、比较受人尊敬这些话来说服我。这些话我都对自己说过啦，但是无法安心。我非常痛苦。'妈妈摸着我的头说：'我不会用那些话来劝你，就像当初我没有用那些话来说服自己。我想对你说的是，我们能有今天这样的好日子，正是托祖先的福，祖先保佑了我们。复活节岛的海岸边和内陆，为什么要修建那么多的摩艾？就是想保佑子孙们过上好日子。现在祖先的愿望实现了，他们会高兴的。至于你说的那些人对摩艾不尊重，正是因为他们不了解我们的文化。当大家都了解并尊崇我们的文化后，不妥的事情就会越来越少了。就算有的游人不改，也不能损伤伟大摩艾的一分一毫。摩艾是神，凡人的不敬，不会让他们生气，只会引发他们的悲悯。凡人伤害不了他们。我们做导游的职责，除了凭借这个职业养家糊口外，就是向全世界宣扬我们的文化，这是祖先给予我们的责任。所以，我的孩子，请坚持下去，做一个好导游。如果我们都不做这份工作了，那么，就没有人会了解复活节岛，岛民们也过不上好日子，这才是祖先们所不愿看到的结果。孩子，你说呢？'"

听完35岁复活节岛小伙这一番回肠荡气的述说，我万分感慨。我对他说："你真是有一个好妈妈！她语重心长，讲得非常有道理。"

复活节岛小伙潮湿的眼睫毛已经干燥，根根卷翘。他说："是的。听完妈妈的话，我就慢慢平静了。从那以后，看到不守规矩的游客，我就格外认真地对他们宣讲我们的文化。这是我对祖先的尊敬，摩艾一定能感觉到。"

我问35岁最后一个问题："如果让你远眺一下自己的一生，你可有什么理想？"

35岁低下了头，我以为他在思索，其实，错了。他是在决定到底说还是不说，这是他的秘密。过了片刻，他认真地把自己的理想告诉了一位远方来客。

"我想开一家旅游公司，培训雇员，把我妈妈教给我的这番道理，也讲给我的雇员听。让大家更加深入地了解我们的文化，并通过我们的嘴巴和行动，让全世界的人也都更了解我们的文化。我们所传承和坚持的这种古老生活方式，对这个世界或许有启发。"

我说："祝福你早日开办自己的旅游公司。不过，我还有一个问题，是刚刚想起来的。你不介意我再问个问题吧？"

复活节岛小伙很好脾气地说："您问吧。"

我说："你可认得'朗格朗格书板'上的古老文字？"

复活节岛小伙大笑："您上当了！"

我一惊道："上什么当了？木板？文字？书板我原本就知道是仿制品，文字我原本就不懂。上当在哪里？"

复活节岛小伙说："上当在'古老'。"

我说："难道它们不古老吗？"

复活节岛小伙正色道："是的，它们并不古老。复活节岛上的土著居民，没有文字。后来，也就是欧洲人上岸之后，会掏出纸笔来写写画画。当他们离开之后，岛上的人们也学着写写画画。大家觉得这是很高雅的事情，就把树皮剥下来，用鲨鱼的牙齿刻写符号。这就是事情的真相。世界各国的客人们花了高价买这个'朗格朗格书板',其实不过是个……"

他没有把话说完,估计不愿毁了同道们的生财之道吧。

我能理解,多少有点扫兴。我本来以为他会就这个问题发表一通让我脑洞大开的新观点。后来一想,他这番石破天惊的说辞,也让人振聋发聩。

告别的时候到了,他礼节性地向我们挥挥手。我知道,复活节岛小伙每年迎来送往无数观光客,我们很快就会被他忘记。但我想说,我会记得他——无比健康的肤色和雪白的牙齿,还有和年龄不相称的深邃。

当然,还有他爱让人猜猜年龄的小癖好。

只有小孩子,才愿意让人猜他的实际年龄要大一些,显出练达。真正的中老年人,无论男女(女人更明显些,男人也难逃此窠臼),多半是欢喜人家把自己年龄往小里说的,以证明自己尚年轻。

今生今世还能不能再来复活节岛?(要是以前,我肯定会说绝无这个可能了。现在学着不再把话说得太死,留点余地。)概率相当低。不过我坚决相信,实际上只有20岁的"35岁"复活节岛小伙子,一定会在这世界上最孤独的岛屿上,办起自己的旅游公司。他有那么好的妈妈,有那么清晰敏锐的洞见,此地又有如此独特的风光和文化,这些条件加在一起……对了,还有摩艾神像的保佑,成功是水到渠成的事。

要带些纪念品走。在镇上的商店和景点的摊位上,都有工艺品的小号石雕摩艾售卖,标价每个在10美元上下。石质分为多种,有类似岫玉般油光水滑的材质,也有粗粝毛糙的类花岗岩制品,还有一些叫不出名的材质,林林总总。

我觉着要买就要和真实的大型摩艾同品类的复制品,相似度越高越好,包括要用同类材质,就是火山岩雕刻而成。

火山岩呈块状或是层状,质地疏松。它的学名叫作凝灰岩,在地表风化后多呈黑紫色、灰绿色等。岛上摩艾大体都为灰褐色,即源于此。

我在各处摊贩点,找了又找。真是奇怪,火山岩质地的小摩艾几乎无货。按说整个复活节岛就是一块巨大的火山石，岛民们不受约束地捡起一块，敲敲打打就能雕成工艺品卖钱，为何舍近求远，用一些岛上并不存在的材料雕刻摩艾？擅自改变它的材料属性？游客们似乎也并不挑剔，趋之若鹜地购买，越是光滑细腻的摩艾，越招人待见。

后来，我终于在复活节岛商业中心找到了和大型摩艾同等材质的袖珍版，价格不菲。摊主是位土著女人，问我："要不要普卡奥？"

我说："要。"

她说："要另外单算钱的。"

我说："那也要。"

一个类似红砖磨出的约2厘米直径的普卡奥，2美元。

我为我买的小型摩艾，每尊配了一顶红色的普卡奥，这样它们即使残缺不全，也陡然神气起来。当然了，岛上的摩艾不是每个都有普卡奥的，不过，普卡奥可以摘下来。如果你不愿意让摩艾佩戴它，拿下就是。

摊主用报纸将小摩艾和普卡奥一层层包好，递给我。

我说："我要带回中国，它们不会在路上破损吧？"

摊主温和地说："我这里卖的摩艾和普卡奥，和岛上真正的摩艾与普卡奥，是同样材质。它们已经竖立了几百年都没事，所以能平安到中国。"

买到摩艾拿在手里，细致掂量，才明白了其中短长。

很轻。用火山石材质雕成的摩艾和普卡奥，都很轻。

这可能是火山凝灰岩制作小型摩艾难以讨巧的原因。石头质地松散，精雕细刻实在为难，只能取大致轮廓求个形似而已。这种石头，从一开始就不结实，硬度相当低。雕刻过程中，更容易崩裂，让本来就不精致的小石雕，变作废品。好在岛上的大石雕也多呈残垣断壁状，缺乏精细度且严重残缺的小摩艾，更符合实际情况。

我把用真正凝灰岩雕刻的小摩艾制品，带回了家。它们外形模糊，质地粗糙且残缺不全，送朋友们的时候，不得不再三解释，这不是次品，而是完全模拟了复活节岛大石像的真实状况。由于一路亲身携带，我确认凝灰岩的重量相当轻。

这使我对传说中的大型摩艾的重量发生了怀疑。各种资料相互抄袭，最耸动的说法是石像可达数百吨。严重怀疑人们是按照一般石头的质地，来推断石像重量。

复活节岛上用来雕刻摩艾的材料是凝灰岩，填隙物是更细的火山微尘。它质软且多孔隙，有的干脆就是浮石。浮石这词是它的学名，俗称蜂窝石、江沫石，咱们常用的搓脚石，即是本尊。它干燥后，比水还轻，会浮在水面上，所以才叫浮石。我把小普卡奥浸泡到水里，果然浮起来了。由此可以确认，普卡奥是浮石造的。（当然这并不能证明大普卡奥也会浮起来。未曾做试验，不敢妄说。）

以往水手们留有记录，说曾毫不费力地就把雕像装上小船，运到大船上。如果真达上百吨重，这不具可操作性。在对复活节岛摩艾进行修整时，用15吨的吊车，就能把最重的雕像吊起来安放到阿胡上。

至于普卡奥的重量，具体实操中，5个人就能搬动直径1米的普卡奥。用来制造普卡奥的岩石更容易加工，用普通带锯齿的刀，就能把它切割下来。（本想在自家买的小普卡奥上试一试，不忍心。算了吧，保持它的完整。）

拖运这种比水还轻的岩石帽子，用不着花费太大的力气。制好帽子后，把它滚向阿胡，再安放到石像头上。普卡奥在地上滚动并不会破碎，而是磨去了棱角，变成了圆形。这正是制作者所需要的效果。

也有研究者说，普卡奥不是帽子，而是一种头饰。还有一种说法是，很久很久以前，岛上居民有一种红发人，石像头上的红色石柱，代表的就是他们的红发髻。

现在多数人认可普卡奥是头饰，我也倾向这个说法。既然浮石容易雕刻，那么锦上添花，加装在巨人头上，显其高大威猛。天然的红色，也让色彩比较单调的摩艾更加壮美。崇尚出新是人类的普遍心理，不知哪个部落最先给自家的摩艾加上了红帽子，此风就蔓延开来。只是它有点生不逢时，兴起时已是建造摩艾的晚期，所以并不是每个摩艾都有顶红帽子。由于普卡奥的参与，岛上本来就日趋紧张的供给变得更加捉襟见肘。很快，复活节岛就迎来了入不敷出的惨淡局面，人们对摩艾的敬重与崇拜，在严酷的生存困境面前渐渐消弭。红帽子也寿终正寝了。

　　我写以上文字时，桌面一角就安放着火山石雕刻的肢体残缺的小摩艾，头上也顶着边角缺损的红色小普卡奥。它述说着历史悲剧，我想起只有 20 岁却愿意被人猜成 35 岁的复活节岛小伙。

戴着普卡奥的摩艾

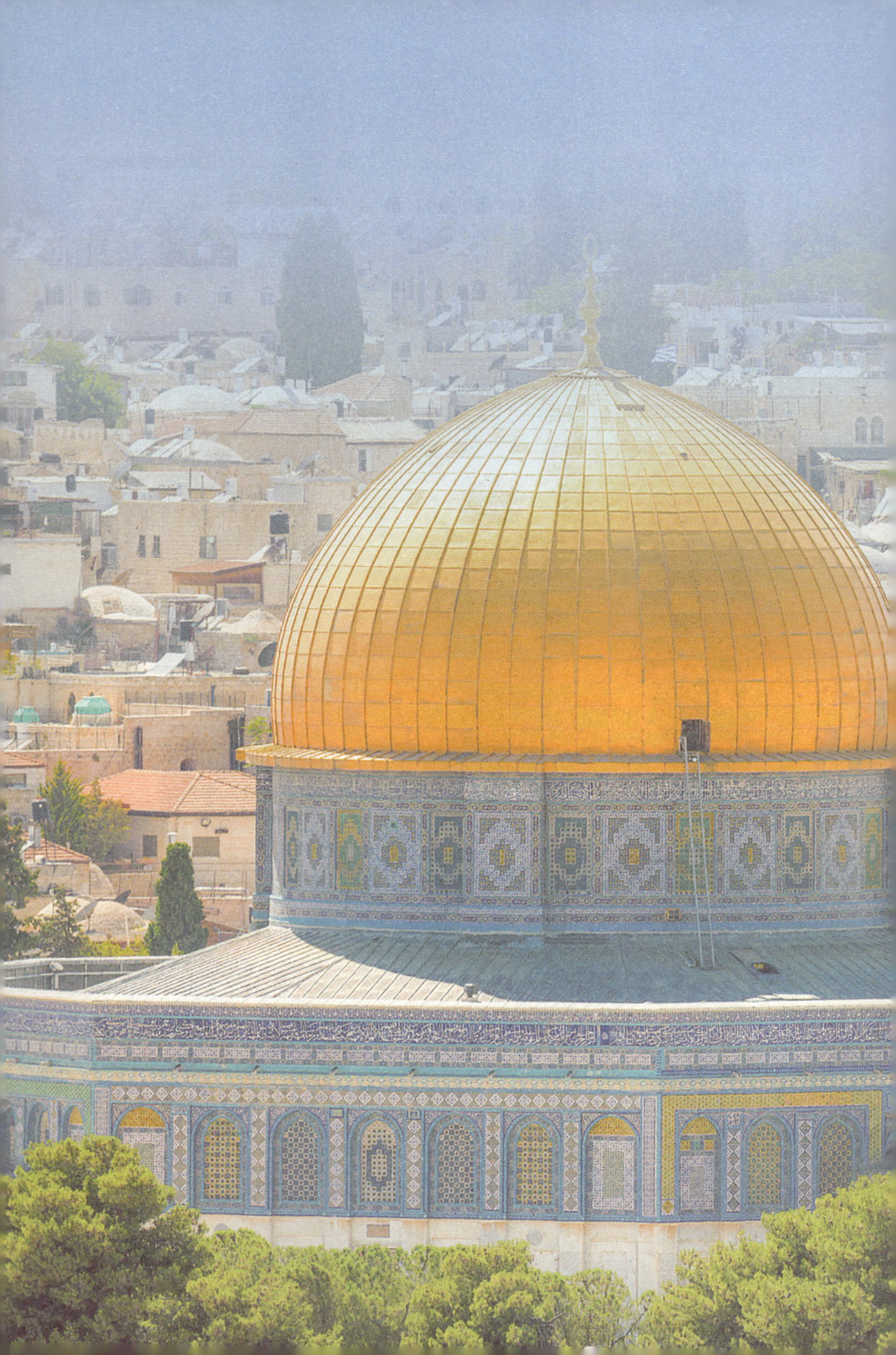

亚洲篇 ——————— Asia Chapter

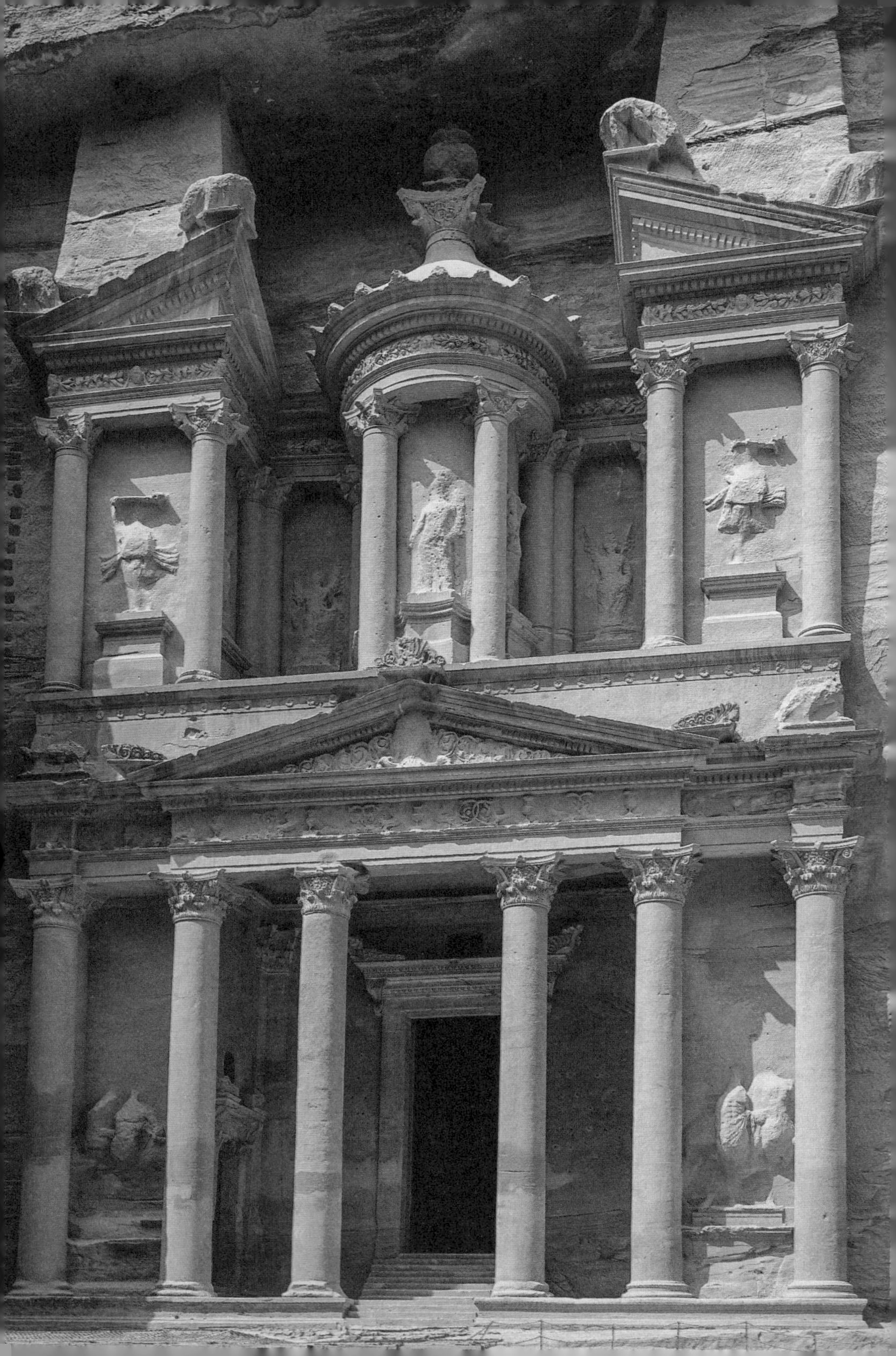

粉红色的玫瑰城

📍 亚洲・约旦・首都安曼→佩特拉（西克小道┄┄➤ 哈兹纳宫 ┄┄➤ 佩特拉古山 ┄┄➤ 德伊猫曲）

"无花果包裹着远逝的繁华，洞窟里的虹色（就是这个'虹'字，藏有五颜六色之意），闪闪发光。高地曲线的回廊，铁树正在开花。看亮起的灯光，如同青蛙的眼。"

这是到过佩特拉城的"和平"号上的客人发表在船报上的创作。按说听了去过某地的人的描述，对那儿多少会有一些了解。我见了此类日本俳句的绮丽词语之后，对佩特拉越发不得要领。

"和平"号经过中东之时，我下船回国送为汶川地震募集的捐款去了。客人们游览佩特拉古城时，我正在北川中学做代课语文老师。

与佩特拉擦肩错过。

一个人能为国为他人所做之事，各式各样。有人顶天立地力挽狂澜，有人沧海一粟微不足道。于我，只是放下了一段蜿蜒旅程。

航海回来一年多后，我去了约旦、叙利亚，把这一段旅程补上。

走近佩特拉，才明白语言为什么会在这粉红色岩石上碰得粉身碎骨，腾起莫名其妙的烟雾。

佩特拉沉睡在约旦沙漠峡谷中，荒诞一觉，长达千多年。

它距约旦首都安曼约260千米，隐没于死海和亚喀巴湾之间的山峡中，以岩石的色彩闻名于世，常常被称为"玫瑰红城市"。实际上，这里的岩石不只呈红色，还有淡蓝、橘红、黄色、紫色和绿色等，百怪千奇。

Life is a wilderness 人生是旷野啊

"Petra"一词，源于希腊文"岩石"。石头是嶙峋骨骼，也是筋脉和血肉。

此城始建于公元前6世纪，那时我们中原地带，正处在春秋晚期。它是纳巴泰人的首都，鼎盛时期，帝国疆域从大马士革一直延伸到红海岸边。佩特拉如同帝国生机勃勃的强健心脏，在群山围绕易守难攻的古堡中跳动。

此地得天独厚，位于亚洲和阿拉伯半岛赴欧洲的主商道附近。来自世界各地的商人，押运满载货物的骆驼队，都要从佩特拉门前经过。阿拉伯人满载的印度香料，来自埃及的灿烂黄金制品，自中国远道而来的华美丝绸和醇香茶叶，如接受佩特拉检阅般一一走过，再运往世界各地。扼守商道生命线的纳巴泰人，做向导，提供食物和水，收取过路费和保护费，提供古代的有偿服务，财源滚滚，好一个车水马龙、喧哗繁盛的巨型客栈。

公元1世纪，罗马人控制了佩特拉周边地区。106年，罗马人夺取了佩特拉城。

此后，这里创造的经济效益，占罗马帝国经济生产收入的四分之一。

遗憾的是，佩特拉的贸易之便，渐渐发生了令人悲哀的变化。亚历山大城抢走了佩特拉的大多数生意，罗马人又在佩特拉以北兴建了一条大路，打通了叙利亚的大马士革与美索不达米亚的联系，商队改走新路，不再途经佩特拉。到了公元3世纪，佩特拉"人老珠黄"，实力和财富急剧缩水。人祸之外，再罹天灾。大地震让佩特拉伤筋动骨，从此黯淡与萧条。"十字军"东征期间，佩特拉再次短暂兴旺，公元12世纪后，佩特拉又一次被遗弃，从此渐渐湮灭于黄沙中。只有游牧的贝都因人，放牧牛羊时，将宫殿和墓地的遗址，当作自己和牲畜的遮风避雨之所。

既然历史辉煌，贝都因人坚定相信，城池中一定藏有巨大宝藏。16世纪大航海时代到来，西方探险家的脚步，开始在全世界游荡。他们灵敏的鼻子，刺探和搜索着感兴趣的任何地方。游牧的贝都因人，警惕性极高，他们怀疑每一个涉足佩特拉的西方人。所有试图接近这里的外人，都可能为他们招致杀身之祸。

佩特拉被废墟掩埋的日历，在1806年轻轻抖动了一下。

德国考古学家尤尔里奇·西特仁，从当地居民口中得知有一座神秘古城存在，奋不顾身地试图溜进去。伪装被识破，贝都因人毫不留情地让他陈尸大漠。

探险者前赴后继、锲而不舍的传统，让他们不会善罢甘休。1812年，名叫约翰·路德维格·贝克哈特的瑞士探险者，又一次悄然靠近佩特拉。此人非常聪明，改变战略，隐没身份，说流利的阿拉伯语，化装成阿拉伯人惟妙惟肖。他对当地向导说，想到峡谷里看一看，没有什么其他意思，希望能在某座墓前敬献一头山羊。向导被说服了，带着贝克哈特，沿着西克峡谷前进。那如同肠子一样曲折的小径，走得人头晕目眩。突然之间，在阳光照射下，一座巨大宫殿的正面赫然显现，鬼斧神工，惊世骇俗。贝克哈特是个老练的探险家，掩饰住内心奔涌的激动，面无表情，不动声色。他知道，如果对神殿露出非同寻常的注意，脑袋瓜就有可能不保。他匆匆巡看了被称为"法老宝库"的哈兹纳神殿后，心中已断定这里是传说中的佩特拉古城。

他不敢久留，只待了一天，赶紧离开。贝克哈特先生不单是近代第一个证实了佩特拉古城真实存在的人，而且是在证明之后还存活的西方人。

贝克哈特目睹了佩特拉的壮美，回国后写下他的见闻，引起了巨大轰动，引来了络绎不绝的观光客。佩特拉的大门，终于被强硬敲开。

"令我震惊的唯有东方大地，玫瑰红墙见证了整个历史。"这是英国诗人约翰·威廉·伯根在《致佩特拉》中的著名诗句。其实他写这句诗的时候，并没有到过佩特拉古城，只是听说过而已。有点像范仲淹写《岳阳楼记》，写时老范并没有见过岳阳楼。

历史斑驳沧桑，唯可安慰的是，今天进入佩特拉古城所走的道路，还同当年被杀的德国考古学家尤尔里奇·西特仁和活着出来的瑞士学者贝克哈特走过时，一模一样。古城不但依旧掩藏在峡谷里，也凝冻在历史缝隙中。

从售票亭到峡谷入口处约1000米，道路尚宽，之后就到了闻名于世的西克小道。陷于深峡的小道，还有个耸人听闻的名字——蛇道，并不是说有毒蛇出没，而是形容它的险峻弯曲，如毒蛇般蜿蜒，易守难攻。它长约1500米，最宽处不过7米，最窄处仅2米，高度却有100米左右，形成峭壁高耸、幽暗曲折的细胡同。很多地方,你仰望苍穹时,后脑勺基本上要打到后背。两侧岩壁不单峭拔险峻,颜色也千奇百怪,匪夷所思。它的主色调是玫瑰粉色的,其中还夹杂着黄、白、青、紫各种色彩,斑斓若蛇。这些色彩只应属于花朵,而不应出现于石头上。石头因此显出了丝绸般嫩滑的光泽,忍不住想用指尖戳它一下,蹭磨一番,以触觉证明它确实是石头,而不是其他什么东西伪装的。岩石天然形成的条纹,五色杂糅,仿佛它们曾被煮化过、沸腾过,在尚未凝固之时,被一双巨手拧成了麻花,无规则地掺和在一起。这双手还不甘心,又在天地间将这石头阵铺排成瀑布,肆无忌惮地抖,石料便成了五光十色的锦缎。其后便悠然撒手,让七彩波浪盘旋上升,直到被猎猎风沙吹凉,凝固成现在这副模样。

蛇道峭壁为何如此形态?

同伴说:"当然是水磨出来的。你看那花纹,多细腻和光滑!简直像人的口腔黏膜。"

我大笑,深感这比喻神似。除了温柔的水日复一日、年复一年地打磨,任何力量,也无法让岩石形成如此柔美的图纹。

"可是,这是什么水呢?"我自言自语。

西克小道

"当然是河水了。"朋友道。

我说:"西克峡谷,高约百米,最窄处只有两米。你见过这样的河流吗?河床的冲刷,似不是这等模样。"

朋友疑惑说:"那你的意思,难道是用球磨机打磨出来的?光滑程度倒可以解释,可谁又是这倒海翻江的工人呢?"

我觉得这像冰川遗址。远古时期可能存有巨大冰川,覆盖在西克峡谷高山之上。

它慢慢融化,水滴石穿,才雕刻出如此惊人杰作(很可能是谬论)。

在蛇道上东张西望久了,容易产生某种错觉,好像这不是人间景色,而是通往天堂的小径。正想着,眼前豁然开朗,人们不约而同地惊叫了一声,然后万籁俱寂。

一面巨大的石刻,宽约30米,高约43米,从峻峭的、暗玫红色的岩石上,威严而绚丽地凸现出来,带着铺天盖地的压迫力量,扑面砸来,正向你倾塌。周围所有的东西,天空、树木、骆驼和马车,当然还有我们,都在这宏大辉煌的建筑面前,草芥般萎缩。

这是使人惊畏的体验。无论你之前看到过多少摄影作品和图画,做了多少思想准备,当玫瑰红宝库凌空一炸时,你必战栗到膝盖发软。

它叫哈兹纳,雕凿在一块完整的巨大石壁上,仿佛天成。它上下垂直陡峭,共分两层,横梁和门檐上都雕有天使以及带有雄健翅膀的武士像。

人们鸦雀无声,一时都说不出话来,惊讶于它整体的不可一世和局部的精巧秀美,也惊讶于它在风沙和岁月中屹立了这么多年,依然完好簇新。

门口有哨兵把守,我探头张望,一窥内里。如刚才巨大的惊喜一样,巨大的失落接踵而来。外表华美的宫殿内部,竟山洞一般狭小粗糙,石壁暗淡,毫无装饰。

导游说,这是法老的坟墓。我心中暗想,把陵墓外面装点得如此不可一世,内里却因陋就简到极致,不知是法老特立独行的风格还是后来财力不济草草收兵?真应了中国一句古话"金玉其外,败絮其中"。又一想,也许在古时信仰中,死亡只是通往来世的一处栈道,法老在此打个转身就走，马上回到人间再次繁华。此小憩歇脚处，用不着大动干戈。

时间有限的客人，走到哈兹纳宫就往回返了。当年，"和平"号的旅行者们，正是从这里打道回府，写下了莫名其妙的诗句。他们所受震惊真切，只是稍嫌浅尝辄止。我继续前行，完成了剩下的旅程之后，深深感到仅仅到哈兹纳，粉红色的城郭刚刚撩起盖头。

如果把西克峡谷比作佩特拉的咽喉和食道，哈兹纳可说是佩特拉的胃。之后，佩特拉一下子变得大腹便便，开阔且平坦。

哈兹纳之远，是约 1500 米宽的大峡谷，悬崖绝壁拱形环抱，仿佛天然城墙。

四周山壁上凿有无数建筑物。有些很简陋，不及通常一居室大，是卫士或是穷苦人住的吧，相当于那时的经济适用房？有一些延续着哈兹纳宫外表的奢靡风格，巍峨精致，有台梯、塑像和多层柱式前廊，内里若何，未能深入不得而知。无论是达官贵人的豪宅，还是贫苦人的简屋，都雕筑于红粉色的岩壁间，经过岁月冲刷，已和山壁黏合，浑然不分，仿佛佩特拉的山峦，生来就带着雕琢建筑，体面地从地壳里爬出。

据说，这也都是墓地和庙宇。我纳闷，佩特拉到处是坟，活人住哪儿？只是亡灵国度？

路边不时出现水池遗骸，收集泉水和雨水的破碎陶罐残骸随处可见。相传，摩西曾经用手杖敲击峡谷，泉水便喷涌而出。此地水系像蛛网似的四通八达，水渠上甚至还装有过滤装置，足见那时的人们多么精致地生活并尽情享乐。

凡罗马风格的建筑，只要保存完好，必有列柱大道。由列柱大道的长短，可约略估计此地当年的繁华程度。佩特拉现存的列柱大道，长近 800 米。路的左边，是古罗马剧场遗迹，依山凿成。我约略数数，30 多排座位，大约可坐 6000 人。

古罗马人爱修建规模宏大的剧场。原以为他们对歌剧和斗兽，到了成瘾的地步。

你可以说他们懂得艺术和享受，但也可有另外一种解释，就是百无聊赖。剧场是寻求刺激和彰显权势的舞台,所以人们才如此如醉如痴地建造剧场,且越造越大。以上是我自以为是的想法,却被佩特拉击碎。半圆的剧场空地,可见捆绑牲畜的凹洞,凹洞里原本栽着木桩或石柱,用以拴牢动物。还有类似祭坛的石堆。当地人说这是举行祭典,宰杀献祭的地方,非一般剧场。那么,在这里举行的活动,并非娱乐,而是盛典。它是人与上天对话的平台,是传达意志和期望的圣地。剧场担当如此使命,当然是无论在哪里,都唯此为大。

在世界各地行走,经常看废墟。同行旅伴说,几乎到处都是废墟。古罗马废墟、古希腊废墟、土耳其废墟、叙利亚废墟、印度废墟、柬埔寨废墟,当然还有圆明园废墟……

是,观看废墟,是旅行的必修课。废墟初看是混乱衰败的,很可能产生一种压榨感,四周麇集着生的荒芜和死的稠密。忍不住想逃离。不过,请千万别走开。你要盯着废墟,看到泪眼模糊。真相就像海的女儿从月亮照耀的海面浮起,废墟之上有原生态重现。当你了解有关历史后,时间和往事就会在你面前栩栩如生地活跃起来,如同一丛干菜在泉水浸泡之下,舒展枝叶。哈!古代的幻象从草莽走来,时间在停留千载之后眉

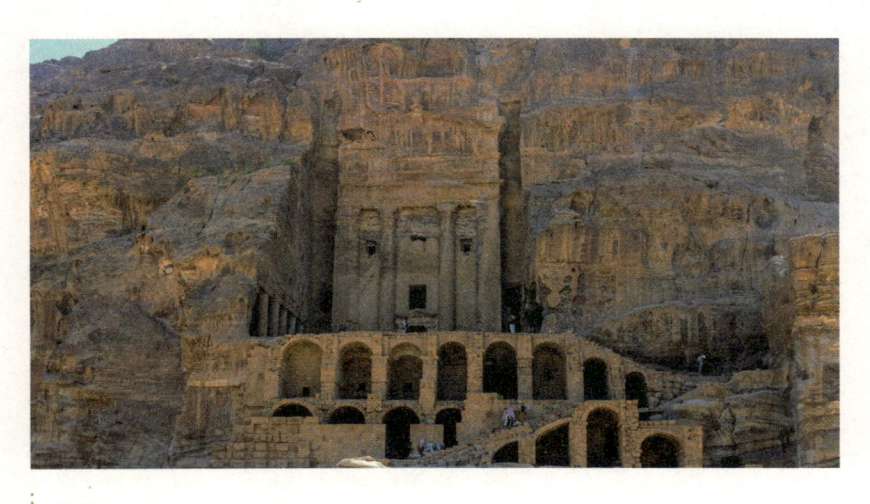

佩特拉古城

飞色舞，向凝然不动的你一诉衷肠。

为登佩特拉古山，和赶驴马的当地人商讨诸事。

"山上可看见什么？"我问牵骆驼的贝都因人。

"有佩特拉最大的宫殿——德伊神庙。"小伙子龇着雪白的牙回答，报以自豪且带诱惑的微笑。

通往山顶的小路，似乎从没正经修整过。天然巨石，交错成陡直的台阶，至少有 1000 级吧。

如果时间充裕，自此古道攀缘，会和年迈的神灵擦身而过吧？可惜我等匆匆，只能像攻打山寨的丁勇，慌不择路地向上。本着穷家富路和抓紧时间的策略，我们每人都雇了头毛驴。

等我骑上毛驴，才发现它是一匹小型马。我问牵马的小伙子："马叫什么名字？"

"祖祖。"他说罢吆喝着祖祖上路了。

我本应该问"祖祖是什么意思"，我琢磨这是贝都因语。

可惜，没有时间容我发问。不但那一刻没来得及，在整个登山过程中，我都没有机会问出一句话。路途险象环生，不单我须高度集中精力，贝都因小伙也根本就没工夫搭理我。他目不转睛地盯着祖祖，指挥着祖祖，在狭窄的山道上艰难行进。

我后来方才醒悟，这条路堆满成心设计的苦难。攀登的辛劳和坠落的危险，也是修行的一部分。你要抵达圣洁所在，必须经历刻骨铭心的艰辛和危难。

一边是犬牙獠齿的山崖，另一边是深不见底的渊薮。下山的客人很多，估计是黎明登山的人，现在返程。不管上行下行，人们并不遵守靠右或是靠左的规矩，而是一律尽量贴着内侧走。给祖祖留下的路面十分狭窄。祖祖聪敏，它在所有可能坠崖之地，都耐心等下山的人错开后，再小心攀登，绝不冒险。它紧靠里侧岩石，以避免跌落山崖的悲惨遭遇。可惜祖祖并不是光滑的汽车外壳，它身上还驮着我，双腿耷拉在它身体两侧。祖祖毕竟是牲畜，它只了解自己的身体有多宽，没有达到把我的体积也算在内的机谋。便出现如下惨状：越是陡峭山崖和狭窄路面，祖祖就越谨慎和畏缩，越把身体贴近内侧山崖。结果我的腿会在毫无预警的情况下，毫无商榷地擦碰岩石，被锋利的山石撞得鲜血淋淋。

剧痛，隐忍。陡峭山路，若高声号叫，惊了祖祖坠下山崖，我就成了佩特拉亡者，不宜。

周围景色不错，被祖祖吓出的一身身冷汗，瞬忽被山风吹干，然后再湿再干，九蒸九晒。巡视四周，并未看到比哈兹纳更雄丽的殿宇。

贝都因小伙子停下脚步说："山势太陡峭了，祖祖爬不上去了。如果你想看那座神殿，只能爬上去，我在此处等你。"

我只得告别祖祖，手脚并用，终于到达山顶宫殿。它仍是那种仿佛从山岩上长出来的风格，室内空空。门前有一片辽阔空地，万分萧索。我坐下，身体中充盈着来自远古的安宁，无一丝瑕疵扰动。

山景带洪荒韵调，不真实的杏黄色彩和空洞氛围，在渐渐西沉的落日映照下，每一刻变幻着风景。极目远眺，峰峦起伏，万物寂寥，更觉出自身的渺小单薄。西边天际线临近约旦和巴勒斯坦疆界，东南面是何珥山，山顶上的白色标示，是亚伦的墓。远处还有摩西泉。据说许多跋涉者，专程到这里朝圣。没想到《旧约》里的宗教故事，竟在这里一一对应。

沉思让人感知生命是万分真实的存在，它在一分分流逝和久远传承。听到祖先模糊不清的呼唤，觉得自己是链条上的精致小环。闭上眼睛，中东的夕阳照在面庞上，好像温暖的披肩簇拥脖颈。金彤彤的光亮，随波逐流地晃动着。我知道这是上眼睑微细血管中的红细胞，在摩肩接踵地移动，好像还看到一个个扁圆的细胞，由于兴奋而轻轻颤抖，又由于微风吹拂，渐渐安静下来，手拉手排队缓行。

依依不舍地离开山顶，半途中的祖祖经过休息，抖擞精神，等着送我下山。

听同伴说，她的牵马人告诫她，要她向我学习，说我很有技巧地把身体后仰，重心后移，有利于马匹下山。最可贵的是我一路上无论怎么受惊，从不发出任何声音。殊不知这种姿势让我的骶骨处磨破，在几日后的死海漂浮中，剧烈吃苦。

下山的路颇冷清，所有的人都走光了。在山顶时金光灿烂的太阳，由于我们背道而驰，也消失了。山谷暗淡，幽深到恐怖。

看到一怀抱孩子的贝都因妇女，在兜售石头和类似仙人掌的植物。她的货物并不便宜，一块橡皮大小的石头，要价1欧元，合人民币10块钱。没想买，钱尚在其次，主要是石头重，难携带。但最后我还是买了她的石头，看到那么小的孩子在荒郊野外陪妈妈谋生，心中怆然。刚要离开，那女人突然高声叫住我。她说的是贝都因语，我一时弄不懂意思，愣在那里。

看着她急切的眼神，我说："她要再送我们一块石头。"

同伴半信半疑，说："你怎么懂了她的话？"

我说："猜的。"

正巧来了位会说英语的贝都因人，把她的话翻译出来，果然正是送石头的意思。

为了不拂她好意，我们连声"谢谢"，又在她摊子上挑了一块最小的石头，带走了。

此刻，那块石头就在我的电脑桌旁。它并无蛇道的光彩和美丽，带着生涩和拘谨的锐角，远不圆融。每逢我的眼神和它相遇，就有一种微尘样的感动，撩拨眼睑。

其实，修道院漫山遍野的石头，都和贝都因女人出售的石头一模一样。可能是她随手从岩石上砸下来的吧。不过，这一块已足够好。不仅因它来自那个神奇山谷和古老城垣，更因它来自贫苦母亲和她可爱的孩子，来自心意和劳作。

凡来过佩特拉的人，都会对贝都因人留下深刻印象。之前，我以为贝都因是一个特别种族，如同印第安人、因纽特人等。到了中东才知道，贝都因，是对一种生活方式的描述。此称谓最早来自约旦南部，阿拉伯语"搭帐篷的人"之意。他们至今保留着阿拉伯民族最纯正的语言和最传统的生活方式，在沙漠里赶着羊群奔走，找到有水和草的地方，就搭帐篷休养生息。过一段时间，又继续出发，寻找水草肥美的地方。逐水草而居，开始新生活。

贝都因人这个名称，像一滴靛青色染料，遇到蓬松棉纱，一圈圈从约旦扩散开来，漫延到利比亚、埃及、阿拉伯半岛和整个撒哈拉区域。不过，随着社会发展，贝都因人人数开始缩减。有人定居了，用汽车取代骆驼。为了让子女就学，有些贝都因人放弃过去的生活，转而选择在学校附近落脚、安居、就业。现在，只剩不到10%的贝都因人，过着传统的游牧生活。

等我们来到山下，祖祖的主人和我们告别。我们说，愿意继续出费用，请他把我们送到大门口。祖祖主人说，不可能。我们以为是钱出得不够多，表示可以商量。

祖祖主人说："不是钱的问题。当地人把峡谷分成几段，每段的人都只能挣自己应挣的钱，不能到别人地盘上抢生意。所以，很遗憾了，只能送你们到这里，剩下的路，你们自己想办法吧。"

目送祖祖和它的主人走远，我遗憾没有问明白"祖祖"到底是什么意思。此刻，目所能及的幽暗峡谷中，只剩下我们几个人。凡是进入佩特拉城的游客，必须在傍晚之前离开，否则城中遭遇的一切危险自负。悠远的亡魂，不喜欢在白天被打扰之后，晚上也不得安宁，它们会惩罚贪玩的游客。

为了尽快赶到集合地，我们一路狂奔。先是换乘马匹，在古老的佩特拉街道上疾驰。我以当年在西藏阿里骑兵支队服役的经验，夹紧马肚，用脚镫轻叩马腹，阿拉伯骏马一路疾跑，寂静的峡谷中回响着清脆的马蹄声。头上裹着头巾的贝都因男子，骑马与我等迎面而过，他们已将最后的客人送出了西克峡谷，正在返程。道路曲折，很多急遽转弯处，某些特定角度，真是"前不见古人，后不见来者"，只有你一人和一马，在百米深峡谷底挺进。想那2000年前的某天，也有人这般策马经过吧？时光僵凝，屈从历史。

独自骑马奔跑，让人遐思。猛然明白了佩特拉的奥妙，正是在此处扼守伟大丝绸之路的咽喉，尽享了千年尊荣。历经又一个千年磨难之后，万千建筑依然栩栩如生。佩特拉自我保护有三大法宝。第一，便是脚下既美丽又险恶的西克峡谷，形成了易守难攻的格局。第二，佩特拉周边在远古时代，资源丰富。环抱城市的高地平原，曾经生长繁茂森林，物产丰富，牧草肥沃，能够供给庞大的佩特拉城衣食住行之需。第三，佩特拉有良好的供水灌溉系统。包括摩西泉在内的诸水源，水量充沛。

再加上高超的供水系统，让佩特拉人安居乐业。

然而，佩特拉还是无可救药地衰败了。

很多史学家都把佩特拉的凋零归结为"丝绸之路"的改道。可这还是让人疑惑。纵使佩特拉失去了对商道的控制权，存在下来应该不成问题。规模缩小点，也能苟延残喘啊。

有人说，导致佩特拉城彻底废弃的原因是天灾。公元363年，一场地震重创佩特拉城，许多建筑被夷为废墟。绝望之际，人们放弃了濒死的佩特拉。

天灾固然可怕，但某些火山爆发后，居民还会毫不惧怕地在火山脚下再把故乡建设起来，怎么轮到玫瑰城佩特拉，这一震，就万劫不复了呢？

1991年，美国亚利桑那的科学家们写了一本书，名叫《贝冢》。这批科学家另辟蹊径，不辞劳苦地在佩特拉研究了兔和啮齿类动物的巢穴。要知道这一类动物，都惯于收集棍子、植物、骨头以及粪便等东西，藏在自己的巢穴中。这还不算，它们是窝里吃窝里拉，久而久之，它们的巢穴被自己的尿水所浸透，结成一个大疙瘩。尿这种东西，是一种复杂的有机混合物，其中的化学物质遇到空气硬化后，形成胶状物，近似天然防腐剂，可防止穴中物质腐烂。从这种意义上说，这些动物生前的寝洞，成了特殊坟墓——"贝冢"。

研究这种遗存，可以了解过往时代的地质和文化变迁等。

在佩特拉发现的贝冢，有的已距今4万年之久，盛满了那个年代的植物和花粉标本。从这个角度说，每一个贝冢，都是奸细，出卖着关于它形成年代的生物和气候机密。如果嫌奸细这个词不好听，咱们就打一个文雅的比方——每一个贝冢，都是夹在史书巨著中的时间书签。

科学家们从佩特拉贝冢中发现，早期纳巴泰人时代，橡树林和阿月浑子林，遍布佩特拉四周的山地。

橡树林，熟悉。这阿月浑子树，到底是什么植物？

阿月浑子的小名是咱老熟人,就是开心果啊!

今天佩特拉满目疮痍,如今干燥的山麓,那时候青翠欲滴、绿意盎然,高大的橡树和羽叶纷披的阿月浑子小乔木,满山遍野。田鼠和野兔,吃得肥头大耳,巢里也填个盆满钵满。

到了罗马时代,环境就不那么令人乐观了。茂盛的森林消失了,人们为了建筑房屋和引火做饭取暖,大量砍伐树木。围绕佩特拉这一带的林区,退化成了灌木林草坡带。

到公元900年,环境衰退恶化的势头愈演愈烈,大量放牧的羊群干脆把灌木和草地也吞噬得一干二净。佩特拉四周,逐渐沦为不毛之地。

科学家们终于痛苦地认定:环境恶化是导致佩特拉衰亡的主要因素。当贫瘠的山野再也承载不了庞大人口的吃喝拉撒之消耗,当足够的食物和燃料成为一种奢侈时,人们只有逃离佩特拉。佩特拉从此无生气,成为死寂荒漠。

这是简单到残酷的结论。周围环境不堪重负,再也养活不了佩特拉,精美的石刻不能吃,宏大的陵墓不能住,曾经缔造的灿烂辉煌,在脆弱的现实面前不堪一击。

佩特拉只有低下高昂的头,在黄沙中销声匿迹。

一位阿拉伯学者说,传说中,佩特拉遁去,是因为上天收回了佩特拉的水。他道,干旱的中东,没有水,就没有了生命。因为佩特拉的雄伟和美丽,佩特拉人自高自大,看不起别人,不尊敬商旅。上天要惩戒佩特拉,就让佩特拉的泉眼干涸了,佩特拉从此走向灭失。

上天发怒,收回了佩特拉赖以生存的水,玫瑰城从此失去活力。神的答案,和科学家们的研究结果,不谋而合。人为因素,使佩特拉的环境变得不适合人居住了,佩特拉陨落于历史的星空。

它一睡不起,因为人类的攫取太过分了。佩特拉的悲剧,但愿不要重演。

赶到集合点时,夕阳马上就要沉没。夕阳是被放了血的太阳,如同佩特拉周围贫瘠的山岭。太阳用鲜血濡养了天堂,要休息了。

告别佩特拉,繁星满天。走出去没多远,一切都隐没在黑幕之中,好像刚才的所见所闻,皆是梦幻。

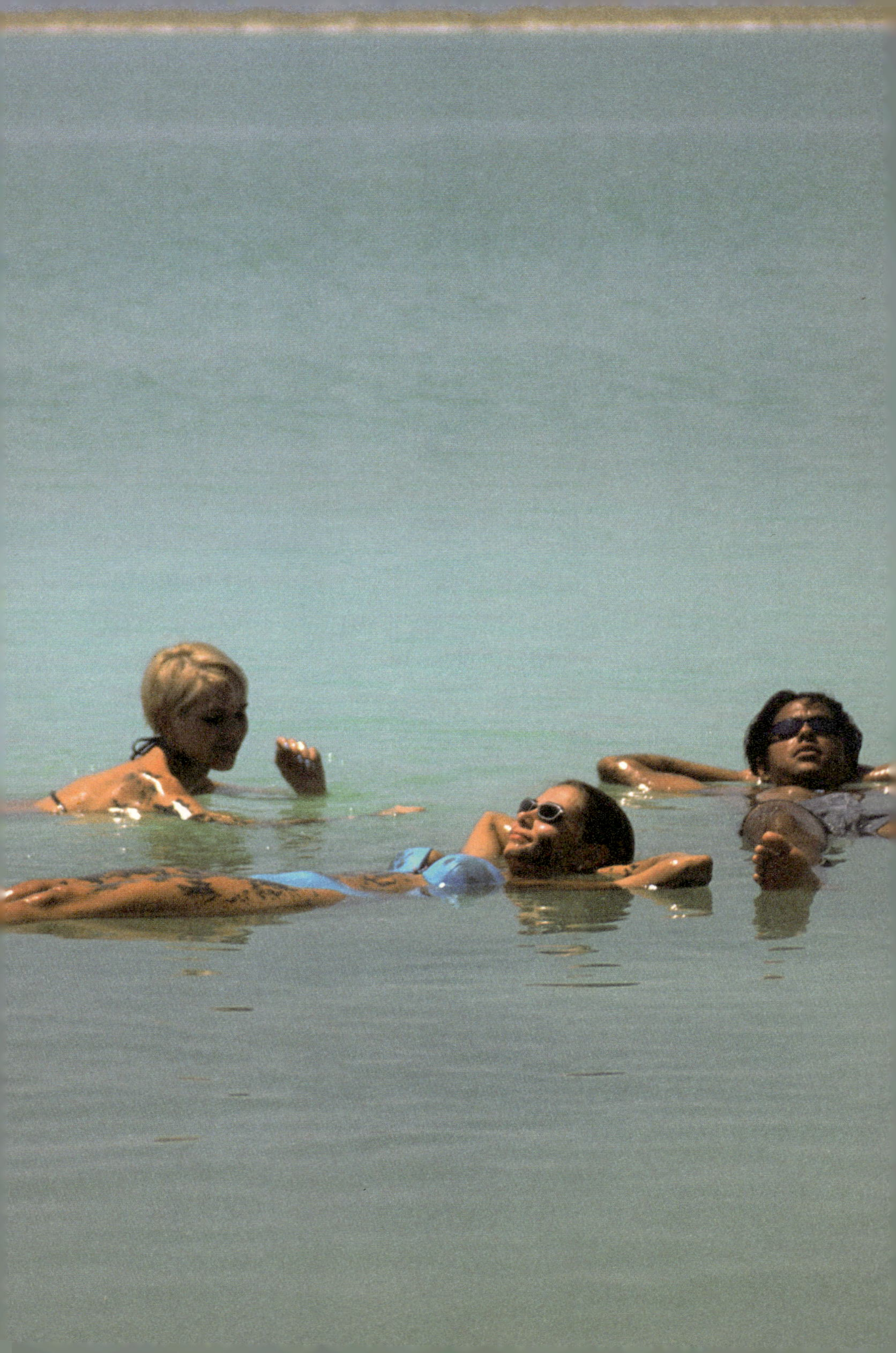

死海按摩

📍 亚洲·约旦→以色列（死海）

站在死海边，影影绰绰看到对岸的房屋，比这边要高大漂亮。死海经常有雾，眺望远处，好像隔着一盆巨大的热水。

那边是以色列。约旦人告诉我。

那时的我，没有奢想到对岸去。我这个人，遇事不悲观，但也算不上太乐观，多抱听天由命之心，凡事难得有太具体的期望。比如在国外看到壮美景观，很多人常说的话是：我一定还要来！我就很没出息地想，够了。此景只应天上有，一辈子能看到一次，已是莫大的幸运。不再祈求更多了。

我父亲20世纪70年代曾任新疆吐鲁番军分区政委。那里是全国最著名的低地，海拔为-154米。从此我便对低凹处格外留意。吐鲁番有一景，名为艾丁湖。当时介绍说艾丁湖是世界第二低凹的盐水湖，仅次于死海。

我兴致勃勃地赶到艾丁湖，看到的是无边的盐碱沼泽，湖水几乎干涸，赭的沙砾和白的盐壳粘在一起，仿佛大地残破的盔甲。然虽是丢盔卸甲，质地仍坚硬无比。我在那里没有看到任何动物，没有地鼠，没有飞鸟，连蚂蚁也未曾见。苍黄中带着嶙峋绿色的碱蓬与抗盐的不知名的野草，披头散发、萎靡不振地贴附在白花花的地表上，随着漠风起伏，算是另类的"波光粼粼"。

为什么说它"波光粼粼"？因为湖水虽然枯了，但沙层依然保持着当初波浪翻滚时的姿态，留下抑扬顿挫的节奏。

我自言自语："怎么就干了？"

陪我来艾丁湖的维吾尔族大叔，长相有一点像库尔班·吐鲁木老人家，也有茂密的大胡子，只不过尚未全白。他说："水嘛，原来有的，后来嘛，慢慢没有了。天上雨少得很，白杨沟河的水也小小的。来一个水，太阳晒走200个水。慢慢地就干了。你要看水，远远地朝里面走，西边还是有一点点水的。艾丁湖在我们的话里，是月光湖的意思。最早是满月，现在只是月牙了，新出来第一天的月牙……"

酷热，气温大约有45摄氏度，不忍看没有水的湖泊，谢了"库尔班大叔"，我独自离开焦渴的湖区。

艾丁湖是2.49亿年前喜马拉雅山造山运动的产物。没想到，世界第二低地，居然和世界上最高耸的山脉沾亲。魁伟挺拔的大哥，有个黄皮寡瘦的小妹，身段匍匐在海拔之下。不过遥想亿万年前，艾丁湖也曾风姿绰约，丰满饱胀过，那时它裙裾飘飘，是近5万平方千米的内陆海，无边汪洋。

去过了第二，向往着第一。

死海是东非大裂谷逶迤龟裂的最北端，西岸为犹太山地，东岸为外约旦高原。中国古代有一凶猛瑞兽，善吞万物而不泄，纳食四方之财皆为己有，名为貔貅。死海可称为水界貔貅，只有入水口没有出水口。约旦河自北流入这片被称为"地球的肚脐眼"的洼地，每年慷慨地向死海注入5.4亿立方米水，另外还有4条不大但常年有水的河流，从东面涓涓注入。倘死海有知，应衷心感谢约旦河等一干河流。它们粉身碎骨地投入，死海才能历经亿万年高蒸发量的折磨，尚能长袖善舞。水位开始下降前，死海长80千米，宽处约18千米，享有1020平方千米的面积，现在减少了超过三分之一。湖面平均深300米，最深处395米，一眼望过去，湖水呈深宝蓝色，非常平静。海面上没有任何船只航行，湖水蒸发形成浮动的浓雾，让它神秘莫测。

湖岸荒芜，几无居民。关于死海的名称，最直接的解释就是这里没有植物和动物。盐分极高，且越到湖底越高。这么说吧，海水含盐量为35‰，死海的含盐量在250‰，深层水中干脆到了327‰，是普通海水的7—10倍。每1千克死海水里，就有四分之一以上的盐。吓死人！不幸从约旦河游来的鱼，一进死海瞬间就死亡，变成了咸鱼。

凡奇异之处，必有传说。据说远古时候，此地男子骄奢淫逸，多恶习。先知鲁特劝他们改邪归正，但他们充耳不闻，拒绝悔改。上帝决定惩罚他们，便暗中谕告鲁特，叫他携带家眷离开村庄，且告诫他离开村庄以后，不管身后发生什么事，万不要回头去看。鲁特在规定时间离开了村庄，走了没多远，妻子好奇，偷偷地回过头去望了一眼。瞬间，村庄塌陷了，出现在她眼前的是一片汪洋大海，海水苦咸。

这就是死海。上帝惩罚那些执迷不悟的人：让他们既没有水喝，也没有水种庄稼。据说那个女人化成的石头现在还立在那里，不过我没有看到。

不知道为什么，在世界各国的古老传说中，都有悲惨地化成石头的女人。通常是为了爱情而张望太久，这一次是因为回头看。也许，人生是不要回头看的。非要看，你就变成了石头。我另外得出结论，上帝是烂熟心理学的惩罚原理。第一是要狠，你做不到不折不扣地服从，偷吃了苹果，就被赶出家园。你回头偷看，就变成石头。第二是要快，扫地出门，刻不容缓。变成石头，更是眨眼间的事。第三是要广为传布，众所周知，以示警诫。关于蛇和苹果的故事，是这个世界上流传最广的故事吧？那女子变成的石头，至今兀立在死海边，成了反面教材，被人指指点点。

终于来到了约旦的死海对岸，住进了遥望中高大美丽的房子。

死海边建有很多疗养设施。最早的建筑簇拥在死海边，类似我们的湖景海景房。后起的建筑，距离死海边就比较远了，要乘一种小型的电瓶车往返。

life is a wilderness
人 生 是 旷 野 啊

　　死海漂浮，是最叫座的活动。所有的人都尝试着把自己的身体平摆浮搁在水面上，让一种不可能变为凡常。不要以为死海浮力大到了人沉不下去，这个动作就毫无难处。淹不死是一回事，让你能够面露悠闲，惬意躺在水面上潇洒晒太阳，那是有技术含量的。

　　一脚踏入死海之水，如同猝入狂风之中。虽然表面上波澜不惊，巨大的阻力无所不在地包绕着你，让你迈不开步。你不可能在死海中游泳，哪怕你原来是游泳健将。理由很简单：这个水不是普通的水，是富含盐类的高浓度的浆。刚才说过，死海水富含盐，比重高达1.17—1.23，而人体的比重只有1.02—1.10。就像你不可能在飓风中完成一套标准体操，强大的风阻会不容分说地修改你的动作。死海水使你彻底改变了水是至柔之物的俗念，你被迫放弃了在水中随心所欲的习惯，屈服于水与盐合谋之后的强大制约。

　　正确的姿势是你先平稳地站在水中，然后缓慢走到稍微深一些的水域，把一只手臂放入水里，这样另外一侧手臂或腿便会浮起。把背像一块木板绷紧并倾斜，缓缓插入海水中，逐步试探着平躺，直到完成安稳的仰卧式动作。

　　在这个过程中，你要充分相信死海水的浮力。这个信任度既不可太大，比如你以为无论怎样仓皇入水，死海都会像温柔的床垫把你托举起来……切记并非如此，死海没有那样柔曼体贴，它是一个有着强烈自主意识的刚硬存在。但也不能不相信死海，以为它没有法力承接你的肉身。死海完全有这个本事，只要你把自己平稳地摆放其上，死海就能成为你的铺板。

　　我很奇怪为什么没有人详尽地描述这个过程，让很多人吃了苦头。如果不得要领，被死海教训一下那是不由分说的。忘乎所以跳入海中，贸然戏水，晶莹剔透的死海水，就会珠圆玉润地溅入你眼中。如同奇诡刑法，痛楚令你骇然大叫。你要事先带一瓶淡水，放在岸边。这样一旦惨剧骤降，马上冲洗，尚可挽狂澜于既倒。不然的话，你就必须流出足够悲痛的热泪，才能以这种较淡的盐水，冲刷较浓的盐水……

若不幸吞入了死海水，那滋味也会令人终生难忘。它不但极咸（你可以想象一下把300克盐，溶入1000毫升水中的滋味），外加多种矿物质协同作战之后的苦和涩。当它舔过腔内之时，以烈焰撩拨来形容都是仁慈的，简直就是火红棍子沿着喉咙下戳。以我的医学知识判断，食道黏膜表层会被它瞬间凝固。如果不幸将海水咽到胃中，欲吐不能，连带肠胃受损，会难受好几天。

另外亲切提示，确保自己在浸入死海之时，体肤完整白玉无瑕。不然的话，你就会在第一时间，感知椎心刺骨的剧痛。不论是蚊虫的叮咬、指甲的划伤，还是不小心的磕碰，无论多么细微，都狼烟四起，向你紧急报警疼痛。什么创可贴、防水药膏一律不管用，你唯一能做的就是有足够的思想准备，忍着乱针般的刺痛在水中遨游。

岸边的盐晶坚硬带刺，日照之下，闪闪发光，可和钻石媲美。走在上面，就不那么美妙了，犹如铺设了一席铁苍耳的地毯。第一次到死海边，我感叹它们的美丽，取了一小块包在餐巾纸里。回到家后满怀希望地打开，看到的是一小撮盐末。

说了这么多死海的坏话，来说说死海的好吧。

虽然满身伤口去游死海，考验意志，但无论怎样痛灼，请你放心，不会感染。那么高的盐分，早把细菌病毒统统杀死。

人漂浮死海，就暂时地借用海水的力量，对抗了地心引力。你的肌肉不必负担保持姿势的压力，它们略带紧张但是好奇地进入了逐渐松弛的状态。平日和我们寸步不离的重量感不可思议地丢失了，意识进入玄妙的虚无状态。有人说在死海中漂浮40分钟，相当于沉睡8小时，可以忘却烦恼，身心松弛。

恕我直言，人在死海中不可能悬浮那么长的时间。想想看，一条青翠的豆角浸入30%左右的盐水中，细胞会脱水，渗出浆液，它的表皮会皱缩，宛若咸菜。如果你不想变成一个"闲（咸）人"，第一次浸泡最多以5分钟为限，请见好就收，早早上岸。如果你能在死海边多住几天，据说随着慢慢适应，可以相应延长时间，每天延长两分钟。记得千万不要在正午烈日当头的时候在盐水中待得太久。死海地势低洼，烈日如火，如同凹透镜，光箭聚焦靶心——你的身体。身下是镜面般的死海水面，毫不吝啬地闪射强光，你很快就会脱水灼伤，如同半熟的鱼啦！

来到死海的客人，都会做死海SPA（水疗）。SPA这两年叫得很响，其实就是泰式按摩。发明者其实不是泰国人，而是印度王的御医吉瓦科库玛。僧人们把他的医疗手法传入了泰国，在异国他乡发扬光大，成了强身健体治疗劳损的利器，据说已经流传了4000多年。

中式按摩注重的是经络和穴位调理，泰式按摩似乎更在意活动关节。按、摸、拉、拽、揉、捏十八般武艺齐上阵，自下而上从足部向心脏方向进行按摩，力道像鹰的羽毛渐次掠过身体，能快速消除疲劳。据说除了促进体液循环，保健防病，还有健体美容的功效。于是俊男靓女们不管有病没病，都趋之若鹜。

死海SPA可不讲究这些手法，最大的利器就是那一摊摊死海泥。

当地人告诉我们，死海泥是宝贝，可以分解为硅盐、锌盐和溴盐以及一系列稀有元素的化合物。它能清除老化皮脂，消除疼痛，愈合伤口，并且增强组织再生能力，让肌肤恢复弹性与光泽。

如果你初次SPA后，第二天感觉到有关节酸痛，那么恭喜你，这就是疗效显著的证明了。死海中的锰和钠等元素还可以促进头发生长。早在公元前3000年，也就是距今5000多年前，死海边就建立起了专业的护肤品生产工厂（估计就是挖出死海泥加上一些香料打包运走）。从死海边山洞的坛子里发现的古卷记载着，争夺宝藏的战争从未停息过。埃及艳后克娄巴特拉，刚登上王位，就撺掇情人安东尼攻占今天的以色列区域，其重要目的之一，就是在死海边建立皇家美容工厂，制造自己专属的美容产品。在这个女子震惊世界的美丽中，死海泥立下了汗马功劳。

别以为死海泥俯拾皆是，泡在其中的人，自己就能完成死海泥的敷贴。假设你艰难地蹲下身体（因为盐水的阻力太大，使得平日轻而易举的动作，变得不容易），在死海的泥床上，用力地抠下去，就剜出一块黏黏糊糊的泥巴，然后你同样艰难地抬起手臂（同理，要穿越黏稠的死海盐

亚洲篇

死海边尖锐的食盐晶体

浆），攥着手心举出水面。手中的死海泥流淌得所剩不多了。你把它涂抹在身体上，再一次下潜到死海底……可惜第一次涂抹在身上的死海泥已经干了……

所以，在死海边自力更生做死海 SPA，理论上可行，实操很难。本想把身上涂得像个兵马俑，最后落荒而走。

也许有人说，躺在死海岸边，钻入泥滩，用泥把自己包裹起来，岂不也能成就天然 SPA？

痴心妄想啊！死海岸边不是泥土和沙砾，而是尖锐的食盐晶体。四角尖锐，稍有不慎，就会把你的脚掌扎破。胆敢糊上身，痛死你！

SPA 室要预约。不苟言笑的护士小姐，示意我到 12 号 SPA 室。屋子很宽敞，洁白的床上铺着一张巨大的塑料布，没有任何其他设施。我正揣测死海泥在哪里呢，就进来一位金发碧眼的 SPA 师。

她对我说："请您先到淋浴房里，冲洗干净。然后穿上这套 SPA 服。"

所谓 SPA 服，是一套无纺布做的背心和内裤，还有一顶白色浴帽。虽说是白色的，因为质地很薄，看起来像半透明的塑料袋。

我略迟疑，这东西穿在身上，估计和不穿没太大的区别。

SPA 师看出了我的疑惑，告诉我说："因为过一会儿会把死海泥敷在身上，实际上没有人能看到您的身体。"想想也是，死海泥如铠甲护身，什么衣服都没它遮挡力强。

浴室里摆满了洗浴用品，在资源有限，一切厉行节约的以色列，这种安排的用意，只有一个：希望所有做 SPA 的客人，都把自己洗刷得一干二净。估计不清洗净，死海泥的效用就无法达到极致。洗净之后，穿上形同虚设的 SPA 服，走出来。站到 SPA 师面前，有点不好意思。说实话，我这辈子还真没和一个洋人如此坦诚相见。

SPA 师露出职业性的微笑，示意我在 SPA 床上躺下取俯卧位。

截至目前，我还没有见到这次活动的主角死海泥呢。这房间里该不会有一条大的输泥管道，SPA 师一拧开关，就会有源源不断的死海泥涌流出来，如同泥石流一样，把我埋起来吧？

幸好没有那般险恶。SPA 师推来了一个车，车上有一个大塑料袋，体积和 50 斤富强粉面袋相仿，内容物漆黑一团，这正是来自死海深处的泥浆。她把塑料袋拉链打开，将死海泥倾倒在我身上，SPA 正式开始。

从 SPA 师拎起泥袋的麻利劲儿来看，估计长年干这活儿，手指很有力量。

死海泥在我身上慢慢蔓延，刚开始感觉到的是一种混凝土般的重量，然后是一种煮好后凉了半小时的热粥糊上来的温热。我惊讶地发现,死海泥已被加工成温热的,比体温略高。有一种温暖的力度渐渐将身体包裹,越来越沉。SPA师将大袋的死海泥浇注在我身上,好像我是一根水泥桩。平滑的泥浆沿着身体轮廓堆积,我突然很不合时宜地想到——人被活埋的时候,大同小异。

SPA师用她的手指,在我的后背蜻蜓点水般掠过。完全不是按摩——既不是中式的,也不是泰式的。她只是将没有分布均匀的死海泥浆抹平,像一个负责的瓦工,不让地砖背后的水泥存在空白。

当我以为SPA师将有进一步动作的时候,她用纤纤细指将那块塑料布包裹起来,然后向我做出嘴角上翘的表情,引导人觉得那是一个微笑。她说我如有不适,可以用铃呼唤她,然后飘然而去。

留下我在黑黝黝的死海泥壳里,浮想联翩。

我的一位朋友,是开SPA店的,生意兴隆。她说:"你知道什么人最爱进SPA店?"

我说:"不知道。"

有些人的问题,是不允许你不回答的,他们会在追问中获得快感。

朋友恰是这种人。她换了方式卷土重来,问:"你觉得是男人还是女人爱做SPA?"

我说:"男人吧。你没看到那些突袭整治的活动中,逮住的多是男人。"

她愤然了,说:"偷换概念。我说的是正规SPA,不是香艳场所。"

我道:"那应该是女人多吧。"

她笑起来说:"恭喜你答对了。反正我的店里,做SPA的女人多。"

我说:"那你店里的SPA师,是男的多吧?"

她义正词严地说:"我店里的SPA师,都是女的。"

我肃然起敬,说:"那你是如何用一些女人把另外一些女人忽悠来做SPA的呢?"

朋友不理睬我的挑衅,说:"女人们自愿来做SPA,我那里都是回头客。"

我说："SPA 有什么魔力吗？"

朋友说："爱做 SPA 的女人是有特点的，她们多已过了女人最好的时光。很年轻的女孩，很少有人坚持做 SPA。"

我说："你是否心狠手辣收费太高？"

朋友说："我是明码标价、买卖公平。这么说吧，最爱做 SPA 的女人，除了剩女，就是离了婚的女人。"

我说："这又是为何呢？"

朋友说："SPA，说白了就是人与人之间的抚摸。大龄女子，没有人爱抚，皮肤就饥渴了。她们多是正经的女子，不是随便让人摸的，只有花钱来做 SPA。离了婚的女人，原先尝过抚摸的滋味，陡然间消失了，皮肤就呻吟。她们被自己的身体搅得烦了，就找到我的店里来。皮肤不管那么多，只要有人精心地一寸寸地擦拭过它，它就知足了。时间长了，它还会上瘾呢。所以，我对服务员说，请尽心用力地抚摸，是不是 SPA 的正规手法，并不是最重要的。重要的是，你爱惜了她的肌肤。"

我不知道是该赞同还是反驳她的话。对于 SPA，我不懂，但对于皮肤的功能，略通一二。

皮肤有六种基本感觉，即触觉、痛觉、冷觉、温觉、压觉及痒觉。其中触觉又包含了至少 11 种截然不同的感觉系统，如接触觉、滑动觉等等。遍布人体体表的全部面积，说白了，就是人的游离神经末梢的终端。它们密连成网，万分敏感。遇有刺激，就持续放电，传导到中枢神经系统。

拿手指尖打个比方，平均每平方厘米分布有 2500 个神经元，能对仅重 20 毫克的飞尘做出反应。这种功能，人还在母腹中就熟练掌握了。你没看到那些准妈妈经常抚摸自己的腹部，小小的胎儿就感到安全，用肢体活动回应母亲。

千万不可小看了我们的皮肤，它可是名门贵胄。它和大脑共同发源于人体胚胎的第三层，也就是外胚层，和我们的整个神经系统是同门兄弟。说简单点，你可以把皮肤看作人脑的外层，神经系统的延伸。

人们的皮肤是需要刺激的，用"爱好"来形容这种需求，嫌温良了，简直就是癖好。

中国有句俗话，父母打孩子的时候常说："你皮痒了，找揍啊？"

在那些长久被父母忽视，没有抚摸也没有碰撞的孩子那里，我真见过为了能让父母的手掌和自己有所接触，他们不惜惹是生非讨得一顿打，以安抚皮肤的焦渴。当然，打人的人和被打的人，对此都不自知。为了让我们的孩子更少调皮捣蛋和逆反，有的时候，只需要母亲父亲爱抚的触摸。君不见在动物那里，舐犊情深是一段佳话。

记得小时候，常常见有些男孩子无事生非地在墙角处挤成一团，咯咯地笑，而且轮换着到最里层去，那里压力最大，身体的各个部位都会被挤压到，好似丰收的葡萄串最内里藏的那颗。那些不受重视的孩子，即使在这样的游戏中，也被甩在最外层，只是有挤的动力，没有享受被挤的资格。这个游戏，被男孩子们称为"挤油油"。我曾经百思不得其解，后来学了医学，才明白这是缺少爱抚的孩子们的自救。

恋爱中的男女，是一定会抚摸的。至于接吻，那就是定向的黏膜与黏膜之间的抚摸，原理同上。

开店的朋友对我说："我还要开发一些模拟情人之间的抚摸动作，会让人们接受按摩后，念念不忘，欲罢不能。"

我吓了一跳，说："纵是同性，这样也不大好吧？"

朋友说："看你想到哪里去了！我主要让按摩师抚摸她们的背部。背部这个区域很古怪，按说你露出脊背并不涉及敏感区域，穿比基尼的女子，大幅度地裸露后背，是女子身上最不怕曝光的部分。但一个人最不能自触的部位，非背部莫属。只有另外一个人才能不遗漏地触抚你的背部。小的时候是父母和亲人担当此任，成人之后就只能由伴侣承担。背对女子来说是神奇的，按摩的频率不要保持均一。人不是机器。力度忽轻忽重，更有梦牵魂绕的感受……"

对于这番奇谈怪论，同意难，反驳也难。

当小孩子受到惊吓而惊恐不安，啼哭不止的时候，最有效的方式就是把他抱起来，紧紧搂住，抚摸他的头顶和肢体，孩子就会神奇地安静下来，因为他知道有人在疼惜他保护他，他是安全的。别以为只有儿童才嗜好大面积的身体接触，就是成年人，也难逃窠臼。比如朋友沮丧不安、孤独退却时，你伸出温暖的臂膀，搭在他的肩头，就如同一管强心剂注入，他会体验到有人同在的安然。知道自己并没有被整个世界抛弃，起码此刻你就陪在他身边。勇气渐渐回到身上，能量一点点积聚起来……初次会面的人凭借着握手，也能感觉到对方的温度与力度，做出是敌是友的初步判断。人们渴望彼此相亲相爱，是原始本能的呼唤。

反之，那种根本不体察对方的需求，不尊重对方的界限，一厢情愿的贴抱，就是冒犯和袭扰。说得更严重些，就是进攻和侵害。因为它违背了良知和社会道德规范。

我对朋友说："但愿你的 SPA 师，完成对人的关爱和商业的丰收。"

我窝在黑泥中胡思乱想。泥是单纯而温暖的，没有任何气味（我想象中似乎应该有类似臭鸡蛋的硫化氢味道，但是，的确没有），就像纯净的盐，没有气味。它随体赋形，将一种温和的力道赋予我。它的重量和能量，缓缓地潜入我的身体，如同暗夜雄浑的风。

大约半小时之后，黑泥 SPA 接近尾声。身穿黑色工作服的 SPA 师无声地回到房间，示意我时间已到，请冲刷死海泥，SPA 到此结束。我从塑料布里钻出来，好像冲开一只巨大的黑蚕茧。

把自己收拾利落之后，我问了 SPA 师一个问题。

"你们的 SPA 似乎不怎么讲求手法？"

"这不能被称为 SPA。没有什么手法，我们有的只是死海的水和下面的泥。我们只依靠这些天然之物，它们蕴藏的神奇的力量会帮助到您。不过仅此一次，不会有非常显著的效果。您要住下来，慢慢地享受死海的馈赠。"

SPA 师临走的时候，指了指我的耳朵微笑。不知何意，凑到镜前一照，才发现耳轮下方没洗干净，还有一小块死海泥牢固地贴在那里。再度冲洗后，我走出 12 号 SPA 室，身心轻灵。我不知道是 SPA 的功效，还是这里的空气格外有治疗效果。死海疗效最有说服力的一点是——这里海拔低，此地为地球表面气压最高的地方，空气中的氧分压也最高。人在这里如同进入高压氧舱，神清气爽，呼吸畅快。如此说来，虽然死海名中有"死"字，却是地球上充满活力的地方。

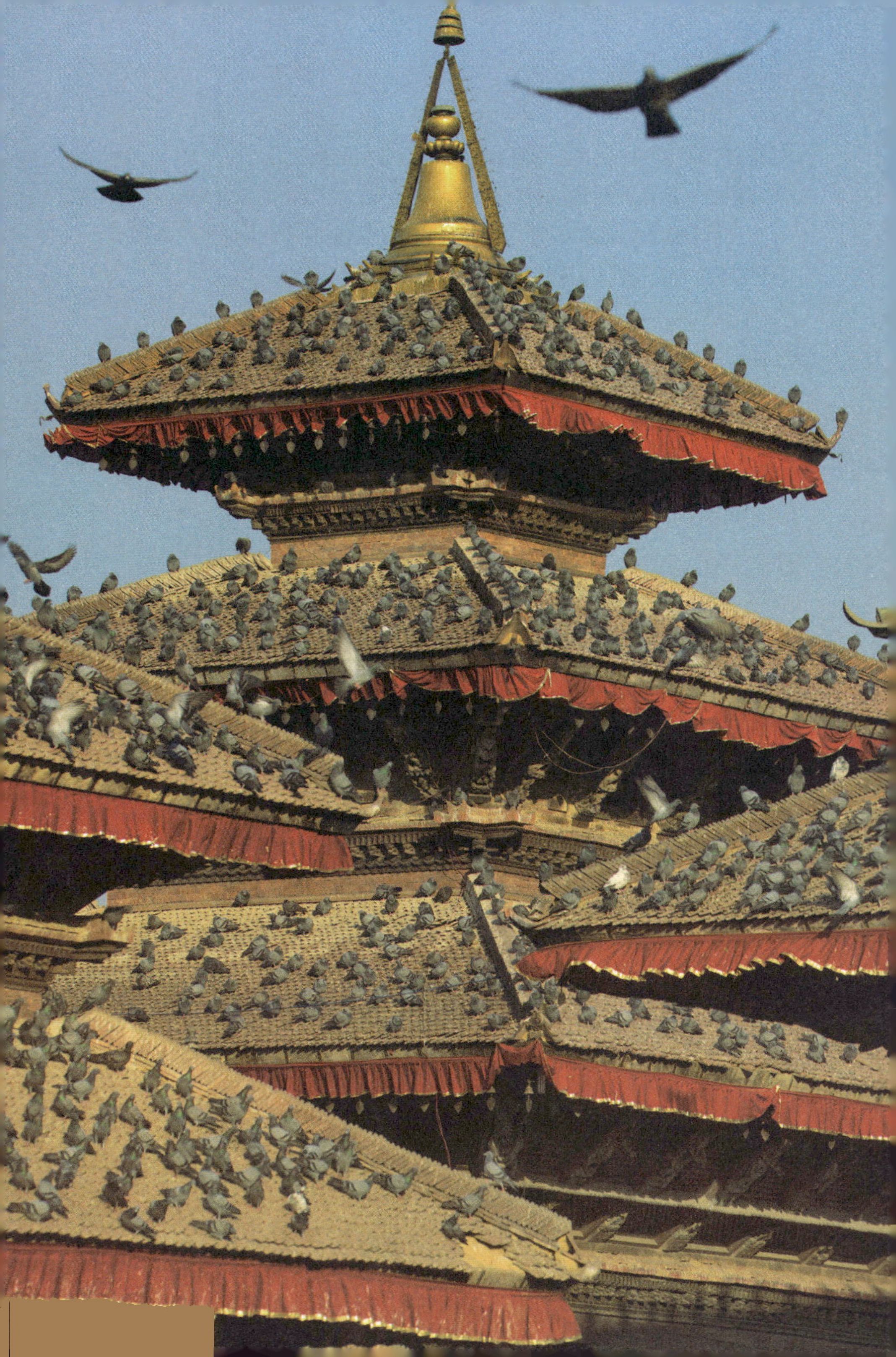

在加德满都直面生死

◉ 亚洲·尼泊尔·加德满都（巴格马蒂河 ──────▶ 帕斯帕提纳神庙）

    这个世界上有 200 多个国家，每个国家都有自己的国旗，形状基本上都是长方形。有一个国家，国旗是三角形的，全世界就它独一份。国旗由上小下大、上下相叠的两个三角形组成。旗面为红色，旗边为蓝色。红色来自国花红杜鹃的颜色，蓝色代表和平。三角旗中的太阳和月亮图案代表王室，旗角代表喜马拉雅山脉的山峰。

    这个国家就是尼泊尔。它的首都加德满都，意为"独木之寺"，坐落在加德满都河谷里。既然叫河谷，当然要有河。在其中流淌的巴格马蒂河，是恒河的主要支流之一，是尼泊尔人民心目中的"圣河"。

    巴格马蒂河边，有一处闻名世界的文化遗产，大名帕斯帕提纳神庙，它还有个俗名叫"烧尸庙"。它充满了庄严的神秘感，是整个南亚印度教最神圣的庙宇，也是印度教里的主神——湿婆最重要的庙宇。

    这座神庙至今不对印度教徒以外的游客开放，我们连站在门口往里瞅一眼，都不被允许。

    我不知道"湿婆"的中文译名，是谁最早定夺的。他名字里虽然有个"婆"字，却是男性神，司掌毁灭与重生。当地导游是个 20 多岁的小伙子，曾在中国留过学，中文甚好，学识也不错。

巴格马蒂河

他管湿婆叫"破坏之神",我有几分奇怪,问:"为什么'破坏之神'成了最重要的神灵呢?"

导游想了想说:"那么,就翻译成'毁灭之神'吧,可能更为恰当。按照印度教的解释,世界处于不断的毁灭和重建之中。面对混乱和邪恶,只有先毁灭它,才能在新的基础上获得再生。"

据说每到世界末日,湿婆神就会准时出现,跳起他最拿手的宇宙之舞。舞动的瞬间,天空为之震撼,大地为之颤抖,整个世界便在他的舞动中毁灭。然后,他继续舞动身体,在彻底地消亡空寂后,开启下一个宇宙轮回。

一次长途赶路,我们的旅行车前面是一辆当地大巴。大巴尾部画着一个鲜丽无比的神祇头像,粉面樱唇,长发披肩。在长达几小时塞车的缓慢行程中,此"美女"锲而不舍地对着追随其后的我们,款款微笑。我问导游:"这女仙叫何名字?"导游答:"他即是湿婆。"我大吃一惊,说:"'毁灭之神'怎能长得这般美丽?"导游告诉我:"此尊有无数个化身，这等俊美模样，是他常常显现给世人的形象。"

我们到达巴格马蒂河的时候，暮色四合。总觉得去看一处陌生景致，第一眼触碰它的时间点，非常重要。有时简直是一见定生死，要么一见钟情，要么拒之千里。河边矗立着"烧尸庙"，概因此地是加德满都最大的印度教徒火葬场，迄今已有1000多年的历史。我粗略地计算了一下，如果以一天焚化10具尸体计算（这实在是太保守的估计，我们去的那一天，就焚化了几十具。不过估计早年间人口没有这么多，故取个低值数字），一年就是3650具。1000年，天哪，共有300多万人在此袅袅升天，蔚为壮观！

旅行车停在远处，愿意去的人沿着通往河边的小路缓缓走过去。臭而焦煳的气味挟持着鼻子，越来越浓。

导游边走边说："中国来的旅行团，大约只有不到三分之一的人，会愿意观看这个场景。余下的人，三分之一根本不会下车，拒绝目睹死亡，说这太恐怖吓人了，怕留下恶性刺激。还有三分之一的人，刚开始比较好奇，带着一点探险心理，下车后会跟着我的步伐，慢腾腾地往前走。但走不出百十步，就半途而废，打道回府了。对了，正确地讲，是打道回车了。其中又有约五分之一的人，因为紧张，会干呕或者呕吐。"

"中国人，非常害怕死亡吗？"导游可能被这个疑团缠绕甚久，索性停下脚步，回过头问我。

我说："在我们的文化中，基本上没有露天火葬这种习俗，所以，比较不适应。难道说……你们……就不害怕吗？"

导游说："不害怕。习惯了。这就是生活的一部分。"

我问他："你第一次看到这种情形，多大呢？"

导游认真回想了一下，说："5岁。"

我惊讶："太小了啊。"

导游说："并不算很小。你看，他们的年龄不是更小吗？"

这时我们已经抵达了巴格马蒂河，见一些小孩子正在河边玩耍。真的是，有的看起来只有三四岁。

"是家里人特意带你来看的吗？"我问。

导游说："并不是特意。死亡在我们的文化中，是很平常的事情，人们并不避讳，也不恐惧。大家从小就不害怕这件事。你看到人们伤感，是因为觉得再也不能看到死者了，人们为分别而哀伤。对于小孩子，并没有谁想到要教育他们不怕死。如果家里有人死了，或是邻居需要人帮忙，小孩子也会来，并没什么特别之处。"

我试探着问："你设想过自己死后的情形吗？"

他笑了，露出洁白的牙齿，说："这个不用想啊。我们都知道自己死后会怎样，非常清楚，一点都不陌生。我们了解死后所有的程序，知道自己也一定会走这样的路，很踏实的。"

一句"很踏实"，让我对尼泊尔印度教徒的生死观，有了更深切的了解。

其实，每个人心里都曾思考过死亡。一个盘旋不断的问题深藏脑海——我们将如何离开这个世界？说得更直白些，你将怎样死去？

我想绝大多数的人，不希望自己死于战场。那我们就要共同维护世界持久和平。我们也不希望自己死于意外和恐怖事件，不希望自己死于交通事故，不希望自己死于天灾人祸和瘟疫。

我觉得自己能接受的死亡是死于自然规律，死于理智选择过的自我终结，死于我认为有必要付出自己生命代价的事业。

在过去的一个世纪里，死亡这件事，悄悄地从家中转移到了医院。如果一个病人死在家里，人们会遗憾地说："还没来得及送到医院，人就……"

人需要到医院里去死，几乎成了文明进步的重要标志。现代社会的成就之一，就是让死亡从日常居家中成功隐没。医院的白大衣如同魔法师的黑斗篷，铺天盖地罩住了死亡，让死亡变得日益陌生和遥远。然而，死亡没有走开。它静静地坐在城市的长椅上，耐心地等待着某个适当的时机，站起身来，把你悄悄领走。"亲爱的，我在下一个路口等你……"它不时这样轻轻地念叨。

快餐似的文化忌讳谈论死亡。人们觉得它是丑陋的，阴暗的，恐怖的，可怕的，肮脏的，悲痛欲绝的，甚至是可以用来嘲讽的，人们要把死亡秘藏起来。那些实在无法回避的裸露的死亡，或是赋予诗意，或是赋予想象。在这种迷雾的笼罩下，死亡变成了另外的东西。

我理想中的死亡是这样的：周围的人对死亡有比较充分的准备，在精神上接受这件事情的必然性，不悲戚，不惊惶。在临终之人的最后时刻，尽量保持温和的平稳与冷静。如果实在忍不住，可以轻轻地哭泣几声，以示告别。不然远行的人，回头看到大家捶胸顿足、泪眼滂沱，会感到无能为力并充满不安和愧疚。对无法逆转的死亡，请不要抢救，不单是为了节省资源，也为了顺应规律。在应当画上句号的时候，迟迟不落笔，这个尾结得不好，就成了无以弥补的憾事。

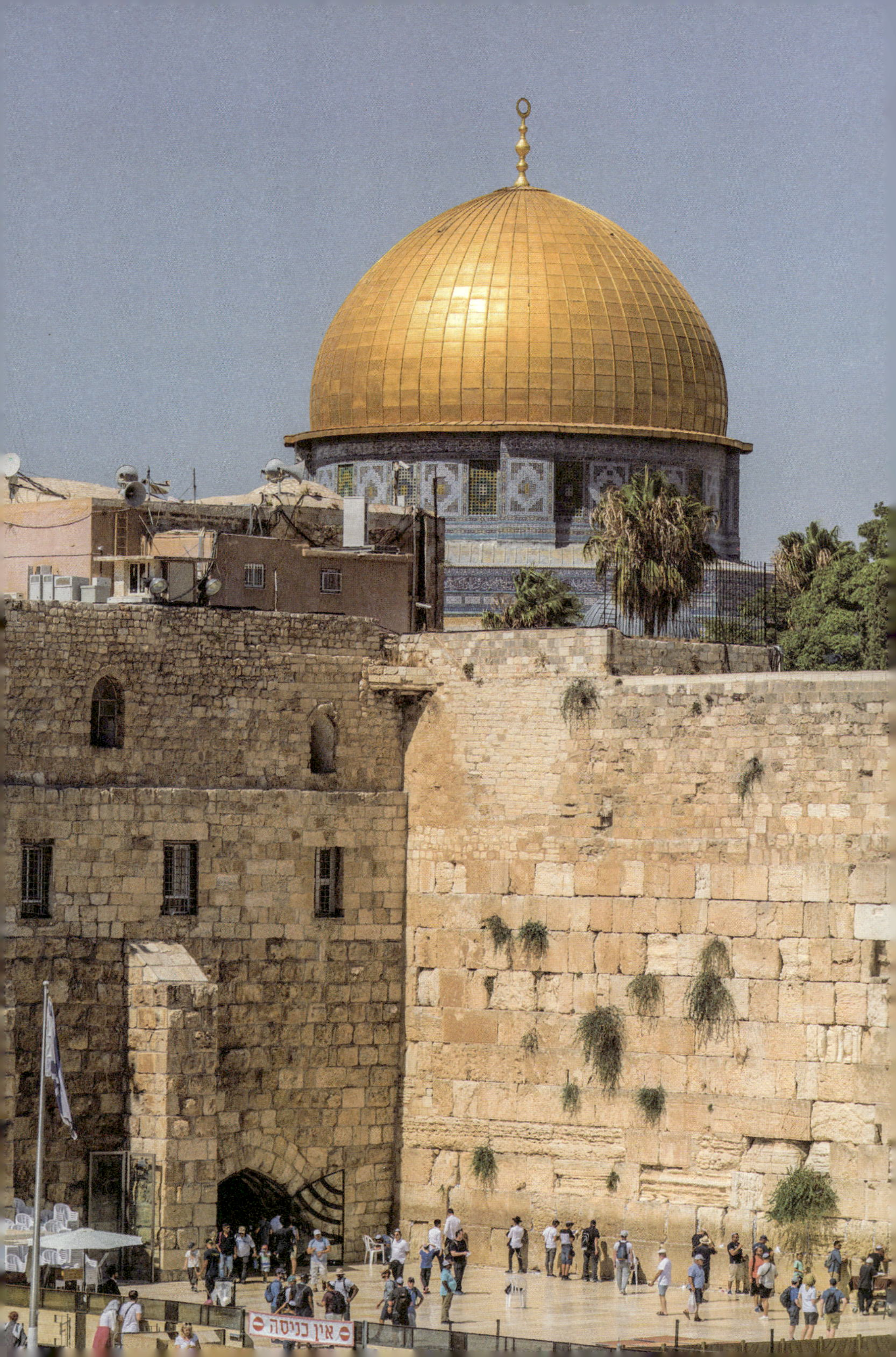
אין כניסה

"淑敏"是什么意思

📍 亚洲·中国·北京（首都国际机场）
📍 亚洲·以色列·特拉维夫（本·古里安国际机场）

以色列的安检，是我走过的几十个国家中最冷峻缜密的一个。

还没出发，就感受到了前所未有的凌厉。首都国际机场候机楼，前往以色列的客人在特定区域单独排队，独立进行安检。有以色列护照的专排一个队伍，进行得比较快，我等非以色列公民，逐个被安全检查官员约谈，进行安检面试。

整个过程进行得很慢，站得人腰酸背痛。等候了大约1小时，才轮到我。记得在某国使馆面签的时候，也在大厅里经历过这种旷日持久的等待。人员密集，可用摩肩接踵形容。那一次加之正是夏季，人因为紧张等候而烦躁，汗液里就会分泌出令人不安的激素。一个人紧张不要紧，要是一大群人都陷入焦躁不安当中，空气就具有了传染性。我原本还有些定力，此刻也不由得想念大厅外面干燥的热，起码空气在树叶中穿行。

之后我遇到了一个对签证有所研究的朋友，谈起这经历，我说："还不如晚点把大家放到那个厅里呢。进去了，以为面试马上开始，不承想又等了大约两小时。人为地制造紧张。真应该给那个国家的大使馆提提意见，不要把签证过程变成苦刑。"

朋友笑笑说："幼稚了你。故意的。"

我说："什么意思？折磨大家是故意的吗？"

朋友说:"不是折磨,是让所有的人等待。其实,签证的遴选过程,在你等待的时候已经开始。你想啊,若你真是恐怖分子,这样长时间的等待,你会怎么样?"

我困惑地说:"我不是恐怖分子,真难以设想自己的心情。"

朋友说:"一般的恐怖分子,并非像演员那么会演戏,也以为签证还没有开始,自己不被监视。所以,他们在这种漫长的等待中,也许会露马脚。这种等待,本身就是甄别。你想啊,若是一个别有用心的人打算蒙混过关,如果很快地就进入了检查,他肯定做了很好的准备,几分钟是容易对付过去的。如果这个时间延长为几分钟的几十倍,是不是对他的压力就大了?所以,等待是一种故意之举。"

我不知道在以色列安检区域的这种等待,是不是也寓有这一层深意。总之,如果要到以色列去,第一,你要早到机场,留出充分的时间。第二,你不要以为马上就要通过安检仪了,就把身上带的水早早倒掉。这个过程相当烦琐,你会口干舌燥,心中烦闷。有点水润润嗓子,对调整情绪平静地回答安检官的问话,相当有好处。

恕我不在这里详细地写出北京离港时安检的内容。和马上我写到的从耶路撒冷离开时的安检相比,北京已万分仁慈。

结束以色列的旅游后,我们就要从本·古里安机场离境。翻译对我们说:"请做好思想准备。安检很磨人的。要几小时。"

我们说:"知道知道。来时已经经历过一次了。"

翻译正色道:"比来时要复杂得多!"

我们说:"一般的国家,人来的时候检查得比较严,走的时候,就比较松了。对吧?"

翻译说:"以色列不一样。每个人的行李,都可能开包检查。"

我们说:"真的吗?我们是亚洲人,和恐怖分子也不属于一个宗教,也会这样严格吗?"

翻译翻翻眼球说:"看运气吧。"

特拉维夫的本·古里安机场里人头攒动。黄色面孔聚集着,盖因晚上有飞往北京的航班。很多人看起来像是长期户外操劳的，脸色被炙热的阳光烤成黑红色。

有了离港时的经验，我不心焦。极缓慢地随着队伍前进着，等待安检面试。大约排了1小时之后，终于轮到我了。安全检查官是犹太人，据说虽然以色列国内有100多万阿拉伯人拥有以色列国籍，但机场不会让任何一个阿拉伯人担任安全检查官。

那是一个很严肃的小伙子，拿过了我的护照，一页页仔细地翻验着。通常我们在其他国家离境的时候，海关只查验你有没有合法的入境手续和你停留时间上是否有瑕疵，并不会把你的护照仔细阅读，好像那是一本引人入胜的童话书。

渐渐地，他的脸色严峻起来。说："这是你的护照？"

"是的。"我回答。心想，这能算一个问题吗？

他说："你等一下。"然后就走了。

因为安全检查官走了，我们这列队伍的安检面试就陷入了停顿。后面的人问我："你怎么啦？"

我也莫名其妙，心想他也没有问我更多的问题，我的回答只是简单的几个字，也没有什么不妥啊，那就是我的护照，我也没说是别人的啊。

等吧。少安毋躁。我相信，总会有人出来解决这个问题。

翻译悄声对我说："可能是您的护照出了问题。他什么都没问呢，就请示上级去了。估计一会儿来的是他们的头儿。"

我说："兵来将挡，水来土掩。人家问什么，咱就如实回答吧。"好在并没有让我们等待太长的时间，几分钟之后，一位身材高大算得上美丽的女警员走了过来。

我之所以不敢肯定地说她是个美人，是她脸上的神色太森冷了，让人不敢放肆评价容貌。

她也从同样的问题开始："这是你的护照吗？"

"是的。"我回答。记得临出发的时候，一位到过以色列的朋友对我说，过安检的时候，千万不要调侃和开玩笑。回答力求简洁明了，别迟疑，也别啰啰唆唆说废话。安全在以色列是万分紧要的事情,万不要当儿戏。

"那么,请回答。你为什么在最近一段时间内,连续去了4个阿拉伯国家?"美女安检官目光炯炯。

我的确是在此前一年多的时间内,去过……我一边回忆一边轻声辩解道:"只有3个。"

美女强硬地更正:"叙利亚、约旦、伊朗……不是3个,是4个,还有阿联酋。"

啊,对!因为到叙利亚是从阿联酋转机的,顺便在迪拜市里待了两天,转了转。我一时粗心,把它给忘了。我的护照上留有阿联酋的出入境章。

美女追问:"为什么?"

这么密集地去阿拉伯国家旅游,的确是有原因的。

那一年我乘"和平"号环游地球,途中发起为中国汶川地震募捐的活动。善款筹到后,为了能在第一时间送回这些美金、日元、欧元等,我半路下船飞回中国,到中国红十字会总会捐了这些钱。之后到北川中学讲了课,然后再次出发,在欧洲的西班牙重新追上了那条船。我回国的那段日子,"和平"号正好经过阿曼、约旦、埃及、土耳其等信仰伊斯兰教的国家,我就没赶上。过后我想了解世界的脚步别留死角,要尽可能多了解一些不同的文化,因此就想把中东地区补补课。另外一个原因,就是在那一次的环球旅行当中,没有以色列。但毫无疑问,以色列是非常重要的文化策源地,作为一名作家,我一定要去以色列。

由于巴以冲突的原因,据说一个外国人,如果去过以色列,很多阿拉伯国家就会拒绝你入境。反过来,以色列比较宽容,即使你去过阿拉伯国家,也会发给你签证。得知这个信息后,我询问过有关的阿拉伯国家相关人员。我说:"去了以色列就不能入境的说法,是一个传说还是真的?"

阿拉伯人回答:"这是真的。如果你先去以色列,再到我们那里去,就算是这边发了签证,到那边入关的时候,也会被拒绝入境。前不久,刚刚发生过这样一起事件,那个人就只好在我们国门之外回来了。"

中东的阿拉伯国家是我想去的,以色列也是我想去的。鱼和熊掌,我都想得。相权之下，我决定先去阿拉伯国家，后去以色列。这样成功的可能大一些，有可能两边都能成行。

于是，我就密集地游览了阿拉伯国家。所以，这个问题是可以这样回答的，因为我要来以色列，所以我就先去了阿拉伯国家。

这句话在我的舌尖上滚了几滚，还是被生生咽了下去。我和安全检查官之间的对话，要经过翻译。我无法把前因后果说得太详细，那么，我很怕我的话经过翻译之后，变成了这样——"为了以色列，我才连续去了阿拉伯国家"。这很容易引起歧义，好像我是一个恐怖分子。想到简明扼要的指示，我说："我到那些阿拉伯国家，是为了旅游。"

女安检官连珠炮似的追问："你和谁一起去的？"

"和旅行团的人。"我答。

"你认识他们吗？"继续问。

"刚开始不认识，后来就认识了。"我答。

"你到叙利亚是什么时间？"

我回答了时间。

"在那里待了多久？"

"9天。"我回答。

"到伊朗是什么时间？"她翻看着我的护照，继续盘问。

我被这种连续的问话搞得沮丧。因为我并不能准确地记得那些时间，只能说出个大概，"好像是11月吧"。这让我有某种心虚的感觉（后来我才知道，包括这些不是特别准确的时间回答，才是普通旅行者的正常反应。谁能记得那么清楚呢？日期记得太清楚太严丝合缝了，反倒容易引起怀疑）。

美女安检官继续问："在伊朗你认识了什么人？"

我开始认真地回想伊朗导游的名字，应该算是我在那边认识的唯一能叫出完整名姓的人。翻译面无表情地提示我说："您就回答什么人也不认识。"

"什么人也不认识。"我鹦鹉学舌。

女安检官问："那么你每天住在什么地方？"

我说："旅行时每天都换一个地方，记不清了。都是旅行社事先安排的。"

"是什么人组织你去的？"继续问。

"没有人组织。是我自己到旅行社报的名。"

"那是一个什么旅行社？"

"中国国家旅行社。"我很快地回答。

女安检官在我的护照上贴了一个纸签。这是要特别检查我行李的标志。于是我被领到一处单独的检查台等候。很久，没有人理我。一直跟随我的翻译说："那个女子可能是摩萨德的人。您的护照实在是让人生疑。"

我说："我可以理解这种盘问。毕竟他们有深刻的冲突。好在问清楚了还能通关。如果是一言不发地就把你拒之国门之外，我就没法子了解这些文化了。"

翻译说："您能这么想，就不会太烦了。一会儿行李安检官来了，一定会让您把行李打开，他们会一件件地检查。"

我说："好的。"

来机场之前，我已将行李捆得像个粽子，因为带了两瓶戈兰高地所产的红酒，里三层外三层地包裹着，这要打开了，再包起来真够费事的。万一包得不妥帖，酒瓶碎了，我所有的衣物就会被红酒沾污……立马想起一味甜点，好像叫红酒鸭梨，记忆中煞有好感。今后我若穿被红酒染过的衣物，会不会发出那种愉悦味道？但那些星星点点的残红又该怎么办呢？

这样想着，为了给自己收拾行李留出更从容的时间，我就提前把捆扎在外的行李带子解了下来。我的手指有伤，干这种活儿慢腾腾的，怕一会儿惹人烦。

这回来的是一位男安检官。

他的面色稍和善一点，可能因为他非常年轻。太年轻的人不容易做出那种极端冷漠的样子，就算刚开始板着脸，一会儿也会不由自主地青春活泼起来。

又一轮盘查开始了。还是从端详护照开始。"你生在新疆？"他问。

"是的。"我回答。这个出生地，已经多少次给我带来了麻烦。记得有一回去某国签证，就被问到"你是不是穆斯林？"，我说不是，她还不相信似的。

"那么你的名字是谁给你起的？"眼前这位看起来比我儿子还要年轻的以

色列小伙子问。

"我奶奶。"说实话,问我名字是谁起的这个话题,即使在国内,也没有超过5个人。为此,我会永远记得这个眉目清朗的以色列青年。他让我在异国他乡,想起了我故去几乎半个世纪的祖母。我深深感谢他。

"淑敏——"他略有点迟疑地拼出这两个字的读音,类似"初民"。"对吗?"他略有一点羞涩地问道。

我很肯定地说:"是的。"

"那么,'初民'是什么意思呢?"

我愣了,不知如何回答。假若我叫"光荣",这当然好说啦。叫"红山"也不难解释,倘若叫"玫瑰",那简直"环球同此凉热"啊。可这在中国俗气并有点抽象化的"淑敏"二字,面对一个外国人,你叫我如何解说?

可是,迟疑太久容易令人生疑。我大致摸到了小伙子的思维脉络——你出生在新疆,那是信仰伊斯兰教的地方。这人是不是伊斯兰教徒呢?从一个人的名字上,能看出一些端倪。

我说:"'淑'是中国古代形容女子美德的一个字,可以组成'贤淑'这个词。至于'敏'字……"

通常我在国内说到自己的名字时,会说,这是"过敏"的"敏"。心理学研究发现,从人们如何介绍自己名字的用词之中,可以窥见这人某些深层资料。比如我不会说这是"敏而好学"的敏,也不说这是"反母",而用了"过敏",就和我的医学背景有关。

不过,这阵子咬文嚼字肯定不相宜。灵光乍现想起"敏捷",我说:"'敏'字就是跑得快。"翻译一边翻一边露出忍不住的笑纹。古代女子跑得快……哈哈!笑掉牙。不过年轻的安检官似乎很满意,起码这个名字的解释让他安心。

我以为基本过关了,不料后面还有一连串的问题。

"你的箱子是你自己的吗?"

"是。"

"是你自己整理的行李吗?"

"是。"

"在哪里?"

"旅馆。"

"当时还有其他人在场吗?"

"没有。"

"行李打包好之后,还有什么人碰过你的行李吗?"

"没有。"

"有人托你帮他带什么东西吗?"

"没有。"

"你的行李从打包好之后,一直在你的视野当中吗?"

我稍微犹疑了一下。因为从旅馆到机场,行李搬到汽车上以后,我并没有一直盯着行李啊。正当我思忖着如何回答时,翻译说:"就说是的。"

我想我们那辆车中途并没有停留,也没有人上下车翻动行李,所以虽然我不是一直头朝后看着自己的行李,但应该是没有离开过我的视野。于是我说:"是的。"

安检官继续问:"你的箱子此前用了多长时间了?"

我想了一下,回答说:"很久了。十几年了。哦,正确地讲,是18年了(由此可见我是一个多么俭省的人啊,简直就是抠门儿)。"

他对这个数字好像很满意。然后对着电脑,观察我箱子的透视图,边看边问:"你箱子里都装了什么东西?"

我说:"就是旅行者常见的那些东西。衣物、洗漱用品,还有我在戈兰高地买的两瓶葡萄酒。"

他说:"你买死海制品了吗?"

我说:"哦,对,买了。"

"它们是什么形状的呢?"

"工厂流水线生产的,一头圆一头扁平的塑料管子。"我说着,比画了一下。

安检官说:"一共有几个?"

我说:"4个。"

安检官说:"那你把它们放在什么地方了?"

这可让我为难了。因为看起来这些死海泥的包装还算结实,我也就没有特别在意重新包扎它们。当时主要关注对象是那两瓶葡萄酒。死海泥制品究竟放在哪里,真是记不清了。我说:"好像是哪里有地方就塞在哪里了。"

安检官这时好像被我的慌乱所打动,提醒我说:"你是不是把其中两个放在一起了?"

我突然想起来了,说:"对,是这样的。我把它们放在鞋子里面了(回来后我把那些死海泥送了朋友。哪位万一看到了这段,请不要生气啊。鞋子是用塑料袋装起来之后,才和死海泥会合的,不会污染)。"

话说到这会儿,我真想马上把行李箱彻底抖搂开,请他上下翻一遍。再问下去,问到刷牙杯子放哪里了,我一定抓瞎。记得我把它换了好几个地方,最后究竟放在哪里,完全记不清。我把手伸向了已经解开捆绑绳索的行李,打算把它掀个底儿掉。

在即将翻天覆地地开箱检查之时,年轻的行李安检官突然微笑着说:"好了,检查完成了,您可以进去了。对于我们给您带来的打扰,请理解。"

目瞪口呆。你说他严格吧,居然最后完全没有开箱检查我的行李就放行了。你说他宽松吧,我已经急出了一脑门子的汗。心虚得像个真正的恐怖分子。

后来一位对以色列颇有研究的专家对我说:"因为你所有的回答都让他觉得很正常,根据经验,可以放行。"

另外同行的所有人,都无一例外经受了翻天覆地的开箱检查。一位女士深感意外,因为她的所有内裤内衣连带着蕾丝胸罩,都被男安检官一寸寸地捏过了(戴着手套)。她说:"我是一个很传统的人,在自家时,连洗内裤都不愿让丈夫看见,觉得这有辱斯文。现在可倒好,给一双外国男人的手,摸了个细致周全。你说这些内衣裤今后我还穿不穿啊?"

我说:"烫烫穿吧。"

她沉默了一会儿说:"我还是把它们都扔了吧。"

另一位男生更愤然，对这位女士说："好歹你那还是干净的内衣呢！"

我们不解，说："你的……"

他跳起来大叫："我的内裤是脏的啊，穿了好几天，打算回家洗的，团成一小团，安检官可真不嫌埋汰，打开来，把脏内裤检查了个遍，这太难堪了啊，就像被人当众剥光了衣服。简直就是侵犯隐私！"

我们赶紧劝他，说："这是人家的工作，人家不嫌脏，也是敬业。"

有一位对以色列有深入了解的朋友说："这是一道善意的墙。因为以色列生活在强烈的不安全之中，所以他们要推行最严格的安检，以确保安全。"

比如在我们经历长时间安检的本·古里安机场，就曾经发生过恐怖事件。

那是1972年5月30日，3名长着亚洲面孔的黄种人，拎着小提琴盒子，乘着从意大利罗马起飞的法航132航班，飞往特拉维夫，飞机抵达本·古里安机场。那时候，这个机场还叫作卢德机场。刚才说过，以色列机场的安检力量十分强大，但他们忽略了这3名像艺术家一样打扮的亚洲旅客。当从航班上下来的乘客进入海关检查通道时，这3名日本游客，突然打开小提琴盒，当场组装好锯掉枪托的突击步枪，向在场的旅客和机场工作人员猛烈扫射。

以色列警察的反应可说相当迅速，两分钟后，警察冲进大厅。但3个人的子弹基本上已经打光了。其中两人拿起手榴弹，冲向以色列警察，被乱枪击毙。后来查明他们叫奥平刚士和安田安之。最后剩下一个人，名叫冈本公三，当他企图拉响手榴弹自爆时，被斜向冲来的以色列航空公司的工作人员制伏。这一机场袭击事件造成100多人伤亡，大多数为无辜平民。

在法庭上，冈本公三如此陈述自己的动机："作为日本人，当然应该回日本闹革命，但我认为世界革命应该在全世界发起，不应该有地域特点。"原来他是日本赤军的成员。日本赤军是和意大利红色旅、爱尔兰共和军齐名的国际恐怖组织。

日本赤军成立于20世纪60年代。那时全球左翼学生运动风起云涌，日本左翼势力内部分裂，以大学生为主的激进势力发起"新左派运动"，开始进行社会和政治革命。1969年5月，"新左派"中极"左"的"赤军派"成立。在国内遭到镇压的情况下，赤军将目光转向了海外。主要目标是在日本和美帝国主义之间进行"环太平洋革命战争",认为"不能只在日本国内进行革命,应该把革命战争的火焰烧到海外"。而他们视为"反美斗争最前沿"的,就是朝鲜半岛和中东地区。于是他们在1970年劫机到了朝鲜,1971年到了中东,与当地游击队一起战斗。

1972年4月,赤军成员奥平刚士找到解放巴勒斯坦人民阵线总书记哈巴什,请求其协助策划恐怖袭击。考虑到过去没有黄种人卷入阿以冲突,哈巴什感到让"赤军"出马能有突袭之效,表示大力协助。不久,代号为"迪尔·亚辛"的自杀式袭击计划出炉了,参与者是奥平刚士和另外两名赤军成员安田安之和冈本公三。赤军领导人重信房子,为她的女儿起名"Shigenobu May"(重信五月),据说就是源于对特拉维夫机场事件的记忆。

日本赤军袭击以色列特拉维夫机场只是一系列恐怖行动的开始。之后,他们在1974年9月,袭击了位于海牙的法国使馆。1975年8月,袭击了吉隆坡的美国大使馆。但暴力事件的频发和升级并没有令赤军的"世界革命"获得成功,反而使他们一步步走向孤立。尤其是东西方冷战的结束,更使他们赖以生存的条件发生了根本性的变化,一些原来愿意为他们提供栖身地的国家也不愿意再为他们提供庇护,走投无路的赤军成员一个个被逮捕,最终赤军宣布解散。

由于有这样的惨痛经历,所以特拉维夫的本·古里安机场安检人员对黄皮肤的亚洲人员,不但没有丝毫懈怠之意,反倒更加严格审慎。

终于检查完了。坐在椅子上,痛定思痛,有关以色列机场安检,有几点感受与大家分享。一是少安毋躁。做好最充分的思想准备,树立持久战的观念,这样在遇到个人史上最漫长的安检时,也能莞尔一笑。二是从大的背景上理解这种安保措施。不涉及尊严、人种、国别等,只是出于对所有乘客的安全考虑。说真的,一想到每个人都经过了这种铁面无私的检查,你会觉得安全系数大大提高了。三是把它当成一种体验吧。世界上所有机场的安检都差不多,只是在以色列,有点特殊。我们生活中重复的事件太多了,有点无伤大雅的意外,值得回味。

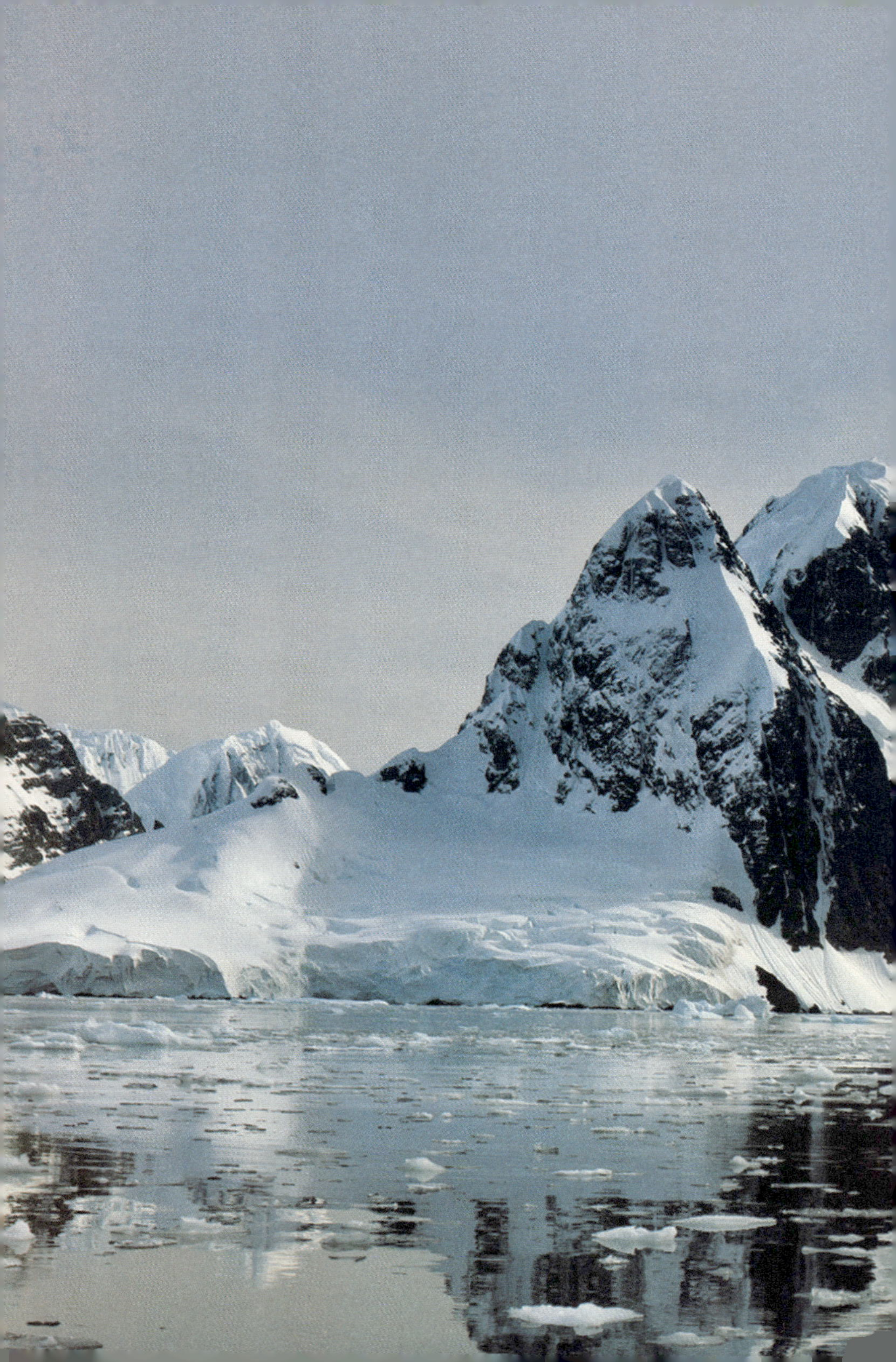

北冰洋篇

Arctic Ocean
Chapter

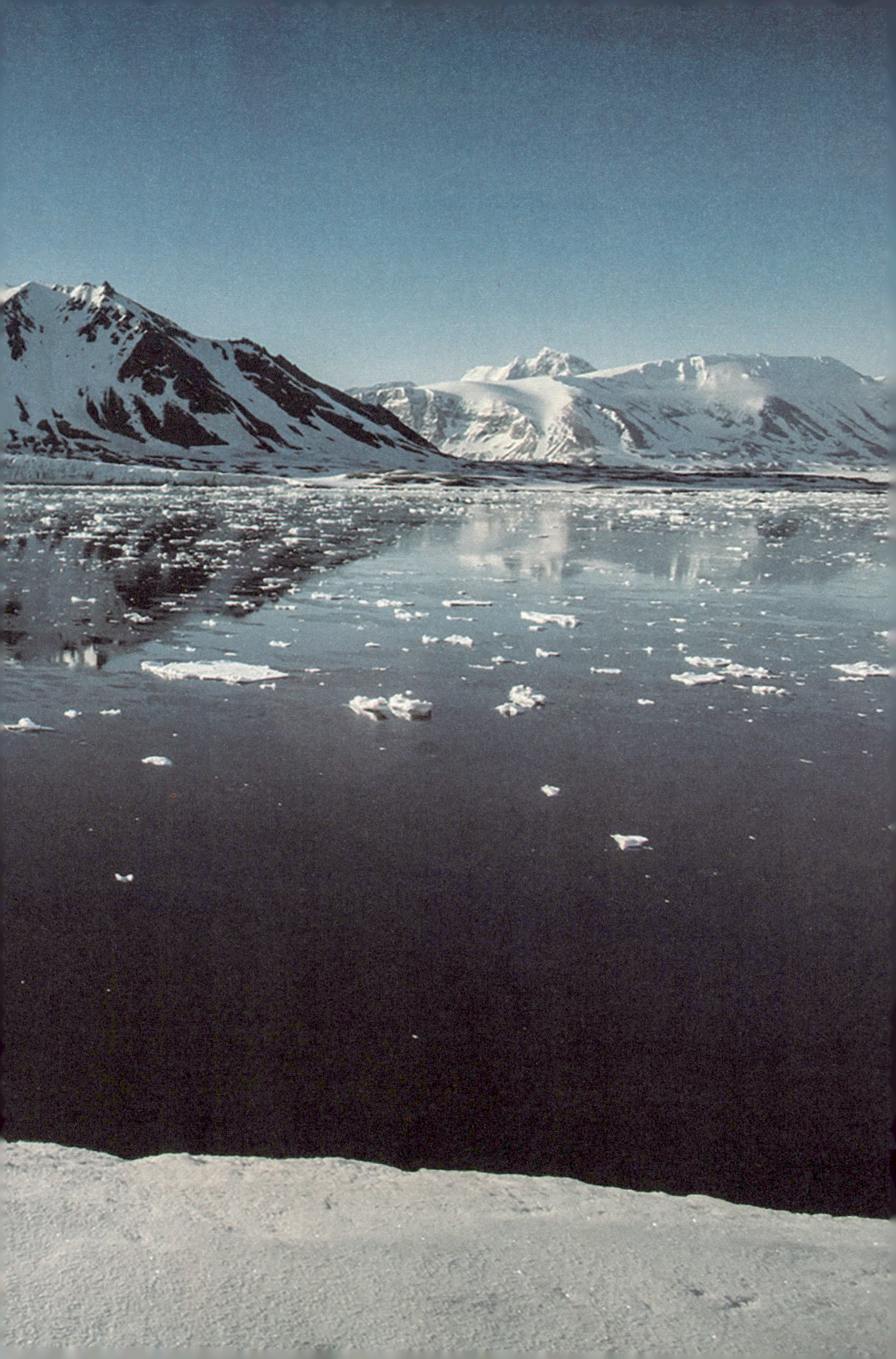

北极点原始烧烤午餐

📍 北冰洋（巴伦支海 ┈┈┈> 北极点）

旅游，还是得走得远一点。太近了，约等于出家门遛弯。

游客们自创了一个名词——极友，顾名思义，结识于地球极点的朋友。

极友们聊天颇开心。每个人都是一本大百科全书，在家时基本都是闭合的，出门了，风把书页吹拂开。大家相互阅读，时而惊诧，时而欣喜，更多时刻，心存茫然。我把聊天印象组合成与某个极友的对谈。这个人，是虚拟的。所说之话，也是捏合而成，恕不要按图索骥哟。此极友为男性，上了年纪，面清癯发花白，贝齿莹亮（估计是种植牙），身上筋多肉少绝不臃肿，财务充分自由。

这最后一个判断，没好意思问，自己估摸的。证据是，稍熟识后他问我："为何不报名南纬90度探险？那样，您将在很短时间内纵贯地球180度。"我说："想是想啊，但南极点要60多万，太贵啦。"他随口说要赞助我若干万。萍水相逢，出手厚赠，我不敢当，致谢婉辞。不过由此判断，他似不差钱。

谈话，始于破冰船最底层甲板的左舷。

船行巴伦支海时，与普通海域差不多，湛蓝无冰。初次见面，说些无关痛痒的话，算是相识了。纬度渐高，浮冰乍现。人们很兴奋，抢着拍照。极友嘴角稍撇，可以理解为轻微冷笑，说:"急什么?这才是先头部队,后面的海冰多了去了,少见多怪。"

他胸有成竹,和极地专家的意见不谋而合。我问:"您来过?"

他说:"没。"

我说:"那您怎么知道?"

他说:"推断。资料上说,如果北极海冰全部融化,地球温度会上升12摄氏度,一半的陆地面积将无法居住。这个前景很可怕,但由此也可以判断出,北极海冰量极大。别忘了咱们要去的是北极点,北冰洋的腹地,海冰少得了吗?!"

果然,随着纬度不断增高,海冰如散兵游勇听到集结令,迅速组织起来。一条条一块块的单冰,手拉手肩并肩,组成前赴后继的冰阵。向北,再向北,冰块开始抱团,汇聚成了白茫茫的冰原。它们毫无章法地铺排蔓延,薄处如童稚肌肤吹弹可破,冰下幽蓝海水呼之欲出;厚处如海中城堡,坚宽无比。"50年胜利"号很快陷入重冰围剿,船速明显放缓。别看在地图上只剩几个纬度就抵达北极点了,航程需好几天。

海上的浮冰

我和极友又在甲板相遇。最底层的船舷边，能够真切地观察到破冰，非亲临其境者难以体会巨大震撼。破冰船如史前怪兽，合金脑袋，背覆同样色调的无敌钢甲，低沉地嘶吼着，猛烈扑向冰面，摧枯拉朽地冲击前进着。身临之处，群冰被迫俯首称臣。忤逆者，顷刻被船身压碎，如同多米诺骨牌一段段崩塌。船身射出的蒸汽和海冰粉碎后的碎渣交织在一起，呈扇面状崩散四溅。冰块粗看起来一模一样，细细观察，千姿百态，一如流淌着蓝色血液的透明阵亡者。冰原破裂的伤口处，残冰愤怒扭曲，做出连续后滚翻动作，狼狈逃逸。

我叹道："破冰船真乃神勇。"

极友指点道："您看，这坚冰之下，浩瀚洋流仍然具有无穷动力，永不会止息。破冰船，不过沧海一粟。"

我说："自打离开西藏之后，我很少看到这么多冰雪，有一种遇到故知之感。"

极友兀自说："这世界上该看的，我差不多都看过了。"

我敬佩道："您见多识广，自信爆棚。"

他点点头道："说到人生，要经过一系列的'场'。比如赛场、考场、情场、官场、名利场……我都经历过了，不敢说场场完胜，但基本上都是胜者。"

我一时想不出合适的话来接下茬，怔了一下。在我接触过的有限的人物里，还真没听谁这样踌躇满志地总结过。或许我遇到的，都是些人生顿挫者。似极友这等精彩人物，实为罕见。

他稍停又问："听说您环游过世界？"

我说："乘一日本船，绕地球转了一圈。地球是个球体，所谓环球，不过如一条线窄窄勒过，所见有限。"

冰光晃眼，他戴着雪镜，我看不到他的眼神。他面向远方说："我已经去过了七大洲，轮渡过四大洋。西藏和南极都去过，这次再加上北极点，就完成了登临世界三极的旅程。外加绕地球 N 圈。"

我说："N 圈是多少圈？我那年绕地球一圈，用了近 4 个月时间，共计100多天。您这个 N 圈,要用多少时光?"

极友说:"之所以说 N 圈,是还没开始绕呢,不知道确切数字。究竟绕多少圈,到时候随心所欲吧。也许是和我年龄相同的圈数,折合每活过一年就绕一圈,对得起地球也对得起自己。不过这也有个小问题,因为不知道还能活多少年。绕得少了,自我折寿。绕得太多了,有吹牛嫌疑。所以,我很可能就绕 100 圈,或者给自己留点余地,99 圈。如果为了让自己多点盼头,101 圈也说不定……"

我说:"那得用多少工夫?就算马不停蹄地一年绕地球 3 圈,您从今往后什么也不干,专门绕地球玩,都忙活不过来。"

极友笑笑说:"您忘了?等咱们到了北极点,片刻就能绕地球一圈。百多圈,至多也就 10 分钟吧。"

我暗笑自己糊涂,忘了北极点的特殊性。

又一天,我们在船舱相逢,聊起了心理学。

极友说:"您知道马斯洛的人的需求金字塔理论吧?"

我说:"马斯洛是我特别尊崇的心理学家。他关于人的需求的 5 个层面的理论,实在英明。"

极友面露不屑,说:"时代不断进步发展,马斯洛死了多少年了,落伍了。"

我想反问,孔子比马斯洛死的年头可更长,《论语》落伍了吗?不过此地酷寒蒙绕,把人整个冰镇了,头脑清虚,脾气安妥,让人不易起纷争,且听他详解。

极友面冰而谈:"为什么说老马落伍了呢?他的需求理论,分为生存、安全、爱、尊重以及自我实现 5 个层次。"

我点点头,表示明白。这个金字塔理论,如今在先富起来的那一部分人中,日益展现出先见之明。当我们金钱匮乏,吃不饱饭衣不蔽体身无立锥之地时,基本生存需求尚得不到满足,遑论其他。温饱之后,你就得沿着人的需求金字塔向上攀登,不宜停顿。你要是死乞白赖躺在金字塔最底层,坚决不肯往上爬,那么,等待你的是什么?就是温了再温,饱了再饱。你会在衣着上特别讲究，追求名牌名表名车大宅子……你会在饮食上求精求险，千方百计攫取常人难以得到的食材，用格外繁复的烹饪手段熬炼，盛放在刻意雕琢的食器之中，寻找光怪陆离的就食场所，等等，自诩为高等人高档次享受。结果呢，直吃得血糖血脂血尿酸增高（真正病理情况导致的变化不在其内，特指贪图口腹之欲引起的异常）。有所察觉的，忙不迭地吃药缓解。一意孤行的，便以生命做了代价。

我去埃及时，金字塔已不让攀爬。记得电影中曾有旅人爬上金字塔的镜头，找来一看，那是《尼罗河上的惨案》，彼时金字塔保护还不完善，游人可随心所欲攀爬。

金字塔不是用水泥（那时候还没这东西）、糯米汁、树胶或是什么稀奇古怪的物质粘接起来的，完全凭着一块块大石头自身的重量和精密的计算，叠压而起。故此，金字塔一旦崩塌，没有任何方式可以局部修复。

联想到我们个人需求的金字塔，也如此宝贵。你要像个尽心尽意的法老兼工匠，将自己的金字塔结结实实修起来。不能偷工减料，不能半途而废，不能一蹴而就，不能徒有其表。如果以次充好，修个歪七扭八的豆腐渣工程，不定哪一天轰然倒塌，崩解为废石一堆。

极友没发觉我走神，继续说："马斯洛总结的是几百年前人类生活的缩影（我心中反驳，马斯洛1970年才过世，没那么老），现在人们的追求进入了一个更高层次——快乐。所以，马斯洛的金字塔，应该再往上修一层，让金字塔变成6层。增加这层，叫作找乐。具体如何找乐，旅游算是强有力的方式，是快乐的主旋律。"

极友接着说："咱们先确定一下什么叫旅游。"

我说："请讲。"

极友道："第一，你要走出门，身心到远方去。虽然有些人会说自己待在屋里也能'卧游''坐游''心游'等，但基本上都是混淆概念强词夺理。足不出户不能叫作'游'，非算是'游'，只能叫'梦游'。"

我轻轻击掌，以示赞同。

极友说："第二，你还得把自己的眼耳鼻舌身这些设备都开动起来，全力以赴接收新鲜信息。如果还像在家一样，对于外界抱司空见惯、熟视无睹、充耳不闻的态度，等于用保鲜膜把自己包缠起来。就算能看见外面的风景，也感知不到温度。你看得见花开，却闻不着花香。你虽呼吸了当地空气，却进入不了彼时彼地的氛围。如果一切都以维持自己的素有习惯为尺度，循规蹈矩，那么，不管你在地图上移动了多远，等同寸步未行。就算握着一大把机票门票游览证据，你也还是缩在木套中的现代木乃伊。"

这个我也赞同，所说极是。

极友接着阐述："第三，你的脑筋要应声而动。不走脑子的旅行，是行尸走肉。你可以购物，可以吃美食，可以大惊小怪呼天抢地不已，但你不能仅仅局限于此。脑袋瓜要高速驱动，一切异于我们已知常态的背后，或许都有未知的逻辑和相应的历史沿承。也许有一些瞬间，让我们晕头转向不知所以然，显出愚蠢和笨拙。这不可怕，正是身处异地的魅力和乐趣源泉。无知和迷茫，是因为有盲点在。按图索骥按部就班地解开这些谜团，正是旅行让人久久回味和不断探寻的动力。"

我很同意。

极友说："第四，必须要游起来。考一下您，什么是'游'？"

我仓促答："游，最容易让人联想起来的就是游泳。"

极友道："对，游，指人或动物在水里行动。水是有浮力的，可以托举起重物，可以推你向前。如果你再有一定的游泳技术，便能很惬意地在水中前进。'游'这个字，骨子里是从容行走之意。"

我想起了"从容"这个词，细究有趣。

"从"，从字面上分析，是两个人排成队在走（跟团游？）。更有古文解释，说二人向阳为"从"。说明这个"从"字，不单有队形，还有方向。

"容"，是代表屋顶的"宝盖"与农作物的"谷"字合二为一。屋子下面放着粮食，代表"盛受"。

由这样两个稳当含义结成的"从容"一词，大致可以理解为：有伴、有住的地方、有吃的东西，再加上方向一致的行走，心里能盛放一些东西

（请古文字专家和相关老师，恕我歪解）。

极友说："直击肺腑的交谈，让人愉悦。"

其实极友的高论，我不敢全面赞同。我觉得马斯洛的"自我价值实现"这层金字塔上，就包含了我们的终极快乐。不必再加盖一层，画蛇添足。

极友说："有组数据，您可知道？"

我说："您告诉我。"

"北冰洋在北极点的深度是4255米。在我们之前曾经到过北极点的船，共计123艘，咱们是第124艘。"

我说："这个数字不知是否包括了军用舰船？"

"那属于军事情报，估计永远不会公开。"他又接着说，"共计97艘核动力破冰船来过此处。"

我说："这个数字比我预想的要多。也就是说，来过北极点的民用船只，主要是核动力船。"

极友说："这路上没有民用加油站，一般船来不了啊。"

极友接着说："您猜猜，普通人第一次乘坐破冰船到北极点一游是在哪一年？"

我说："这个您考不倒我，来之前我看了相关资料，是1991年。"

极友说："那么，一共有多少普通游客来过北极点？"

我说："这个我也知道，大约1万人。"

极友说："在咱们之前，准确地说，是10648人。"

我说："您指的是普通游客。若是把所有来过北极点的人都算上，共有多少人？"

极友说："如果把探险家、科学家等都算上，共计24792人。"

我迅速心算了一下，探险家和科学家的总数超过14000人，比普通游客还多。

我想刁难极友一下，问："如果包括军人呢？"

极友仰天长叹，说："这个统计数字，永远不会有人知道。不过，来过北极点的军人,其实看不到敌人,也算广义的持枪旅游吧。"

我们共同一笑。冻得受不了,只得回舱。

本次航程预计早上六七点到达北极点。老芦早早跑到甲板上候着,不愿错过历史性一刻。我说:"到达极点那一瞬,还不得沸反盈天?根本不可能错过。踏踏实实待在舱里为上策。船头冰天雪地,熬不了多久。"老芦不理我,径自去等。

船方事先知会大家,抵达后首先要找到北纬90度0分0秒这个点。茫茫冰海,虽说有各种先进仪表导航,但要操纵这等庞然大物,精准停在此位置,分秒不差,并非易事。阳队长曾讲过他某次指挥航船停泊北极点,"50年胜利"号反反复复进进退退摇头晃脑,GPS就是无法准确定位于北纬90度0分0秒。船艏在冰层中左右腾挪多次,仪表总在89度59分58秒附近徘徊,不肯端正就位。驾驶舱内,舵手紧张,人人屏气息声,静等历史性一刻……

阳队长一边放映当时的录像,一边说:"咱们船很大,我当时确信北纬90度0分0秒,已经在船上的某一点了。可是,船艏的指挥舱记录仪上,不肯出现这个标记,我都快疯了!忙活了大约半小时,我们才找到准确的那一点。仪器上出现90度0分0秒时,指挥舱沸腾了……"

我当初听这段子时,稍不以为然。抵达北极点是值得庆贺的,但只差一星半点,值得兴师动众折腾吗?不过,这话我没敢说。若是游客们的GPS始终记录不到北纬90度0分0秒数据,估计会对探险队有意见。有时,仪式感重要并且必需。

7点27分,阳队长在广播里大声宣布,"50年胜利"号,此刻稳稳当当地停在了北纬90度0分0秒。他非常兴奋,说这是他多少次抵达北极点的经历中,唯一一次一下就找到准确位置。"50年胜利"号发动机熄了火,万籁俱寂。

北极点,到了。它给我的第一印象,有一种温柔的磅礴感。

关于北极点的诸项活动,容我后禀,先说说和人生全胜的极友共进午餐。围坐冰上露天的简易餐桌前,餐风啮雪。

极友感慨万分道:"我瞧不起坐飞机钻潜艇包括咱们这种乘破冰船到这儿来逛逛的主儿,更佩服用原始手段来到这里的人。1969年,英国探险队,乘狗拉雪橇站到了咱们脚下的冰面上。1971年,意大利人莫里齐诺,沿首次抵达北极点的皮尔里走的路线,重走了一遍,也全须全尾地到达了北极点。"

我点点头说:"咱们是伪劣品。不过,除乘船之外,你我有生之年想到北极点来看看,恐再无他途。"

极友感叹:"咱们能在这里碰个杯,可见缘分之深。现在,全世界所有的人,大约75亿吧,都在咱们南边。"

炊烟飘过,我皱眉道:"为什么一定要在北极点吃烧烤呢?烟熏火燎的,会污染环境。"

极友耸耸鼻子道:"烧烤,乃人类最原始的烹调方式。地老天荒之处,似不可正襟危坐用膳。四平八稳的进餐方式,与此地不搭。唯有茹毛饮血半生不熟,才相匹配。"

想想也是。烧烤在人类最原始的食谱上。最早的火,必然来自天意。电闪雷鸣,林木燃烧后馈赠"天火"的种子。来不及逃出天火罗网的动物,就成了烧烤食物的雏形。估计当年原始人品尝之后,先是惊诧莫名,继而感激涕零,再然后就是照葫芦画瓢。用天火的后裔,复制天火的作品。烧烤的基因,就这样强韧固执地渗透在我们的血液中,源远流长地遗传下来。烧烤这道菜,如水手结,进化的风浪不但未曾将它解开,反倒越系越紧。

极友说:"在北极,吃什么,不是好吃难吃的问题,实属生死攸关。"

我点头,知他所言极是。16世纪末期,英格兰探险家带头,欧洲其他国家探险家紧随其后,接二连三地到北极探险。很多人死在那里了,就算活着回来的探险家,也纷纷患上了怪病,全身乏力、精神萎靡、浑身疼痛、头晕恶心、视力模糊等。轻一点的嘴部脱皮,重一点的全身脱皮,状况惨不忍睹。很多人备受折磨,最后痛苦死去。

医生们长期研究,终于揭开谜底。原来是北极探险者在短期内摄入了大量的维生素A，造成了维A中毒。维A是一种身体必需的重要维生素，促进身体发育，强壮骨骼，对维持视力、皮肤、头发、牙齿、牙床的健康都很重要。说了这么多维A的好话，怎么会中毒呢？好东西，过犹不及。若人体在短期内摄入大量维A，就会出现上述一系列可怕症状。

北极探险家们为什么会集体维A中毒呢？

这和他们在北极的饮食有关。

吃什么导致中毒？

原来是吃了太多的北极熊。北极地区食物匮乏，当地原住民常吃北极熊，借以获得高能量，抵御北极的酷寒和极夜。探险家们到北极一看，原住民没有蔬菜、水果，活得好好的，咱也学学他们的食谱吧。探险家们只知其一不知其二，百密一疏。原住民虽大啖北极熊肉，但从来不吃北极熊肝脏。北极熊肝脏中维A的含量太高了。探险家们吃下北极熊肝脏，过量摄入维A，出现一系列中毒症状，重者致死。

爱刨根问底的人，紧跟着有了新问题：北极熊肝脏中的维A哪儿来的？它们为什么自己没中毒？

答案是，北极熊经过漫长进化，对维A形成了超高耐受性，适者生存，锻炼出来了。

那么，北极熊体内高浓度的维A哪里来的？来自它的主食海豹。海豹靠高浓度的维A，在极恶劣的环境中得以生存。

瞧这罗圈架打的！

北极探险还有一个与吃有关的恶疾——坏血病。

这病历史悠久。古希腊时期，医圣希波克拉底就描述过它的症状，不过为何发病，医圣也没闹明白。大航海时代，海员中不断出现罹患怪病的人：虚弱无力，精神抑郁，性格多疑，营养不良，面色苍白，贫血出血，牙齿松动脱落，肌肉疼痛，皮肤瘀斑，甚至下肢瘫痪……症状吓人，死亡率很高。一头雾水的医生们说不上具体是哪个脏器有病，以为整个血液都坏掉了，干脆一言以蔽之——坏血病。

1747年，英国海军医生林德，在船上发现船员坏血病频发。他直觉此病可能与吃有关，就把船上症状相似的 12 名患者，两人一组，分为 6 组。在统一的基本饮食之外，每组添加不同食品。一段时间后，林德发现添加柠檬、柑橘类水果的那组病人，治疗效果最好，其次是苹果汁组。1753 年，他出版了名著《论坏血病》，把柑橘等水果中能够抵抗并治疗坏血病的这种物质，称为"抗坏血酸"。

你恍然大悟，说："嗜！这抗坏血酸不就是维生素 C 吗！"对，正是此君。在早期北极探险中，维 C 缺乏曾引发严重疾病。

回到北极点冰冷餐桌上。此刻，四周烧烤摊花团锦簇，竞相散发各种美味分子。北极点上空弥散人间烟火，肆意绑架着我们的味蕾。

极友吸了吸鼻翼说："您可闻到了什么？"

我说："有胡椒粉的辣，辣椒粉的冲，烧烤汁的香，蜂蜜的甜，番茄酱的酸，蒜粉的刺激，橄榄油的醇香……"

他点点头，散淡地说："嗯，都对。还有呢？"

我说："再有……说不上来了。反正是食物和炭火复合而成的味道。"

极友说："还有朱古力浆、月桂叶碎、莳萝草末、肉豆蔻粉、迷迭香、罗勒叶片……种种味道。"

此人在美食场上，也是"脆胜"。

我们托着餐盘，开始取食。烤架上有一条大鱼，身上严严实实包着锡箔，像披银色大氅。裹不严的缝隙处露出鱼皮，其上印有棕红色菱形烤痕，喷香扑鼻。

我取了一块鱼、一段牛奶煮玉米、一杯热红酒。极友取了牛排、烤肠，还有蘑菇汤等。

环顾四周，人们吃得十分尽兴。我说："大家这么高兴，是喜欢户外还是喜欢烧烤？"

极友说："喜欢户外。就像人们常说的，吃什么不重要，关键是在哪儿吃、和什么人吃。"

我以前对这句话腹诽不已，觉得吃饭当然应该以吃为主，兼顾其他。如果一味吃环境，是饱汉们的矫情。到了北极点，真成了吃什么不重要，重要的是在地球之极吃。

喝着从保温桶里流出来的温热红酒,看四周令人迷离昏眩的景色。烘烤肉类产生了轻微烟雾,油滴溅落炭火,飞旋袅袅烟尘。冰清玉洁的洋面,点缀炭色颗粒。细碎雪花自阴空蹑手蹑脚降下,仿佛白蛾鳞翅……

我不由得掐掐虎口,以证实确为此生,而非往昔或是将来的某一轮。

虎口无感。

我恍然醒悟,这一尘世已然完结,现在开启崭新单元。又一想,原是气温太低虎口麻木。使劲揉搓指尖,回到今朝,闻到诸多香气。

极友适时解释:"木炭里的木质素,燃烧后分解出愈创木酚,渗透到食物里,便有了人见人喜的'烤味'……"

我没回答,还在想着污染。也许区区百人烧烤所燃起的烟尘很快便会稀释消弭,但全球环境污染,已是铁的事实。如此荒远的北极点也不能幸免,心中翻腾着罪恶感。

吃完饭,极友开始绕着北极点的标志杆"环游世界"。他快速走着,口中念念有词。等他停歇下来,我说:"您走了多少圈?"

他说:"没数。我最后决定,不数。最保守的估计,也过了100圈。"

我说:"用了多长时间?"

他说:"也没看表。因为极点是地球自转轴与地球表面的交点,所有经线都从这里出发,到另外一端收拢。地球上的时间,本和经度线密切相关。每15度为1个时区,24个时区,每个时区相差1小时。咱们此刻所站立的极点,经线汇聚,便失去了时差概念,丧失了标准。所以,我就什么时间都不用,按照自己心愿,绕了地球很多圈。"

我说:"这样说来,您人生的所有场次,都已完胜。"

极友抬起头,不聚焦的眼神望着雪雾弥漫的北极点天空说:"不然。有一个场,我是注定要失败的。"

我讶异:"哪一个场?"

他怅然道:"火葬场。我喜欢与众不同,但火葬场让人们殊途同归。在熊熊火焰中,人被识别出来和不被识别出来,没有丝毫差异。"

我无语，很想说，火葬场不是失败，只是归去，返回我们的来路。却终于没说。

越来越浓的雾袭来，越来越刺骨的风吹拂。难以辨识风的方向，或者说此地风向无须辨别，都是北风，吹向南。

遇事怎样给自己以恰切解释，是人所应必备的重要应变力之一。只要大方向基本正确，便是对自我的包扎安抚。只要对他人无害，哪一种对身心较妥，便用哪一种，有时并无高下对错之分。很多事情，稍有欠缺才是常态。

此刻，自天而降的雪花变大朵，随风起舞快捷落下，假装对我们的即将离去表示挽留。我向极友望去，他眼眸中世界消弭，一片空白。

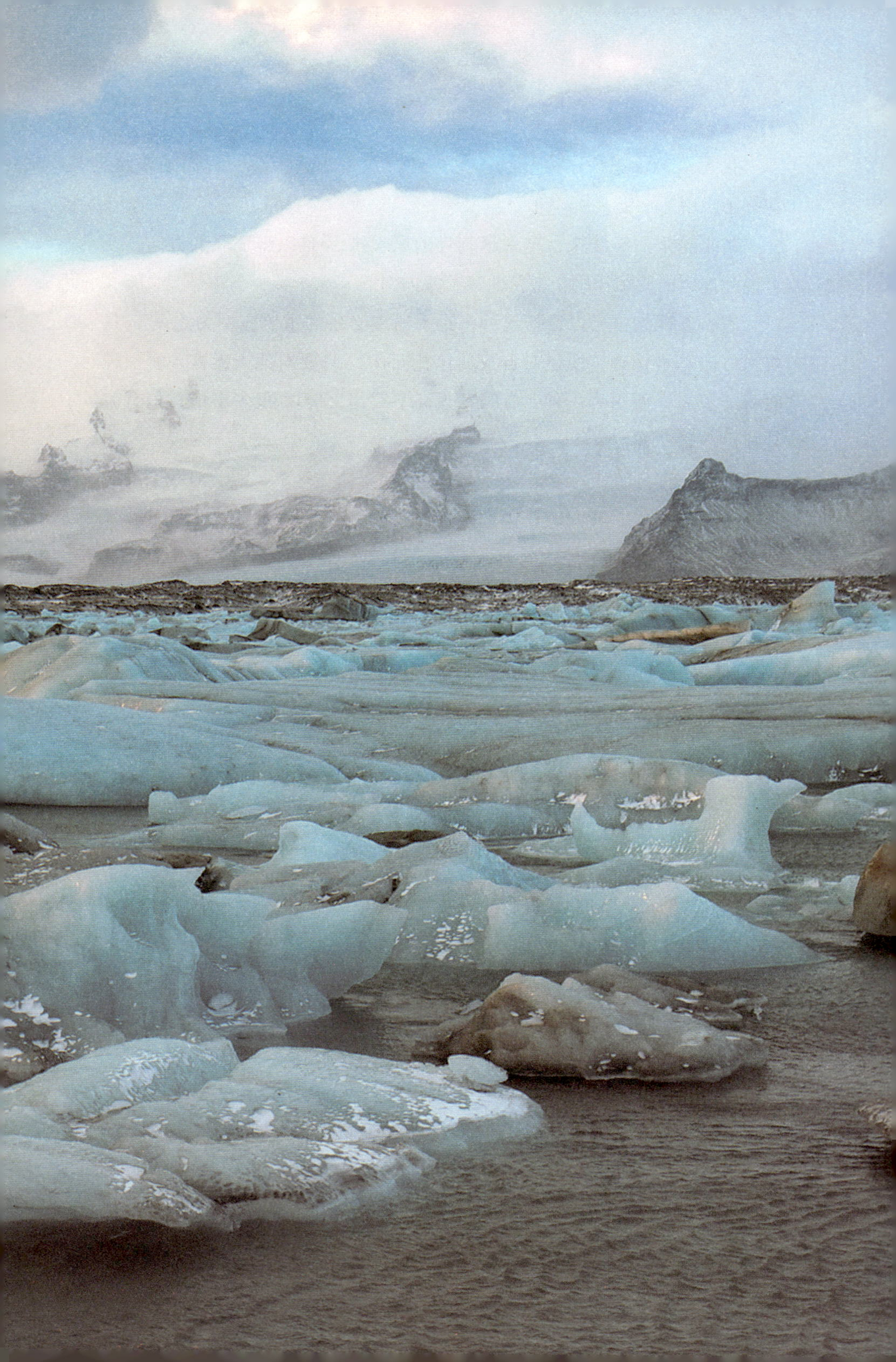

北极冰泳和融池陷落

📍 北极

登上"50年胜利"号舰载米-2直升机,从空中鸟瞰北冰洋,煞是壮观魅惑。银白色的冰面,幽蓝色的冰湖,橙黑相间的破冰船,组成既单纯又耀眼的景致,令人铭记。

如果飞临岛屿盘旋,会看到耸立的冰山。如乘冲锋舟抵近岛屿岸边观察,会看到冰川断裂后的立剖面,无数分层,摞积而起,布满大理石般的花纹。颜色深浅各不同,轮廓曲线不一样,密密匝匝如老树年轮……

探险队老师告诉大家,一层便是一年。冰川高达几十米,甚至上百米,逶迤绵延。它每年积攒的冰雪,压紧实后不过薄薄一线,至多几毫米。看我们露出不可思议之色,老师解释,它们刚形成的时候会比较厚,长期挤压就成了现在这个样子。

冰的分野各有特色。表层的冰,年轻而涉世未深,洁净而朝气蓬勃。在乏力的阳光照耀下,它的极上面似有一点点融化,反射出不真实的水润炫光。下层的冰不堪重负,被久远的年代压榨后变得微黄。初看以为是脏,其实是岁月。想来多少万年积攒的重量挺立于它的躯体之上,它要有怎样的坚忍和承担。中间的冰层,自得其乐。有点像中产阶级,比上不足比下有余。

冰川平日沉默,一旦断裂,必将崩塌。冰川入海,摇身一变为让人闻风丧胆的冰山,冲痕看上去就像被巨掌掰碎的指纹。不过无论它看起来多不可一世,终比水轻。冰山巨鸭般浮在水面上,为冰下各种潜在洋流的争斗所控摄,按照一定规律不动声色地缓缓游走。冰的本质脆硬,极易破裂。看起来庞然大物的海冰和冰川,其实是无根浮萍,甚至可说"水性杨花"。它们不断漂移、裂解与融化,如身穿银袍的浪侠。

冰移通常深沉而缓慢,然无可阻挡。你站在足够辽阔的冰层之上,几乎无法察觉它的移动。周围没有任何参照物,放眼皆白,无从比对。

刚上船就听说,抵达北纬90度后有个活动,叫"北极点之泳",请大家提前考量是否参加。

有人顺口把它叫作冬泳。但严格讲起来,它不是冬泳,此刻绝非冬天,而是盛夏。还有人把它叫"冰泳",其实也显牵强。到处都是凝冻冰层,你如何游泳?不过,一时找不到合适的词,勉为其难称为"冰泳"吧。

诱惑甚大。所有参加者,都将得到一张北极点冰泳证书,以资纪念。

赶赴北极点途中,极友们相遇时,不论话头从哪里启动,最后都会触及这个环节——"你,下不下?"

凡有人问我,我都回答:"不下。"

极友说:"嗐!你会后悔的。"

我说:"不会。我不是热血青年,已是冷血老人啦。"

问话者表示深为理解,点点头道:"我会下去。我已经70岁了。"

自惭形秽,我抱头鼠窜。

又一娇美女子问我:"您会下水吗?"

有了上次的教训,我不敢那般理直气壮,安全地换了个反问句:"您会下水吗?"

"还没有最后决定哟。"那女子说,她端丽秀气,有江南女子的妩媚。我暗自判断,她身着泳衣下水,在场男子遑论中外,只要眼皮还没冻僵,定会目不转睛。

我说:"凡重大决定,应该早做。临门一脚,容易冲动。"

在下的暗示之意很明显,拉她后腿。

窈窕女子吁出一口香气,说:"我上次就是缺乏这种冲动,留下永久悔恨。"

我心中惊呼,难不成此女是二闯北极点?就为了得到一纸冰游证书?

见我惊愕模样,俏女子赶紧解释:"上次是在南极,也是冰泳,我没敢下去。后来看到别人在冰水中的照片,还有人家领到的证书,羡慕死了。这次,我不想再留遗憾。"

我知趣地闭嘴。

又一次,我总算得知某位妇人坚决表示不会在北极点冰泳。高山流水啊!相见恨晚。我说:"就是嘛,君子不立危墙之下。咱们有共识。"

那妇人迟疑着说:"其实,我还是蛮想下水的。只是我孩子不让,说什么也不同意。"

我说:"您那孩子真懂事,孝顺。"

她继续没来由地踌躇,最后凑近我,低声说:"主要是我有癌症,中晚期,手术后虽说恢复得不错,还是要多注意……"

我看到她脸上浮起沧桑笑容,是那种年轻时历经险阻,中年又遭逢波折,经受无限劳累与辛苦,然而老年终是心满意足的女人之自然流露。

我无地自容。

七嘴八舌莫衷一是时,"50年胜利"号抵近北极点,最后到达北极点。众人屹立北极点浮冰之上,完成一系列规定仪式。之后解散,自由行动。蓄势待发的冰泳参与者们,一窝蜂向船艉跑去。

为什么泳场选在船艉?

此地海冰呈铁壁合围之势,破冰船驶过的航路,留有百多米宽冰裂,可见水波荡漾,尚未再次凝冻。探险队事先做好勘测,将一块与流动水面相邻的冰区,划为游泳准备区。一溜小红旗,醒目标出安全范围。绿色纤维地毯铺就通往"跳台"的小径。所谓"跳台",是一架铁扶梯,半截扎入冰水中,半截倚靠在海冰上。当然,你若是有本领有信心有本钱……关键是有勇气,可以从冰块上直接跳进冰海。如果含糊,可顺着扶梯走下去,游几米远,就算大功告成。有人更是1米都不游,倚着扶梯，浸湿泳衣，照个相，赶紧上岸，算是完成"到此一游"的壮举。船方再三告诫，北极点冰水，一般人入水绝不能超过3分钟。如超时，人体急遽失温，性命堪忧。最佳策略是在水中浸泡少于40秒，以确保安全。冰泳还有一特殊规定，为了防止牙齿矫正器冻结嘴中，下水前，取下金属牙箍。

船方在冰泳区配了摄影师，给大家留下难得的泳装照，作为日后给勇士们发证书的凭据。此外还摆放必不可少的助推剂——正宗的伏特加。当然，最重要的步骤，是探险队教练给冰泳者系上牢固安全带。万一谁被冻僵了，教练就直接把他从冰水中拽出来。

我原以为伏特加是下水前喝的。咱古老传说中的好汉，都是饮几口烈酒下水。北极点的规矩却是下水前不能喝，酒是留着上岸后喝的。我不解，心想这不是"马后炮"吗！打探原因，原来是怕有些人不胜酒力，却为了驱寒，不管不顾地先喝了再说。万一醉晕冰水中，弄巧成拙，易出危险。既然公家的酒规矩大，有好酒量的人，多提前做了准备，自带烈酒。一哥们儿仰脖喝了几大口二锅头，飞身鱼跃冰海。

"怎么样？是不是有点效用？"事后我充满仰慕地问他。

那哥们儿说："不知道。裸着胳膊腿站在岸边时，非常非常冷。后悔啊！逗能啊！不过众目睽睽，没有回头路可走，唯有猛灌酒，深呼吸，一闭眼，入海！北极点的海水很咸，我劈头灌了一大口。准确地讲，是灌了一大鼻子。深呼吸，鼻孔张得太大。霎时间，冰水如万把钢刀，齐刷刷扎将过来。全身就像摔入满布玻璃碴的罐笼。难以忍受的痛楚，让我颇为慌乱。等到身体完全没入冰水后，直接转麻木。没有冷的感觉，也没有疼痛感觉，猛烈致命的麻木，我以为要死在北极点了……"

我听着都猛打哆嗦。

说时迟那时快，勇敢者前赴后继，一个挨一个，扑通通跳下冰水。泳程最远的游了10多米，最近的就用肢体蘸一下冰水，赶紧上岸。曲向东先生对后面这类冰泳，有一个很形象的比喻，叫作涮拖把式。

我对所有敢在北极点冰晶中遨游的同胞，抱以崇高敬意。我对所有敢在北极点冰晶中游泳的人，即使不是同胞，也抱以崇高敬意。

为何这么说？

每天按时按点给我家打扫房屋的俄罗斯大妈，也来到冰泳现场。我悄声问老芦："她是不是刚到这船做杂务？如果是老工人，这热闹按说看过多次了，不会再来凑热闹。"

老芦道："估计不是光看热闹那么简单。你没看她开始脱外套了吗？"

冰泳处并无更衣室，船上广播要求所有拟入水者，都在船舱内换好泳装，到时卸下外衣，直接入水。泳后，船方备有浴巾浴袍。泳者大致揩干身体后，须用自家外衣裹住湿淋淋的泳装，跑几百米回船内更衣沐浴。这段路程，北风频吹（此地所有的风都是北风），刺骨砭肌。船方备下的后发制人的伏特加，帮上了大忙。

这当儿，服务员大妈已将外套脱完，不过里面并不是泳衣，而是一套家常秋衣裤。我正讶然——她不会就这样下水吧？她就已然这样下水了。

实事求是地说，她老人家的泳，游得相当好。一般人也就蛙泳几下，有的简直就是狗刨式乱扑腾一番，她是正宗自由泳。埋头双臂轮番划水，不时换气，姿势正规，泳速甚快。在我驻岸观泳这段时间内，连男带女

俄罗斯服务员大妈下水冰泳，泳姿非常优美

老老少少，数她游程最远泳姿最美。

最后是探险队队员怕老妇人有闪失，强行拉她上岸。大妈意犹未尽地登岸，第一个动作是赶紧从同伴手里拿过手机，忙着给自己来了个自拍。

那一刻，我心中涌起感动。

这老女人，原本没想在北极点冰泳吧？不然，她会带上泳衣，而不是裹着在冰水中变得如半熟洋葱皮一般略透明的家常内衣。

她也挺佩服自己吧？不然凛冽寒风中为什么不赶紧披上外套，而是自拍，留下这一刻弥足珍贵的纪念？估计一等到船驶入有信号地域，就赶紧发朋友圈。

她小时候，上过很正规的游泳训练班吧？童子功在身，才让她如此高龄，还能在北极点的冰晶中酣畅游弋。

第二天，我们在舱房狭窄的走廊中相遇。她抱着一大摞换洗下来的被单，侧身让路。我冲她先做了一个划水姿势，然后竖起大拇指点赞。她偏头羞涩一笑，完全没有了那天冰水中的飒爽英姿。我与她合了一张影，大家瞅瞅，和她冰泳的身姿，能否联系起来？

我不知道她叫什么名字，也不知道她的身世。此刻停下笔，惆怅地

与俄罗斯服务员大妈合影

望着电脑后的墙壁想,今生今世,很可能再也不会见到她。她一定不知道,自己水中的身影,曾这样深深感动过素昧平生的外国老人。她已鲜活地存入我的记忆锦囊,在我以后的生命中,某个困厄难熬的夜晚,会想起她在蓝白色冰海中劈波斩浪的矫健身姿,涌动醒悟和激励。这正是旅行的魅力之一,不断有令人惊喜诧异的片刻,汇入我们的精神仓库。它们化成心灵的黄金储备,匮乏时提出来变现,一展为韧性和勇气。

极友庄红丽女士,是冰泳勇士之一,得到了船方正式颁发的北极点冰泳证书。

我翻过来调过去端详着这张纸说:"很多人,会想看看这张难得的证书。"

她爽朗一笑道:"我借给你用。"

我说:"太好啦!我替读者朋友们谢谢你!为保护隐私,会隐去你的名字。"

她说:"不用。就印出我的名字吧,我愿意和大家分享。"

让我们一起谢谢庄红丽!

庄红丽的北极点冰泳证书正反面

归来后,我同一位养生专家谈起冰泳一事。他说:"当时的海水多少摄氏度?"

我说:"零下1.8至零下2摄氏度。"

养生专家说:"冰泳对人体是一个强烈的有害刺激,交感神经处于高度兴奋状态,瞬间血压升高,心率加快,血糖升高。"

我说:"偶尔为之,可能也并无大碍吧。冰泳过后,很多人都非常兴奋。"

专家说:"这个可以解释。在如此猛烈的强刺激下,人体进入应激状态,大脑内产生大量内啡肽,之后会使人伴随欣快感甚至是成就感。不过,此举请慎行。尤其是未婚未育的女孩子,不可进行这项活动。"

我不解,问:"为何?"

专家说:"寒冰将彻骨冰寒逼入她们体内,潜入后寒凝全身,胞宫受冻,会有后患。这种寒凉与一般感冒的体表受寒相比,要严重得多。"

我吓了一跳,说:"不要讲得这般可怕,好像40秒会定夺一生。"

专家说:"北方原阴寒,水的属性也属阴。古人称'水曰润下',水具有滋润和向下的特性,水能克火。极北之地的冰水,更为幽冥。寒凉、冷润、向下运行……几个因素相互叠加,其害倍增。故少年女子不宜冰泳。"

一家之言,仅供参考。

离开北极点返航途中,有位女极友说:"我也要申请一张冰泳证书。"

凡参加冰泳的人的名单,都已登在《极地日报》上。称她冰友吧。

我笑说:"官方的冰泳池里没见你啊!莫非你自己找了个冰窟窿,一咬牙跳进去了吗?"

后面这句,纯属玩笑。

没想到女冰友很郑重地回答:"我就是掉冰窟窿里了,不过不是自愿的。"

我吓得几乎跳脚:"啊!有人把你推进冰窟窿?"

冰友详述过程。

北极点冰面,会有局部融池。什么叫"融池"?就是极昼期间日光持续照耀,冰层表面会出现大约20厘米深的融水,蓝汪汪清澈透亮,名曰融池。人站在融池中留影,图片不单美丽,且有不可思议之感。周围皑皑冰雪,一片微波荡漾的淡蓝水面,赏心悦目。人在水中,却不会沉下去。冰水镜面般映照出清晰倒影,无论男女,一概如凌波仙子。在北极发烧友的摄影图册中，常见此类影像，可谓极区特产。人是易于模仿的动物，凡见识过此类照片的人，无不想给自己也留下魔幻影像一张。

"50年胜利"号的锚链下就有这样一个融池。

我站进冰水里，对老芦说："请给我照一张。"

"不行，这太危险了。"老芦断然拒绝。

我说："表层浅水之下，依然是坚固冰层。放心吧。"

老芦说："不成。你怎能确定之下没有冰裂?!"

我说："这种冰水，你看着悬，其实很安全。探险队用专门器械探测过了，凡不安全区域，都插上了小红旗警示，严禁靠近。这个融池附近不见小红旗，说明很安全。"

老芦不为所动，说："你就死了这条心吧，我不会给你照的。"

我拗不过他，只好说："那我就站在冰与水洼的边缘处，意思一下可好？"

老芦这才很不情愿地给我照了一张，之后再也不肯做类似尝试。

冰友也是为了照这样一张像，让她丈夫站在一旁，举起相机。她轻轻把脚探入融池，正待做出微笑状，突然脚底踏空，陷了进去。整个人顺着裂洞，穿透融池底部，直接向下坠落。冰水瞬间灌入她的防寒服，人变得极为沉重。断裂处的冰晶，锋利地切到她脖颈处……

千钧一发。如果沉入冰海，人就会无可控制地随海流漂移。一旦错过融池这个裂口，她纵有千钧之力，也无法向上顶开铁盖般的冰层，随波逐流40秒之后……

北极点冰野，看似柔和美丽，实有深邃敌意隐藏其下。

幸好该女子少年习泳，技艺甚高。再加她学理工科出身，头脑清晰性格坚毅，危急时刻，并无慌乱。她不断踩着水，以保证头颅不陷入冰海之中。她丈夫不会水，站在融池边，惊骇不已，不知如何施救。女冰友有条不紊地自救，先是踩水至冰面与水交界处，举起穿着防寒服的手臂，轻攀冰层边缘。接着引身向上，尽量将身体平行于冰面，连续侧滚翻。这样一部分身体攀上冰面，再向远处相对坚固的冰层缓缓爬行，始终让局部冰层承受的压力不要过大,以防再次垮塌……她丈夫也赶紧伸出援手,终把她从冰水中搭救出来。

尽管该女子此刻淡定地坐在我面前,以一个理科生的缜密思维和逻辑性,平稳有序地述说那个过程,我依然屏住呼吸心脏狂跳。

"你可踩到了……底?"我问。如果冰层下面还是冰层,只在中间夹了一层水,虽冰水泡身饱受惊吓,结局还不至于太坏。

"没有。冰层踩漏之后,下面并不是另外的冰层。从我衣服透水的速度来看,应该是海流。"冰友镇定回答。

一时间,我们缄默。如果是个不会游泳的极友,如果没有这女子的临危不乱和精湛技术,或者冰水一下子没了她的头,涌动的暗流将她瞬间裹挟推走,如果她冻僵的手脚开始抽筋,如果这个透亮的融池整个塌陷……

站在融池边

不敢继续想象下去。

稍打个岔。若问你，海冰结实还是河冰结实，估计大多数人都会说："当然海冰结实了，多广大啊，多厚啊。"

其实，海冰不如淡水冰密度大。一般情况下，海冰的坚固程度，约为淡水冰的75%。也就是说，人若在7.5厘米厚的河冰上可以安全行走，那么在海冰上面，安全的厚度则须有10厘米。

海冰在形成和增厚过程中，海水中的盐卤会不断析出。重力作用下盐卤下流，形成了一个个流通道，此通道呈网状结构。所以，看起来整齐划一的海冰，内里像块发酵的面包，千疮百孔。再加上北极冰层在变薄，海冰内部，危机四伏。

冰友和丈夫，带着可爱的小女儿同游北极点。上四年级的小姑娘也目睹了母亲陷落冰水奋勇自救的场面，把这个经历写成纪实文章，登在了《极地日报》上。

文章结尾处，小姑娘俏皮地说："如果我妈妈有尾巴，她从冰水里爬出来的时候，尾巴上可能会挂着三条鱼。"

举重若轻富有想象力的小姑娘！

冰友说，她陷落的那个融池，周围并没有插警戒红旗。而且，在附近的探险队队员，目睹险情并未施救。

冰友说："对这一点，我能理解。融池在不断变化中，冰裂也无可预测。我们出发前，是签了生死状的。极地探险中的规则，是在极端情况发生时，其他人并没有施救义务。所以，我非常感谢我先生，不顾危险出手全力救我。在此诚挚呼吁所有今后到北极点一游的人，不要在浅层冰水中留影了。海冰不可捉摸，让我们以敬重之心，远离暗藏杀机的绝美融池。"

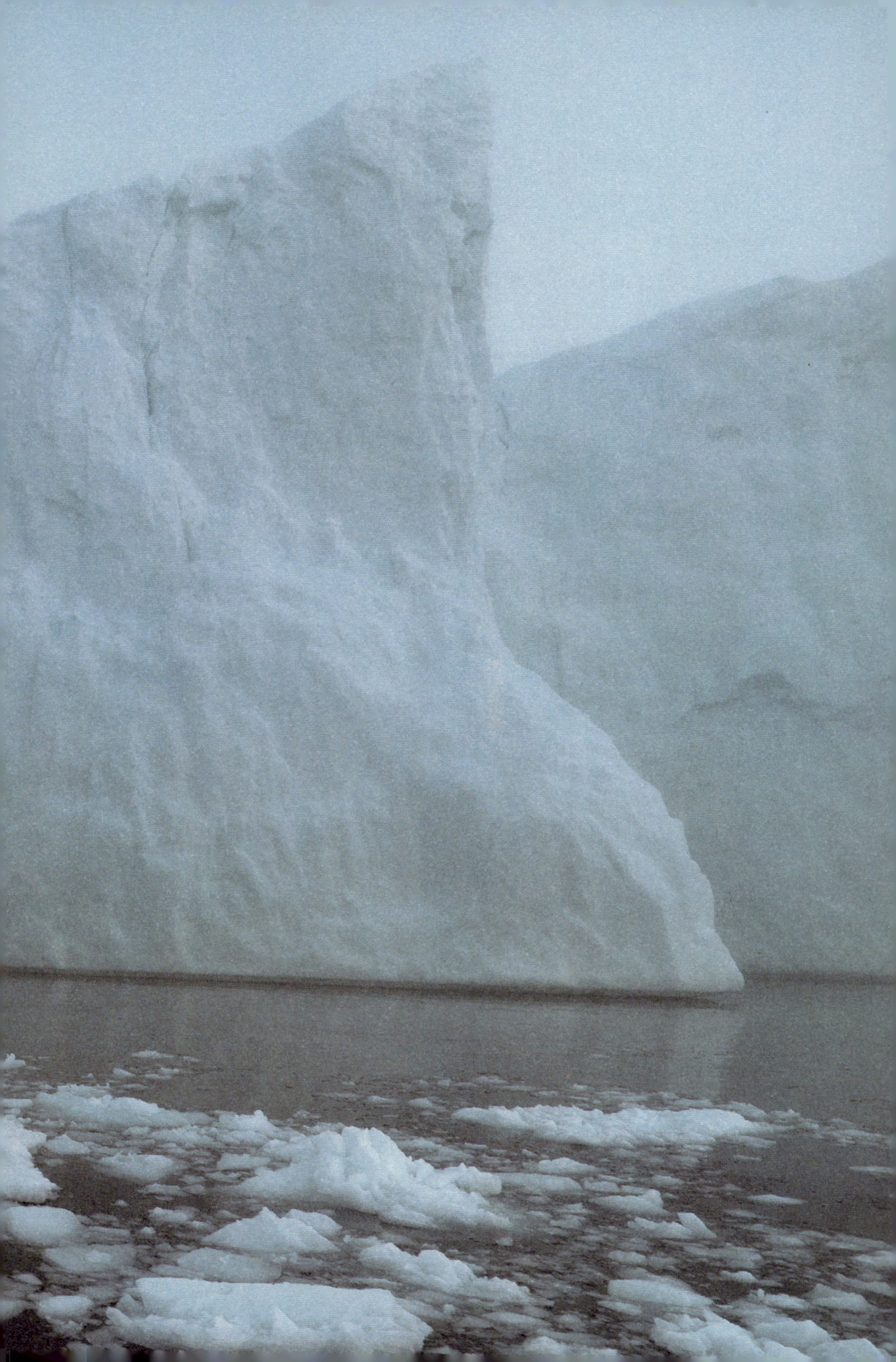

北极点一分钟的静默

● 北极点

18世纪的英国诗人威廉·柯珀有很多脍炙人口的诗句,但让我深有同感的是一段家常话。他6岁时丧母。在母亲去世47年之后,53岁的柯珀写信给朋友:"我真可以说,我没有一个星期(或许可以准确地说,没有一天)不想到她。"

那时我父母尚在,提前被这哀伤的长度惊吓住了,第一次知道时间并非永远行之有效的妙药。丧亲之痛绵延近半个世纪,依然如它刚刚发生时那样新鲜。

我们终于到了北极点,有小雪。雪花且歌且舞,装点舰船四周,如烟似梦。

"无数次畅想过带上冰鞋、球杆、护具等全套装备,在世界的最北端玩一次冰球。"

这是船上一位小朋友告诉我的他对北极点的设想。

我们对所知甚少的事物,有着最丰富的想象。

"50年胜利"号到达北纬90度停下了。放眼望去,北极点和我们之前走过的千万里冰海,没有丝毫不同。天海苍茫,天虽是亮的,但浓雾笼罩,视野受限。简言之,北极点上是一些相互叠加的巨大冰块,不平整不光滑地聚在一起,毫无特色。冰盖上覆着厚厚的积雪,如同银甲。零星散布蓝莹莹的水洼,学名叫

"融池"，像冰泊眼眸。若隐若现的冰缝，四通八达，类乎阡陌……

想起当年我在西藏守卫中印边境未定国界，实际控制线两侧并没有丝毫不同。以为一个标志、一个点、一条线就会带来显著改变，非白即黑、景色迥异的思维，不符合大多数情况。

甲板上的漫长等待，让大家在这一刻真正到来的时候欣喜若狂。船方已经准备了香槟酒和红葡萄酒，人们纷纷举杯庆贺这个时刻，大声地说着话。重复最多的语句是——

"这就是北极点了！"

"哎呀，真的是！北极点北极点……"

"哈哈！来到了北极点！哈哈！"

"北极点北极点，我来啦！"

…………

心中窃笑，这堆话没有任何新意，可人们需要说个不停。告知和重复，需要从别人嘴里听到肯定才确信，一而再再而三地印证不休。

船方的红色葡萄酒和黄色香槟，我各取了一杯。素日滴酒不沾，这次在北极点要有一点新动作，以兹纪念。酒是提前斟好的，工作人员放在托盘里端在手中，亲切地尾随着大家，以备随时取用。我估计酒的数量并不能支撑所有的人各拿双份，那么算我和老芦两人的，相互交换。

我一般对形式主义的东西不太感兴趣，但这个地方很可能再也不能来了，留个特别纪念吧。

"50年胜利"号连续拉响3次汽笛，正式宣告我们的抵达，将气氛推向顶点。再然后，大家合影，留下北极点的全家福纪念照。

北纬90度的这个正宗的北极点，只能船上体验。冰情不允许抛锚，人们不能真正站到这块冰上。大约30分钟后，破冰船又启动了。船方尽可能在北极点周围找一块足够大而坚固的浮冰，让"50年胜利"号在上面停泊，游客得以下船，亲身轻探险。

现在，破冰船随便朝哪个方向开，都是向南。你可以觉察到它在缓慢地兜圈子，好像小心翼翼的巨兽，仔细寻找猎物的洞穴。

寻找"停船场"的过程并不顺利，持续了两个多小时，人们心急如焚，我却安然。到都到了，早一点迟一点又有何妨？大约10点钟，找到了一块适宜停船的地方。

大家以为马上就能下船，脚踏实地……不，是脚踏实冰，亲自感受北极点的韵味，却不想广播中一再告知大家少安毋躁。探险队队员们要先一步下船，勘测周遭冰体是否牢靠。凡存疑处，都要插上小红旗，警示大家绝不可靠近。远处还要部署持枪探险队队员，做好驱赶北极熊的保卫工作。

阳队长曾说过："我从未在北极点附近发现过北极熊。它们到这里来干什么？此地远离大陆，没有海豹、海象、海狮等活动，等于没有北极熊的食粮。它们很聪明，才不会到一张空桌子上来呢。不过，我们还是要防备它们，这就是探险队队员会持枪械的原因。北极熊喜欢色彩鲜艳的东西……"

我不由自主瞟了眼船上配发给我们的防寒服，正红色，艳丽如火。看来很可能正对北极熊的脾气，它天天看黑、白、蓝永恒三色，估计也审美疲劳。

记得阳队长接着补充道："北极熊还是很有好奇心的……"

想必那北极熊多少年来始终是抓那几道食材，早觉单调寡味。

"总之，你们绝对不能走出探险队队员守卫的这个范围，绝对要听从探险队队员的指挥。"阳队长收起笑容，连用了两个"绝对"。

停船过程相当漫长，大约持续了3小时。我趴在舷窗口眼巴巴瞧着窗外，看探险队队员们四处勘测，划定安全活动范围，将有冰洞的地方用小红旗标记出来。在冰面戳下代表北极点的红色标杆，围建冰泳场地，准备食物饮料和桌椅……游客们摩拳擦掌，恨不能翻一个跟头蹦到冰面上。中午12点，终于得到通知，可以下船。

人们迫不及待地站在冰面上，深深呼吸一口北极点的空气，冰冷清冽，凛然本真。从高高的"50年胜利"号甲板看冰面，似乎很平坦，真走上去，凹凸不平，冰冷湿滑，积雪绊人，深一脚、浅一脚踽踽前行。

在北极点的集体仪式

按规定，大家要先做完集体仪式，才能散开来自由活动。

阳队长指示大家，先是绕北纬 90 度标杆围成一个大圈子。然后每个人侧转身，把自己的手臂搭在前一个人肩上，整个队伍就像一列行进中的火车，在冰面上开始缓缓蠕动，反复绕行两圈。活动有双重意义，一是在短时间内，大家都环游了地球两圈；二是让站在甲板上的摄影师，留下冰原上最美好的集体照片。

此程序完成后，总指挥让大家放下双手，面朝北极点标杆，安静地站好，然后……静默一分钟。

古往今来，人们创造了多少仪式啊！生命如同一根竹，需要仪式感划分阶段。

这一分钟，像一颗钻，在我记忆的星空熠熠闪光。每当人家问起，你的北极点之行最深刻的印象是什么，我都会想起这面对苍白虚空的一分钟。

浓雾滚滚，漫天皆白。我的记忆也如这周天寒彻的冰海，单纯而分不清任何方向。我好像什么也没想，所有的记忆都化作白茫茫的雾气，不料我清晰地看到了父母的面容，在北极点的空中出现，粲然微笑……

他们逝去的季节都是在冬天。所以，我对寒冷，有痛彻心扉的感知。平日我出外旅行的时候，会带着父母的照片，一是我想时刻和他们在一起，二是我觉得他们也愿意看看这个丰富多彩的世界。但这一次，我没有带他们的照片。

我想他们大约不喜欢极地的寒冷，不喜欢冬天。却没想到，他们温暖慈祥的面容，出现在这万里冰封的云霭中，笑容盈盈。

我在那一刻恍然明白，他们其实是时刻与我在一起的，不在乎我带或是不带他们的照片。我不曾想起他们，是因为我从未离开过他们。我的基因来自他们，他们与我本是一体。害怕冬季，是我的创伤，而他们早已永恒，不惧任何冰雪严寒了。我望着他们，悲伤像酒一样，已经储存很多年，越发深入骨髓。父亲已经离去24年，母亲也已经走了11年。我未有一天不思念他们，这绵密的情感突然在这里迸放。地球的极点，一定是离天国最近的地方，所以我才将他们的面容看得如此清晰如此真切……我很想同他们说几句话，可他们只是微笑，并不说话。我想，他们一定觉得这个时刻是集体的静默，所以就不说了。他们一定觉得所有要说的话，我都知道，所以不必说。

我多么希望静默的时间更长啊，我就可以和我的父母在地球极点相会，我就可以更仔细地端详他们，和他们共度更长的时光……但是，时间到了。

这一分钟的感受非常奇特，从此，我不再害怕冬天，不再害怕寒冷。因为大自然以它的力量，医治了我的悲伤。我的父母能在如此寒冷的地方安然出现，说明他们对此无所畏惧，证明他们也希望我能走出冰冷刺骨的哀伤。

人类是唯一一种能够觉察到自己死之将至的动物，知道自己有朝一日会化为烟尘，碎为土壤，完成从动物到植物或是无生命体的转化。我们不畏惧死亡的方式，就是逐一放弃对身外之物的依恋，包括悲伤。对单个生命的过分悲痛，就是对神圣生命的轻慢。

Life is a wilderness
人生是旷野啊

　　旅行的神秘就在于你会猝不及防地遭遇深沉的触动，你会在不知不觉中修改自己的心境，对炎凉世界多一分微明的期许。

　　静默之后，众人解散，自由活动。大家在冰面上各创不同形式的纪念。各种组合的拍照、外加跳舞、打坐、放风筝、就地卧倒、放肆旋转……唱歌的、奏音乐的、拉横幅的……勇士们成群结伙去冰泳，更有一窈窕女子，身着游泳衣，以"50年胜利"号庞大的钢铁船体为背景，侧卧在雪地上，多个角度留影，仿佛美人鱼从北极点海底钻了出来，一展绰约风姿。

　　我对极点的冰和雪感兴趣。先拨开表面的积雪，从底下捏了一小撮净雪渣，伸出舌头尝了尝。北极雪颗粒很大，不黏，粒粒分明且有嚼劲儿，好似半透明的冰小米。嘴巴里咔嚓嚓响，有一种属于动物的凶悍涌动舌尖。我又找了一块被破冰船犁开，如蓝宝石一样的海冰。它足有一个大衣柜的体积，若真是蓝宝石，富可敌国。我先用手指轻轻试探了一下，怕贸然用舌头去舔，把舌皮粘掉一块。发现并没有冷到可怕，便小心翼翼战战兢兢舔了一口。咦，完全没有海水的咸涩，如清泉一般甘甜。

在北极点标杆旁拍照留念

据说靠近底部的海冰是微咸的，我因为没有实地品尝，不敢印证。

我在北极点标杆下留了个照。一看，北极点与北京，距离为5582千米，好像也不是太远。

我想起据说是仓央嘉措的一句诗："这佛光闪闪的高原，三步两步便是天堂，却仍有那么多人，因心事过重而走不动。"

将高原改成冰原，此诗句也可成立。想想也不很恰切，眼见得所有的人，都走得动。也许它们的相似之处在于——北极点，也是与神耳语的地方。

雾，时浓时淡，总的趋势是越来越浓，慢慢地，几米开外已是人影幢幢。大约4点的时候，清场的集结号吹响，大家依依不舍地离开冰面，返回船上。清点人数的步骤非常认真，一遍遍反复核对。在广播中直接呼叫某某的名字，要他亲自到领队处确认，务必证明本尊现刻已在船上……这可真是万不能出差错。若有谁遗留在北极点冰面上，一旦"50年胜利"号扬长而去，留下的这人纵有天大能耐，也难逃寂灭下场。就算船上领队及时发现人丢了，立马驱船掉头回去找，苍茫冰面没有任何标示物，也无通信信号，到哪里找？况且，冰面还在漂动中，就在我们驻留冰面的这短短几小时里，它已迁徙了数千米……

我在舷窗内目不转睛向外观望。"50年胜利"号渐渐离开巨大的"停船场"，刚才纵情欢乐时留下的种种痕迹，被天上的大雾、冰面的寒风联手抹去。众人的脚印变浅，很快被抹平。融池重又凝结，厚厚的积雪重新变得如处子肌肤般平整……一切都恢复了原状，北极点以它无与伦比的壮美，包容了我们对它的打扰，不留痕迹地恢复了亘古不变的表情……

千万里的跋涉，只为这一分钟的静默。

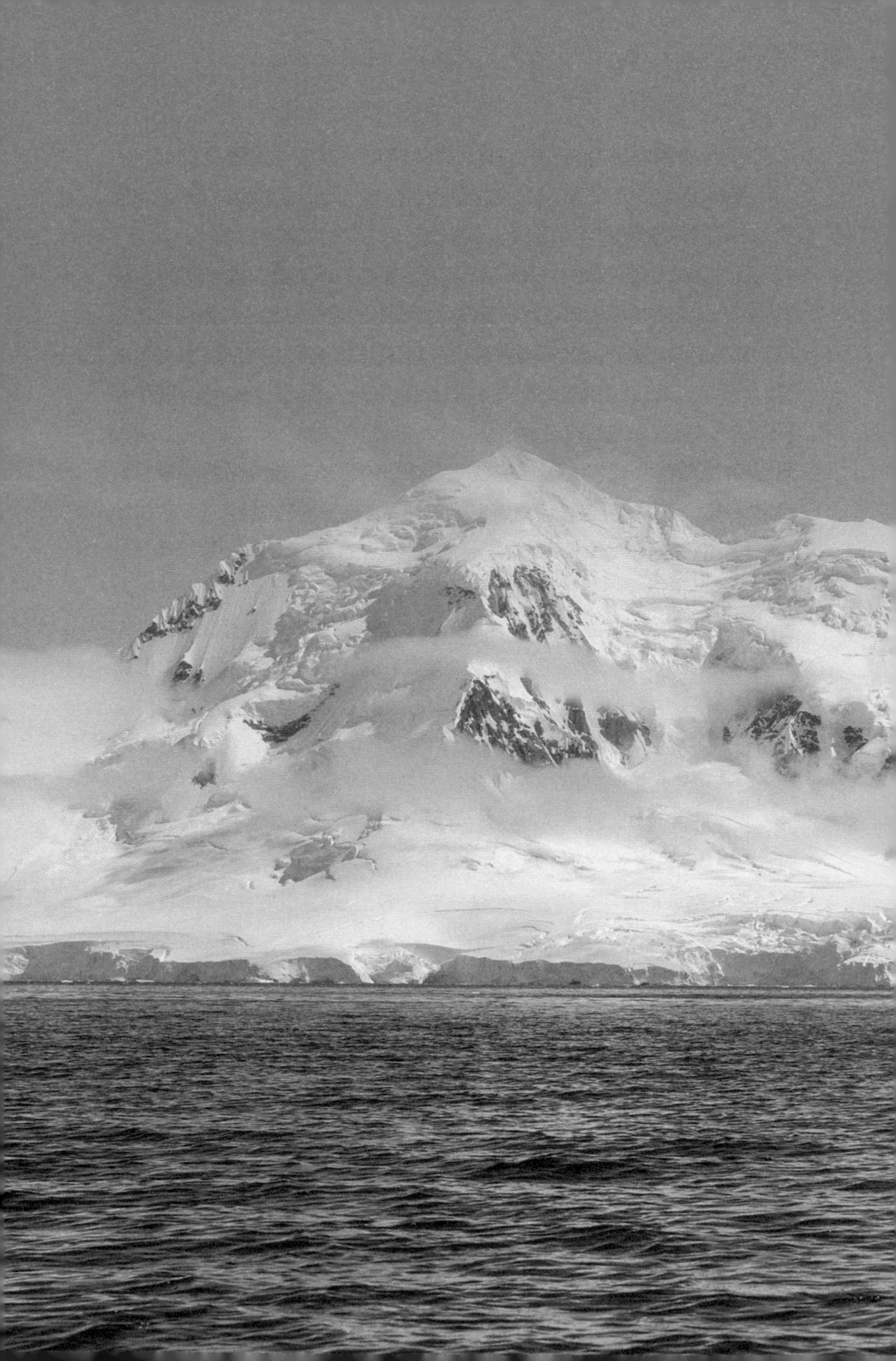

南极洲篇

Antarctica Chapter

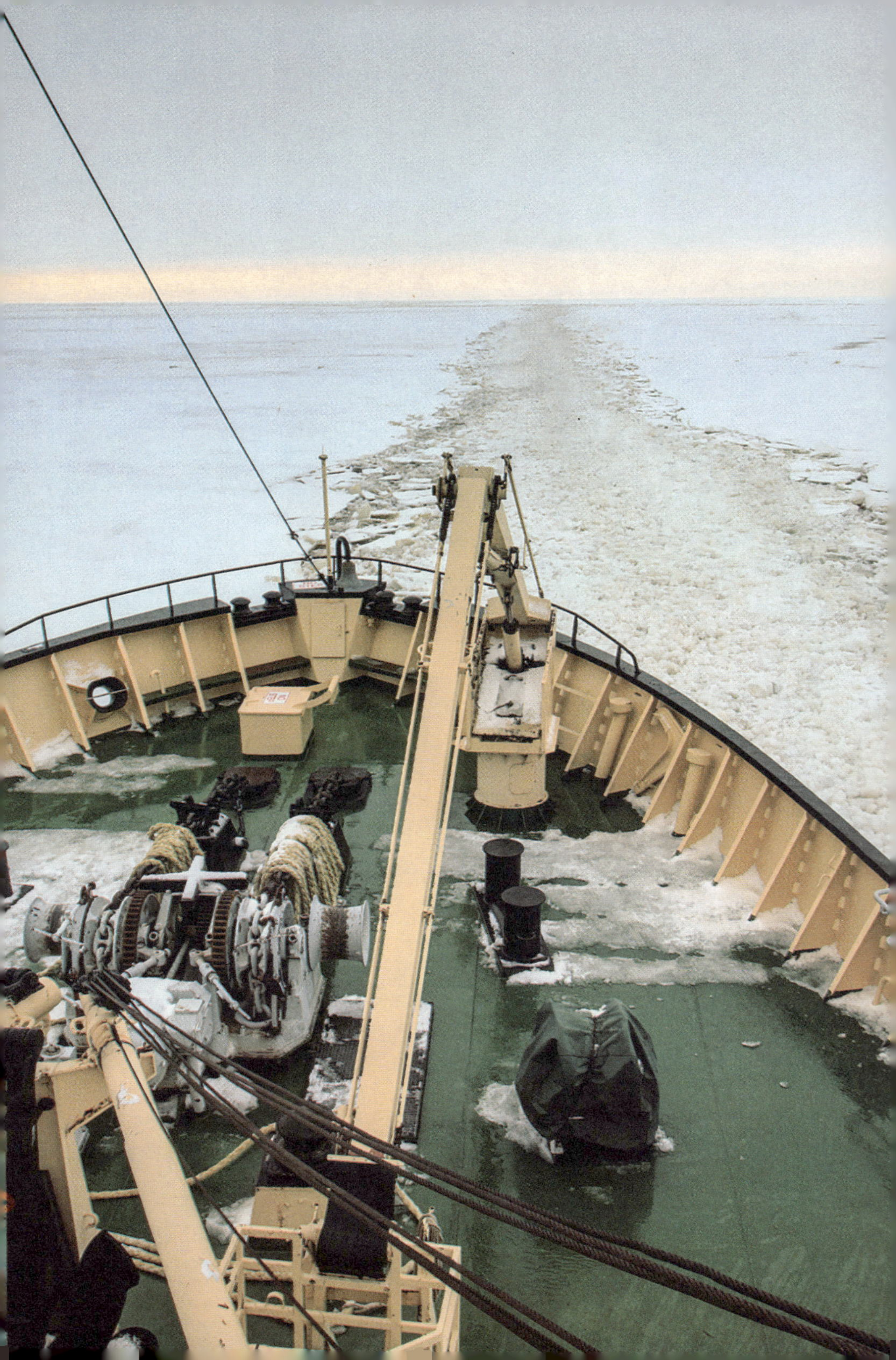

我们的南极之家"欧神诺娃"号抗冰船

 🌐 南极

  一般人去南极，要挑夏天。不过不是咱们通常意义上的6—8月，须换成南半球季节坐标系，为年底12月至来年的1—2月。这个时间段，太阳几乎直射南回归线，南极洲进入明晃晃的极昼期。持之以恒的阳光抚照，终于让世界上最冰寒的大陆，有了微薄暖意。

  到南北极旅行，是我年轻时的梦想。少年的梦，可能未曾对任何人提起。就算说过，也可能不会被任何人记得。但梦想就在心底的某个角落挺立，宁死不屈。

  不同年龄段，人们对世界的理解不一样。我16岁时，抵达世界上最高的一极，按照今天的设想，这是不正常的。幸好我在一个看似不正常的时间和地方，形成了一个大体正常的世界观，并陪伴我一生。

  年过花甲的我，本来是把南北极的旅行，分派到不同年份。原计划2015年乘船从阿根廷的乌斯怀亚，穿越骇人听闻的德雷克海峡，经过魔鬼西风带，抵达南极。我因晕船，对此旅程胆战心惊。由衷祈祷将要乘坐的船要足够大和沉，以求它的抗颠簸能力好些，让我少受点罪。这想法说起来似乎可行，其实不堪一击。我乘坐游轮环球旅行过，清楚知道人类现阶段能制造出的所有船只，在浩瀚大洋大风大浪中，都形如草芥，五十步笑百步而已。

交完旅费后，开始筹措南极装备。预订的那艘南极行船，名"北冕"号，法国制造，装备有最新的导航勘测系统，获得过环保徽章，号称是不会污染南极生态环境的绿色邮轮。船名让我顿生好感，希望它如同天上星宿般可靠。

抵达南极的方式，大致两种。一是乘船，从国内飞到阿根廷首都布宜诺斯艾利斯，再转机飞到阿根廷最南端城市乌斯怀亚。登船，穿越德雷克海峡，抵达南极。

我盯着地球仪仰头叹息。从中国到南极，不单面临着从北半球到南半球的纵距，还有从东半球到西半球的横距。东西加南北，整个一大吊角。不管你如何计算，没有捷径，征程一步也少不了。超长的飞行时间和巨额经费，让人踌躇再三。可叹这世上奇诡风景，都藏于地老天荒之处。

南极行，宜选择载客量100—200人的较小船只。

为何？你在南极看企鹅、看海豹、攀冰山雪岭等，都不是躺在船上能完成的科目。登陆是个系统工程，首先要看天气，风浪太大一切作罢。然后船上游客要按部就班地下到登陆艇上，此刻要一一点名登记造册。登陆艇劈风斩浪，将大家送至岛上。安全靠岸，众人登岛。到了规定返航时间，登陆艇又把人们接回船上，再按花名册点卯签到，不能遗漏任何一位旅人在南极孤岛上。登陆艇载客量10人左右，客人太多时，登艇等候时间较长。船太大，难以靠岸，泊在远处，登陆艇往返路程遥远，费时费力。若船体更大，有些很有趣的神奇小岛，根本无法抵近登陆，客人们只能扒在甲板上，过过眼瘾而已。

第二种赴南极方法，是天上动。从智利的蓬塔阿雷纳斯城乘飞机，飞越德雷克海峡。两小时后，降落在南设得兰群岛上的乔治王岛，再乘游船开始南极之旅。此法的好处显而易见，躲开咆哮的德雷克海峡的折磨，往返可节省四天时间。不利之处当然是更多盘缠的付出。

不断提到的德雷克海峡，是何东东？它位于南美大陆和南极半岛之间，为世界上最宽的海峡，南北宽900—950千米。这是什么概念？相当于近5个宽度的台湾海峡北口。德雷克海峡除极宽之外，也是世界上最深的海峡,最大深度 5840 米。它是大西洋与太平洋激动地交汇拥抱之处,飓风狂浪是它日夜上演的保留节目。加之著名的"南极洲环流",将温暖洋流隔离在外,它便成了世界上最险恶寒冷的阴森海峡。

当我一切准备就绪,正预备出发时,突然传来噩耗。阿根廷当地时间 2015 年 11 月 18 日,法国庞洛邮轮公司的"北冕"号,引擎室内起火,船上所有人员弃船逃生。

愕然。

"北冕"号下水时间为 2011 年,按说还是相当新的船。船长 142 米,10944 吨位,载客量 264 人,指标都在最佳范畴内,无懈可击。事故发生后,船方将游客分批安置到救生筏上,到海上避险,同时呼叫国际救援。

听到呼救后驻扎在马尔维纳斯群岛(就是阿根廷所说的福克兰群岛)的英军派出飞机、拖船参与营救。附近的"南冠"号和遇险船只同属法国庞洛邮轮公司,紧急赶往事发地点。弃船逃生的游客们,在海上漂泊了近 10 小时,最终被英军飞机和英国皇家海军巡逻艇救起。船上 257 名游客,全部生还。

万幸啊!正值南极盛夏,加之当日海面平静,故无人伤亡。如果发生在大浪区,后果可怖。

"南冠"号更改航线,驰往福克兰群岛首府斯坦利港,遇险被救人员入住当地公共设施及居民家中。

和一位"北冕"号上遇险女旅客聊过此事。中国西部人氏,30 多岁,俊俏女子。一见之下,令人想到苏杭"风为裳,水为珮"的秀美。家乡在那儿的人,大约 99% 以上连大海也未曾见过,此女特立独行。

我问:"海难时,拉响了'七短一长'的弃船逃生汽笛吗?"

女子吹落脸庞上的碎发,说:"吓人的'七短一长'。不过大家该干吗干吗,根本没想到事态如此严重,以为又来了演习。直到走廊里有人大声呼唤立即上甲板集合,不得携带任何东西!快!快快!!大家才仓皇出门,基本都没做逃生准备,有的人还穿着拖鞋……"

我失声道:"赶紧回屋里换运动鞋啊!"

多年前,我采访过一位海难中幸而逃生的船员,他说一双好鞋对于保全性命特别重要。海礁锋利,双脚若被割烂,很快就会感染致死。

俊俏女子说:"人出了门,谁都不许再回房间。我们既没有带水,也没有带食品,细软什么的就更不用说了。孤身一人跳上救生艇,开始漂泊逃命。"

我问:"当时您什么感觉?"

女游客说:"绝望!先是恨这么倒霉的事,怎么能轮到自己头上?!跟好莱坞大片似的,只是一点也不好玩。希望是总觉得会有人前来搭救我们吧?不会就这样不管了,让我们在海上等死吧?不想放弃希望。"

我问:"海上漂泊10小时,非常难熬?"

俊俏女子绞着顾长手指说:"可不是!当时想,如果这次大难不死平安回了家,以后说什么也不再出来旅游了。"

我说:"南极海上很冷吧?"

女子回忆说:"刚下海的时候,真是冷。后来太阳持续照射,海面又反光,上下夹击,开始烤得难熬。小艇颠簸,艇里拥挤不堪。不少人又

乘坐救生艇漂泊逃命

害怕又晕船，不停地吐。救生艇上没厕所，女人们要想方便，就得把屁股对着大海……"

我问："获救后的感觉呢？"

俊俏女子说："'南冠'号上的中国同胞真好，为我们腾房间捐衣物。到了马岛，慢慢缓过神来，在街上反复走来走去。一是感觉土地的牢靠，多么可贵！二是看周遭风景。有人打趣说，没想到又多一个景点！我后来琢磨，南北极的旅游，组织者为什么特地注明不叫旅游，一定要称之为'轻探险'呢？他们考虑周全，真有道理。这种旅行，的确充满风险，咎由自取，出行前签了生死文书，人家概不负责。谁让你自个儿乐意呢。"

我说："问个题外话，细软什么的可有丢失？"

俊俏女子说："我们是'弃船'，并不是翻了船。船因为引擎失火，丧失了动力，好在没有沉没。物品都没丢失，后来由船方交还给大家了。"

美女自始至终很镇定，像在讲别人的故事。我说："您真的从此不再出远门旅行了吗？"

俊俏女子莞尔一笑说："好了伤疤忘了疼。我回家后报了个北极点的旅游。对了，纠正一下，是北极点的轻探险。"

得知"北冕"号南极海域遇险起火的消息后，我问旅行机构："原本预订的航程，即'北冕'号，现在南极之行是否有变？"

他们回答："暂且还未接到'北冕'号取消后续航次的消息。当时决定弃船，或许出于保障乘客安全的考虑，可能为预防性措施。如果问题不大，维修之后，应该能够正常出发。"

我说："但愿如此吧。"

不过，以我乘船环球旅行的经验，海上的事情，会格外慎重。除非法国庞洛邮轮公司还有一艘叫"北冕"号的船，不然，如期出发的可能性微乎其微。

果然，"北冕"号取消了该航次。我的2015年南极之行，就此泡汤。

后来旅行机构通知我们，如果还想去南极，可转入下一期——2016年年底的南极之旅。这一次，改乘飞机越过德雷克海峡。我报了名，如此一来，南极行就和我早先预订的北极点旅程，共同挤在了 2016 年。

从蓬塔阿雷纳斯飞南极的机型是 BAe 146，据说此机最突出的优点，是对跑道要求很低。降到南极乔治王岛一看，哪儿有什么跑道？找块没大石头磕绊的少雪粗粝地面，就充当跑道了。机场无任何建筑，更不消说什么候机楼行李提取流水线了。空旷雪场，自己动手把行李从机舱卸下，放在一辆履带式拖车上，缓缓向着大约 2 千米外的海滩开去。乘客们则开动"11 号"，向同一方向的海滩迈进。我们的南极之家——"欧神诺娃"号抗冰船泊在近海处，还须搭乘登陆艇，才能上船。

您一定注意到这个新词——"抗冰船"。

人们平时对"破冰船"耳熟能详，"抗冰船"为何物？

简言之，破冰船是用来破冰开辟航道的，为船界破冰大哥。抗冰船只能算小弟。

破冰船的工作原理，我在《破冰北极点》一书中，已经约略做了描述，此处本应不赘。又一想，朋友们不一定都看过那本书，容我稍啰唆两句。

想象中，以为破冰船跟快刀切瓜似的，劈头把冰剁开，轰隆隆碾轧过去，万事大吉。并非如此。破冰船船头并不锋利，如海豚脑袋般浑圆。不过人们看不到的船舱水下部分，还是造得非常倾斜。

极地海域，通常不出这三种海况——开阔水域、浮冰区、冰区。开阔水域就不多说了，破冰船和普通船没多大区别。浮冰区介于二者之间，咱们就直接说冰区。破冰船利用自身重力和压载水的调节，让船头冲上冰层将冰压碎，然后不停地左右晃动船体，加大破冰效果。几个回合下来，看似不可一世的坚冰就会败下阵来，乖乖让出水波荡漾的航道。

破冰船还有很多对付重冰的招数，靠着重量和冲撞力，在厚厚冰层中杀出前进之路。

北极点之行时，乘直升机在空中，看它重冰之中孤舰前行，有一种壮怀激烈之感。此震撼景象，在南极看不到。南极轻探险旅游，并没有配备任何一艘破冰船。

为什么呢？按说南极比北极更冷，冰层更厚，更需要威力强大的破冰船。主要因为国际南极旅游组织协会认为，现有的破冰船技术，无法满足南极的环保要求，因此禁用。（该条款只适用于旅游商用船只，其他船只如科考等，不受管辖。）

老大因故缺席，小兄弟们顶上去，抗冰船应运而生。

抗冰船是专门用作南极海域探险的船只，本身不具备破冰开拓航道的能力。它能抗击一定的冰层撞击，但并不能主动破冰前行。

南极海域即使在夏季，冰川也依然猖狂漂流，杂乱无章且脆硬无比。抗冰船须有特殊结构和严格的技术参数标准，还要获取相关的抗冰等级认证。抗冰等级越高，越有能力深入布满浮冰的航道，抵达其他船只无法抵达的地方。如果抗冰等级低，其活动海域的范围就小。南极关于抗冰船的划分，采用的是芬兰－瑞典冰级规范。

1A级的抗冰船：该级别的船舶能在布满浮冰（浮冰最大厚度为1米，没有密集碎冰）的河道上以不少于5节的速度前行。

1B级的抗冰船：要求该级别的船舶能在布满浮冰（浮冰最大厚度为0.8米，没有密集碎冰）的河道上以不少于5节的速度前行。

还有1C、1D级等，各有清晰明确标准。"欧神诺娃"号抗冰等级为1B，属于次高等级配置，在冰水中驰骋的自由度蛮大的。它在抗冰行驶中的5节航速，是指每小时航距不低于9.260千米。

在海上行驶，你将不断遇到"节"这个词。在陆地和空中，人们习惯了以千米来表示速度。在海上，无论商船还是军舰，都用"节"。

16世纪开启了大航海时代，但海上航速无法准确判定。那时没有钟表，人们用流沙计时器。水手们在海面抛出拖有绳索的浮体，根据一定时间里拉出的绳索长度计算船速。放出的绳索很长，便在其上等距离打结，把整根计速绳分成若干节。计算时，绳索被拉曳了多少节，就是相应航速，这种方式叫作"抛绳计节"，"节"就成了海船速度计量单位，流传至今。

除了船速，海水流速、海上风速、鱼雷等水中兵器的速度计量单位，至今依然沿用着古老的"节"。

现在的1节，就是1海里/时，1海里＝1852米，源于地球子午线

抗冰船正在行进

纬度1分的长度。地球并非正圆球体，略呈椭圆状，不同纬度处的1分弧度略有差异。赤道上1海里约等于1843米，纬度45度处，约等于1852.2米，两极处约等于1861.6米。1929年，国际水文地理学会议通过了把1分平均长度1852米作为1海里的国际标准。

回到"欧神诺娃"号。今年气候反常，南极海域在盛夏时节浮冰遍布。抗冰级别低的船只，活动范围变小，很多有特色的登陆点，无法靠近。

我们的旅行机构"极之美"安排甚好，与"欧神诺娃"号长期合作，使我们得以在南极驰骋。不过，"欧神诺娃"号虽抗冰等级高，但规模不大。长73米，宽11米，重量只有2100吨，首航时间2008年。载客量72人。

前边说过，在南极，船小是优点，利于登陆。船上设施齐全，餐厅、礼品店、酒吧、医务室、图书室俱有。

我和老芦在"欧神诺娃"号上的舱室，七八平方米，舒适干净，只是储物空间狭小，两双硕大魁伟的登陆靴无处摆放。开动脑筋想办法，终于在床与柜的狭缝中找到缝隙，将登陆靴摞起来安置。唯一的缺点是它们直挺挺地立着，一眼看去，恍若假肢。

屋内无桌椅，若想写点东西，老胳膊老腿趴在床上，好像潜伏。省略桌椅的好处，一是可腾出地方，让舱室显得敞亮。二是风浪骤起时安全。不然滔天巨浪中桌椅翻转腾挪，险象环生。因无桌椅阻隔，我和老芦聊天时，蜷起四肢大眼瞪小眼躺在各自床上，相向卧谈。为什么不坐在铺板上面对面聊呢？盖因床下预留放行李箱位置，铺板位置较高，取坐姿时双脚悬空（或许因我等个矬腿短？外国人脚掌就能抵地？）。倘风浪突袭时，坐姿不稳易有闪失。再者铺板距离太近，只有尺把间隔。卧谈时身体挤向墙壁侧，彼此尚可保持礼貌间距。若取坐姿，双腿耷拉在铺板外，膝盖相抵不说，四目呈灼灼之势，鼻子有可能相撞。此房最大优点是距餐厅近，饭点时间一到，三步两步便可飞奔入席端坐。平时也常闻烘焙香气递传，涎水连连。

酒吧是人们最喜欢的去处，阅读、交谈、写作、听音乐皆可毕其功于一役。有热水、茶、巧克力和咖啡，时不时还有好吃的甜点出没。除酒水费另付外，余皆随意享用。

登上"欧神诺娃"号的第一天，探险队的中外领队就极为严肃地宣布了南极纪律。

1. 南极是地球上最大的原始地区，还没有受到大规模的人类干扰。请所有到访者保持它的原貌，保留这块净土。
2. 不得把任何垃圾留在南极陆地，也禁止燃烧任何物品。
3. 不得以任何方式污染南极的海域和湖泊、溪流等，不得放置任何金属物品于海中。
4. 不要在石头或任何建筑上刻写自己的名字及涂鸦。
5. 不可带走南极的任何动植物及人造物品，包括：遗骨、蛋、化石、石头或建筑物内的任何容器、物件，研究考察之仪器、设备等。
6. 不可任意破坏有人居住或无人居住的建筑物及紧急避难所。

条款听起来复杂，实则简明扼要。南极现在不属于任何一个国家，它属于全人类。你是人类一员，但南极的东西，你什么也不能带走，除了你自己制造的垃圾和记忆。你什么也不能留下，除了你的脚印和仰天长叹。

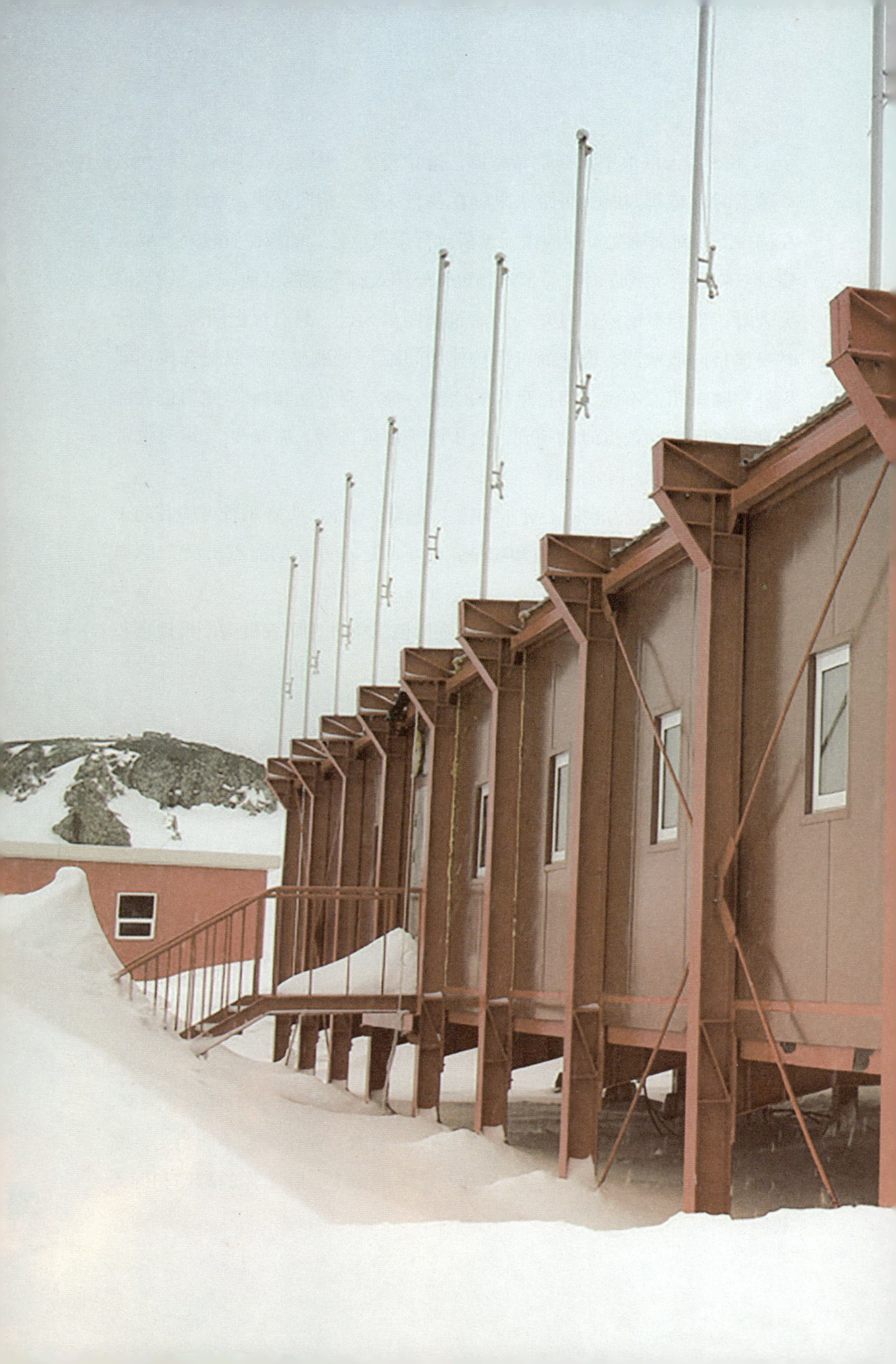

此地距北京 17502 千米

📍 南极（长城科考站）

登抵中国南极长城科考站那天，风雪凄迷。我们从所乘的"欧神诺娃"号抗冰船，先是鱼贯下到冲锋艇上，然后在南极冰洋上，乘风破浪奔向长城站。风吹拂，浪拍打，冰冷海流与脆弱艇体相激，喷溅起的水雾和着自然界的雨雪，将全身湿透。风中可闻脆硬的雪粒激烈相击之声。长城站原本橘色的建筑群渐渐逼近，因与雪雾冰晶重叠，显出紫冻的猩红色。

我站立在中国南极长城站内，仰头观望。更具体地说，是立在长城站内的指示路标下。上面写有此地距北京的距离——17502 千米。

梁实秋说过，我们中国人是最怕旅行的一个民族。

我便属于此类人。少年时，一次次从温暖的家中奔赴严寒的西藏阿里边陲。关山迢迢，怕够了旅途。

老了老了，开始东奔西跑。概因生命无多，世事凶险，人途艰窘，一切都要抓紧。只有身无重病、心无深愁之时，才有暇心远行。能听鸟之脆鸣，见鱼之遨游。拖延下去，再不出外瞅瞅，眼帘啪的一声落下，就只能在天堂鸟瞰了。

南设得兰群岛，是南极与亚南极地区最大的岛群，包括 11 个较大的岛及一些小岛，成串地沿南极半岛北端并横亘西岸分布。中国的长城科考站，就坐落在这个群岛的乔治王岛上。此岛是南极地区科学考察站分布最密集的区域，面积2000多平方千米，共建有不同国家的多个考察站。

长城站地势很好，位于一块台阶式的鹅卵石地带上，视野开阔，还有3个宜饮用的小小淡水湖。它的海岸线挺长，滩涂平坦，易于运输物资。建站后多次扩建，现在的面积是南北长2千米，东西宽1.26千米，占地2.52平方千米。包括办公栋、宿舍栋、医务文体栋、气象栋、通信栋和科研栋等主体房屋，还有若干栋科学和其他用房，比如车库、工具库、木工间、冷藏室和蔬菜库等。

可以想见在这个微缩版的科研城里，进行着多么繁复的科学研究。专家介绍说，这里有生物实验室、无线电波传播实验室、地质实验室、地貌和第四纪地质实验室、地球物理实验室等，可进行气象观测、固体潮观测、卫星多普勒观测、地震观测、地磁绝对值观测，高空大气物理观测等综合研究、实验、分析和数据处理。

我和老伴老芦相互搀扶着，蹒跚而过。雪猛地滑，生怕摔倒，闹个股骨颈骨骨折什么的，麻烦了。一圈走下来，整体感觉是长城站各方面条件比想象中好很多。院子足够大，建筑坚实稳当，屋内暖和，设备齐全……

工作人员介绍道，如果你想参加中国南极科考队，年龄上限是55周岁。一旦越过了这条红线，纵有万千豪情百般本事，也不要你。我和老芦惭愧不语，我超龄10岁，他超了11岁。

面对已然蔚为壮观的长城站，不由得想起先驱者。1984年12月27日，我国南极考察总指挥陈德鸿、南极洲考察队队长郭琨、副队长董兆乾和有关人员，从停泊的"向阳红"10号科学考察船上，乘海豚式直升机起飞，登上乔治王岛，察看地形。

按说东南极洲相比西南极洲离中国近一点，但当时没有破冰船。要想登上东南极大陆，风险很大，最后决定在南设得兰群岛上建站。站址的选择，一是要有足够的裸露地面，这才能从容盖房子。二是要有充足水源。三是容易停靠，便于运卸物资。第四条最重要，要有利于科学考察。一行人前前后后在岛上看了十多个地方，把站址定了下来，长城站位于南纬 62 度 12 分 59 秒，西经 58 度 57 分 52 秒。

1984 年 12 月 31 日 10 时（北京时间 1984 年 12 月 31 日 22 时），中国南极长城科学考察站奠基。

总指挥把从祖国带来的奠基石竖立起来，语重心长地宣布："我们今天代表 10 亿中国人民在南极奠基，以便为人类和平利用南极做出贡献。"1985 年 2 月 14 日 22 点，中国南极长城站完成建筑。2 月 20 日大雪纷飞中，举行了落成典礼。

算一下时间，多快！从奠基到竣工，只用了 40 多天。

我们来得不巧，第二天正是两组科研人员大换班的日子。小卖部不开门，原本可以参观的部分都关闭了，能供旅行者入内看一下的"栋"，十分有限。

南极长城科考站内的房屋，一水儿地称为"栋"，而不是编号或叫作"××楼"。我站在最早的 1 号"栋"前照了个相，身临其境地想了想，大致明白了"栋"的含义。

中国南极长城科考站 1 号栋

Life is a wilderness
人生是旷野啊

  长城站如同古罗马城，不是一天建起来的。最早修建的时候，未曾想到以后发展到如此大的规模。1号栋是个高脚屋似的轻体建筑，很简陋，的确不能算作"楼"。再查这个"栋"字，用在此处，并非简单量词，而是颇有深意的名词。它的本义，是指屋顶最高处的水平木梁，即正梁。

  顺此思路，人们对第一"栋"，充满敬重。

  如果把南极比作一个宏大的银色舞台，中国人出场的确较晚，错过了序曲。好在进步快。南极长城站，如今已蔚为大观，中国在南极，还建有中山站、昆仑站和泰山站。

  我和老芦参观完，站在风雪中，茫然四顾，想象着驻守在这里的科学家们，整天忙碌工作后，是否也如我们此刻一样，凝视着一成不变的南极风雪肆虐发呆。

  老芦拉紧帽绳，说："房子……看起来挺保暖的。"

  我说："南极冷啊，保暖是必须的。"

指示路标上写有此地距北京的距离——17502 千米

老芦调整了一下已经湿透的手套,接着说:"吃得应该也不错,只是没有新鲜蔬菜。不过咱们当兵那会儿,每年也是吃好几个月的脱水菜。"

我们年轻时,都守卫过祖国边陲。对于艰苦经历,一说起来就像对暗号,彼此心知肚明。

老芦又说:"比起咱们当兵的时候,南极似乎也算不上太艰苦。"

我说:"现在是南极的夏天,到了冬天极夜时分,要惨得多。再说,时代不同了。咱们十几二十岁那会儿,大家都苦,也就不觉得差距多大。21世纪的今天,城市五光十色,这里地老天荒一片惨白,人的命运在风和洋流的指缝中,上下翻滚变幻莫测。一待两年,是很大的考验。况且,伟大和艰苦并不总是成比例增加。很多伟大,并不源自物质上的艰苦。"

老芦点头。

回到长城站的里程柱下——17502千米,这是我今生今世所到过的最遥远的地方。

我从未想过今生今世,可以走得这样远。

我的青年时代,虽是女生,但被反复训练接受酷寒与阴冷的磨炼,屡遭身体的磨难与痛楚。一次次被迫目睹近在咫尺的死亡,在远离亲人的戍边征战中,经历各种残酷生涯。我一点也不怀念我的青年时代,它无比辛劳且甚少乐趣。我后来从事写作,有点像孤独而古老的灯塔管理员,过的是安静枯燥的日子。我习惯了独自一人自始至终地努力,静候时间在不间断的劳作中悄无声息地滑过。它所留下的浅淡痕迹,便是一本本或薄或厚的书稿。到了暮色四合的老年,我生命底层的好奇本能,如温泉咕嘟嘟带着热气冒了出来。2016年,我上蹿下跳(如果把地球的北方比作上,把南方比作下),在不到半年的时光里,跨越地球155个纬度,探访世界尽头的南北穷极之地。

真走到这么远的地方之后,似也未觉出有非常特别的感觉。世上真正遥远的路途,其实是在你做了决定之后与迈出第一步之间的距离。

我和南极长城站现任站长在风雪中合影。

人们常常讨论这样一个问题——假如你有了足够的盘缠,你最想去哪里旅行?

有个朋友说,先用 GPS 定位自己家的坐标系,得到它的精准位置之后,便把北纬变成南纬,把 180 度减去东经的度数变成西经。于是自己最想去的地方,就昭然若揭了。

我一时糊涂,没反应过来,忙着琢磨。

他见我想得辛苦,索性道破:"嘻!就是对跖点嘛!"

我好歹是环球旅行过的主儿,对"对跖点"这劳什子还有些了解。我说:"知道。北京的对跖点,在阿根廷。好像离着它的首都布宜诺斯艾利斯不远。"

朋友是博学的白面书生,说:"您这个是大概其,我指的是精确位置。"

这我就傻了眼。那朋友说:"您家的我不知道,我家的对跖点,是阿根廷布兰卡港西南 150 千米处的一片沼泽地。"

他很神往地说:"这就是一个人在这颗星球上能去的最遥远的地方啦!如果有一天我真到了那里,一定带把便携折叠椅,再捎上个椅垫,要知道那地方潮湿。椅垫图案呢,要描龙绣凤很中国的那种,绵软厚实为妥。到了那厢,我把椅子支在稍微干燥一点的岸边,妥妥帖帖铺好椅垫,再把万里迢迢带来的杯子拿出来,就是现在网上调侃不止的中年养生保温杯。只不过杯里头泡的不是枸杞,是我特地沏好的北京茉莉花茶,然后坐在那里……"

我问:"再然后呢?"

他答:"喝茶啊。"

我说:"喝完了茶呢?"

他说:"喝完了茶,就四处看看,毕竟异国他乡,来一趟不容易。"

我说:"都看完了呢?"

他说:"那就再坐回椅子上,发一会儿呆。"

我穷追不舍:"发完呆呢?"

他一笑,道:"往回走啊。在那个点上,无论朝哪个方向迈出的一步,都是回家的路。"

我服了他。

或许有人听了这番话，心中多少有点不以为然。与其这样，您干脆待家里得了，还出那么远的门干吗呢？

敢于到自己家的对跖点溜达一圈，还如此云淡风轻，是需要峥嵘勇气的。他要跨过多少高山，蹚过多少大洋，才能抵达离家最远的地方。而人的要求归根结底，又是多么简单。

人要活得兴致勃勃。身虽衰老，思绪尚能保持驰骋天际的能力。总在旮旯里阴暗地蜷着，那是沾满毛屑的旧墩布。外出这件事，除了需存下盘缠钱，还需存储足够的体力和心力。好奇心要像雨后蘑菇似的，在过程中有增无减。以上诸项，犹如四条腿的小板凳，缺一不可。出行不要勉强，尤其是一般人不去之地，多属凶险。人们在暖气空调的包裹下，身体已变孱弱，实应量力而行。

与陆地上相对温和的行走相比较，海洋上那带有剧烈眩晕的航行，更具威力。它会猝不及防地动摇并重塑你对整个地球的看法，令你醍醐灌顶。如果你一直待在坚固的土壤或山峦上，特别是固守在充满人工建筑的水泥城市里，你自以为了解的那个地球，是肤浅片面并挂一漏万的。

看旷远寂寥的地域，人的格局有可能豁然开朗。

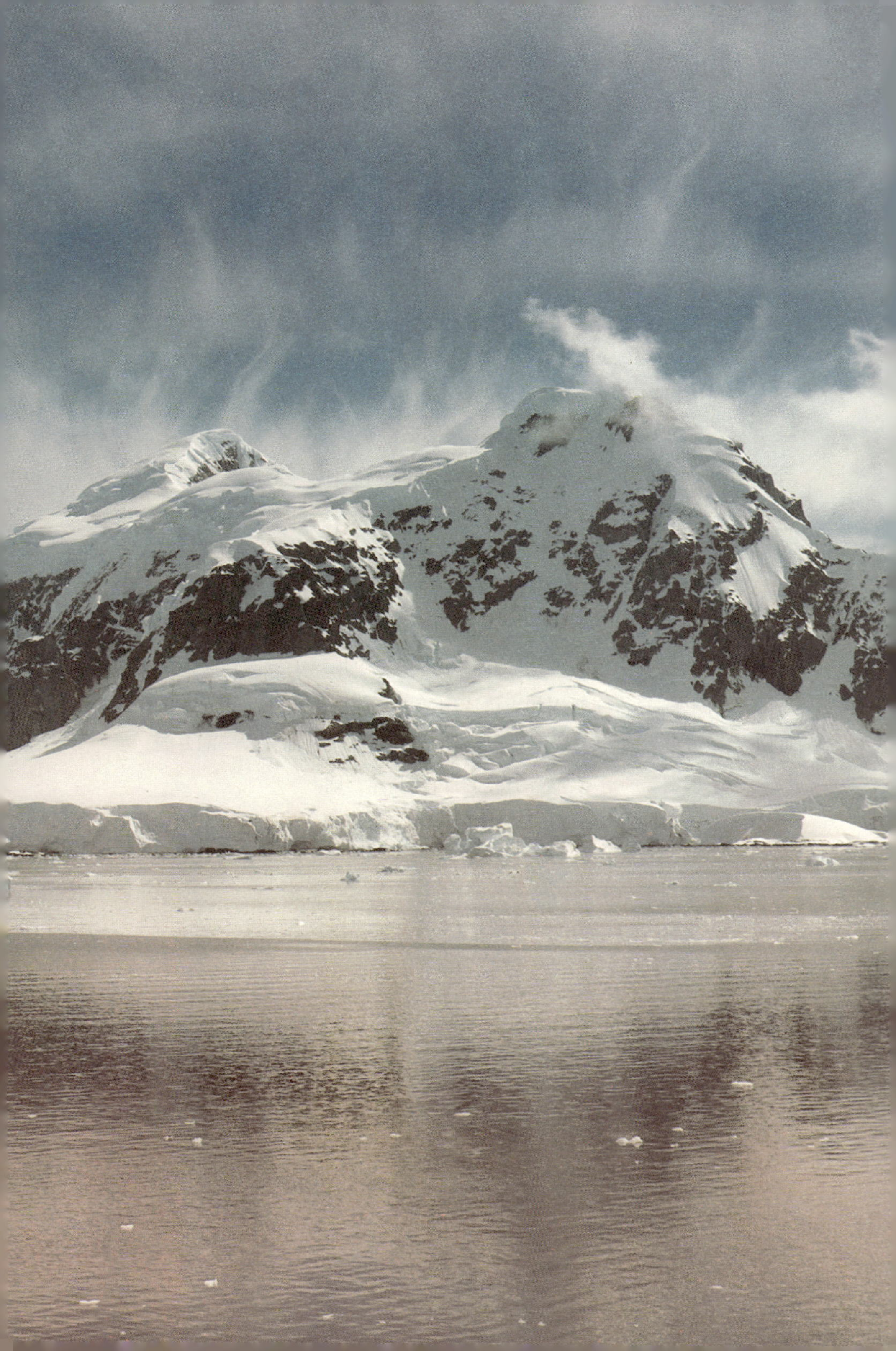

天堂里你喝下时间

📍 南极（布朗断崖 ┈┈> 天堂湾）

"欧神诺娃"号旅游探险项目，主要分为三种。一种是登陆，再是冲锋艇巡游，最后一种是船长根据天气情况，将船行驶到一些壮美峡湾处停泊。你一动不动简简单单站在甲板上，欣赏奇诡风光。

万里冰原。初见之下，你以为冰只有一种颜色，那就是纯白。看得久了，才发现南极冰的奥妙。冰川渗出阵阵幽蓝，如梦如幻。

冰山形状各异，桌状冰山顶部非常平坦，高于海面几十米，而深入水面以下据说可达 200—300 米。它的陡直壮阔，给人留下没齿不忘的记忆。

写完这句话，不由得一乐。我有若干齿已没，由于植了牙，外表上看不出来。这话得改成——我在没齿之年才看到冰川雄姿，终生难忘。

南极冰山比北极的冰山，体量要大得太多，以祖孙辈论及都是客气。冰山还会"走"，在海流和风的推动下，以每年 10—20 千米的速度向南极高原的低处移动。

那些刚刚从冰川口的"冰舌"上分裂下来的"新生冰山"，是凶猛的冰山婴童。它们重心不稳定，容易发生翻滚和倒塌。我们去时正值南极夏季，冰山变酥，随着气温升高不断消融，会进一步分裂、翻转和坍塌。巨冰崩陷时掀起狂躁涌浪,雷鸣般震响。我们虽在安全地带远眺,仍肝胆俱颤。

"金字塔"形的尖顶冰山,其水下体积极为庞然。有时从远处看去,以为是多座冰山,其实本是同根生的孪生或多胎姊妹兄弟,连在同一底盘上,乃一大家族。这类冰山水下部分如同暗礁,十分危险。所以,即使拥有现代化航行保障手段的抗冰船,对它们也是噤若寒蝉,胆怯地躲了。

由于南极融水极为清澈,冰山潜藏水底部分历历在目,犬牙交错,非常狰狞。好在如无大风浪,它们也不主动出击,只是静静漂在那里。你若远离,便也相安。

依我目测的结果,水下冰和水上冰的体积比例,十分不同。有的是三五倍,有的几乎相当于十倍。我刚开始以为老眼昏花,几番揉眼之后,仍见巨大差异板上钉钉地存在。

天堂湾是南极旅行的著名景点。我们从布朗断崖下来后,搭乘冲锋艇,在此湾巡游。见到岸上有一阿根廷科考站,红色墙壁,尖耸屋顶,

冰山之下

有残破的童话感。因站中无人，我们不得入内。

操控冲锋艇的外籍探险队员告诉我们，这个海湾最常见的客人是隆背鲸。

隆背鲸这个名字不常用，人们一时有点发愣。不过说到它另外的名字，便不陌生。它又叫"驼背鲸""座头鲸""长鳍鲸""巨臂鲸""大翼鲸"等，是海洋中的庞然大物，体长一般在10米以上。

座头鲸游泳本领高强，破水而出时，会竖起身体垂直上升。一旦鳍状肢到达水面后，身体便开始向后徐徐弯曲，好像胖胖的杂技演员准备后滚翻。它若是高兴，紧接着一个起跳，高可达6米，落水时溅起雪白浪花，如投下巨型炸弹，风起云涌。平常呼吸时，会从鼻孔喷出短而粗的呼气，蒸汽状的气体将海水裹挟而出，形成激昂水柱，爆出隆隆声响。鲸界有个专用名词，叫"喷潮"，也称"雾柱"，可谓传神。它若受了惊或不乐意待在海面上了，一个潜水，几秒钟就可消失在波浪之下，缩入深海。

我们当然希望能遇到它。据说有人在此地近距离邂逅此尊。它很仁义，大家相安无事。要不然，此尊随便一个小小动作，便可将一叶扁舟掀个底朝天。

天堂湾三面为巨型冰山环伺。有条约1万英尺（约3048米）高的冰河，从一侧山顶延伸至海边，气势磅礴。高耸的冰垛，时不时毫无征兆地轰然断落，犹如高空坠落的自杀，垂直刺破海水的蓝色肌肤，瞬间撕裂出阔大伤口。然而天堂湾的宁静如此永恒，旋即所有的音响被海水吸附得丝毫无留，海面纹丝不乱地愈合，一切回归永恒寂寥。

冲锋艇处于浮冰围剿中，索性关了引擎，缓缓随波逐流。环绕的冰山，像一块块硕大而形状不规则的巨型蓝宝石，折射七彩阳光，深邃神秘。迫近冰晶之侧，可清晰听到冰的叹息。人们常以为冰是无声的，错！冰在极轻的融化发生时，有少女吹拂气息般的微响。

南极的冰为何有如此妖娆的湛蓝？

尽管我年轻时见过号称世界第三极的青藏高原的冰雪，但和南极一比，从量上说，实为小巫。在北温带城市中长大的孩子，常常以为冰箱

座头鲸破水而出

里冻着的规整块状物，就是冰了。棒状碗状的冰激凌和冰棍，就是冰了。人造冰场的平滑冰面，就是冰的极致。据此得出经验，白色或半透明，是冰的全部和实质。到了极地，你才豁然醒悟，冰是一种多么伟大而凶猛的存在！它们或是无边海水凝冻而成，或是从南极冰山崩裂而下，身世显赫规模宏大，傲然不可一世。

先来说海冰。酷寒气候中，咸咸的海水也会结冰。海冰比水轻，浮在海面上，如同长大了的孩子，出于海水而凌驾于海水，随着洋流开始漂泊。

冰川冰，则是由陆地积雪不断沉积，在漫长时间和重力压榨下形成。随着密度加大，冰内绝大多数空气被挤出，质地变得非常坚硬，同冰箱里几小时速冻出来的冰，有着天壤之别。这种挤压得极坚实几乎不含空气的冰，在光照之下，闪现深空一般的蓝色。最甚者，是黝黑色，得一酷名，名为"黑冰"。

在南极大陆，冰盖、冰山统称为陆地冰。随便掂起一块南极陆地冰，历史都在万年之上。想想有点惊悚，我们除了面对山峦巨石会生出这种近乎恐惧的苍茫感,还曾面对什么物体,目睹如此巨大的时间差?

冰若变成深蓝色,需要 4000 年。变成近乎墨色,则至少需要 1 万年。至尊宝的那句名言"如果非要在这份爱上加一个期限,我希望是 1 万年!"似可有个简洁版——这个期限就如黑冰。

关于冰山水下水上的体积比例,众说不一。海明威关于写作的著名冰山原理认为:一部作品好比"一座冰山",露出水面的是八分之一,剩下的八分之七则在水面之下。作为写作者,你只需表现"水面上"的那部分就足够了,剩下的就是让读者自己去理解"水面下"的那八分之七。

看来大文豪取的是七倍说。我向极地专家请教最终答案。他说,那要看冰的籍贯和历史了。

我乐了,说:"冰还有出身论啊?"

极地专家说:"是。最古老的形成于陆上的冰体,曾被剧烈压缩过,它们中间所含的空气很少,黑冰就属这类。它们一旦落入水中,大部分都会沉没,甚至有 90% 潜藏水中。那些年轻的海水中冻结的冰,质地比较疏松,所含空气较多,甚至只有二分之一沉在水中。这就是我们常常看到这个比喻各执一词,从十分之一到二分之一都有的原因。"

我说:"明白啦!海明威基本上是取折中之法。"

专家继续道:"冰是个大家族。从名词上讲,有'浮冰''冰山''冰架''冰盖'之分。冰对南极极为重要,如果没有浮冰,南极就不会有冰藻等浮游生物。磷虾将无从觅食进而灭绝,企鹅也因没了口粮,陷入灭顶之灾。南极的整个生物链,会随之崩解。"

他有些忧郁地补充道:"现在,世界上很多淡水资源缺乏的国家,已经琢磨如何把南极冰山拖回自家慢慢享用了。在可以想见的不远的未来,人们瓜分南极冰山的企图可能会变为现实。"

骇然!南极冰啊,你莫非终有一天,会背井离乡,被人拐走?

冲锋艇在天堂湾漫无目的地游荡。

专家手指不远处道:"布朗断崖属于南极大陆延伸出来的一部分。"他又指指另一侧,说:"从理论上讲,我们从那里一直向南走,走啊走,越过无数冰山,便可直抵南极点。"

我半仰头,极目眺望,远方连绵的冰山,给人无以言说的震慑感。在大自然鬼斧神工的雕琢下,南极冰山,已修炼成自然界中最纯净的固体,浩瀚巍峨,昂然高耸,无际无涯。它统一单调,除了令人窒息的惨白色,没有一丝色彩装点其上。屹立在寻常人等所有想象之外的地球极点,严酷壮烈。它烈焰般喷射着拒人千万里的森冷,凌驾于我们卑微的灵魂之上。

执掌冲锋艇的探险队员,专门把船停到了一丛浮冰当中,我们如依偎水晶宫殿的围墙。我摘下手套,用手指尖轻触了一下冰川尖锐的棱角,立时冷痛心扉。

专家说:"请大家放下手机和相机,谁都不要说话,闭上眼睛,静静地,静静地,倾听南极声音。"

在世界上的绝大多数地方,你都会听到一些响动。比如人声车鸣,不明来历的噪声什么的。这里,绝对没有任何声音。有风的日子,风声除外。此刻,风也静歇。

我赶紧遵办。先是听到了呼吸声,自己的,别人的。然后听到了心跳声,自己的。在熟悉了这两种属于人类的声音并把它们暂且放下后,终于听到了独属南极的声响。洋面之下,在目光看不见的深海中,有企鹅划动水波的流畅浊音。洋流觥筹交错、相互摩擦时,发生水乳交融般的滑腻声。突然,一声极短促极细微的尖细呢喃,刺进耳鼓。

我以为是错觉,万籁俱寂易让人产生幻听。无意中睁开眼,看到极地专家。他好像知我疑问,肯定地点点头,以证明在此刻,确有极微弱的颤音依稀发生。

冲锋艇正在布朗断崖之下。此崖高745米,陡直壁立。濒临天堂湾这一侧岩石,有锈黄色和碧绿色的淋漓之痕,在黝黑底色映衬下,甚为醒目。无数海鸟在岩峰间盘旋飞舞,正值南极春夏之交,这里是黑背鸥和岬海燕繁衍下一代的婴房。

"什么声音?"我忍不住轻声问,怕它稍纵即逝,我将永无答案。

"是刚刚孵化出来的蓝眼鸬鹚宝宝,在呼唤父母,恳请多多喂食……"专家悄声解说。

我赶紧用望远镜朝岩壁看去。那声音细若游丝,我以为蓝眼鸬鹚是画眉般的小禽,却不料在如削的断崖上,两只体长约半米的鸟,正在哺喂一只小小幼雏。亲鸟背部皆黑,脖子、胸部至腹部披白色羽毛。它们可能刚从冰海中潜泳飞到家,羽毛未干,似有水滴溅落。它叫"蓝眼鸬鹚",真乃名副其实。双眼突出裸露,呈明媚亮蓝色,在略显橘色的鼻部映衬下,艳丽醒目。它们真够勇敢的,把巢筑在垂直岩壁上。其下百米处,海波荡漾。

我分不清正在喂雏的亲鸟,是雄还是雌。只见它大张着喙,耐心等待小小雏鸟把嘴探入自己咽部,啄食口腔内已经半消化的食物……雏鸟吞咽间隔,偶尔撒娇鸣叫,恳请更多哺喂,恰被我等听到。

人们渐渐从静默中醒来,神色庄重,似有万千感触不可言说。短暂的南极静默,会在今后漫长岁月中,被人们反复想起,咀嚼回味,以供终生启迪。

专家说:"布朗断崖的身世,来自100万年前的火山爆发,至今证据仍存。"

我们问:"证据在哪里?"

专家手一指,海滩上至今可见当年熔岩滚滚流淌后的块状凝固物。

放眼看去,我看到布朗断崖某处有一片片锈黄色,问他。

专家答:"是铁矿。"

我说:"哦。那岩壁上一道道翠绿色痕迹是怎么回事?"

专家说:"是铜矿的露头部分。"

我惊叹:"南极矿藏这么丰富啊!"

专家道:"在南极进行过地球物理调查,再加上依据板块构造理论对有亲缘板块拼接的结果证实,南极洲的煤、铁、石油与天然气的储量都很大。在南极横断山脉,有主要形成于二叠纪时期的煤炭资源,深度较小,开采较易。铁矿主要分布于东南极,最大储量位于查尔斯王子山脉,范围达数十千米。另外，还有金、银、铂、铬、锡、铅等多种金属矿藏。"

专家脸色平静，听的人着实吓了一大跳。南极的冰都有人惦记着拖回家，见了矿藏更是红眼啊。若轰隆隆挖掘起来，惊天动地暴土扬灰……纯净南极，岂不毁于一旦！

见大家失色，专家赶紧补充道："幸好根据《南极条约》，国际社会在这个问题上终于达成一致，为了保护南极环境，所有矿藏都暂不开采。"

南极的归属，"国家"是空白。以前严酷的自然条件，禁锢了人们的野心。现在，科技发达了，利用现代化技术，人们能在南极长久待下来了。南极所具有的巨大资源，成了某些人垂涎欲滴的大蛋糕。为了南极的长治久安，1959年12月1日，12个国家在美国华盛顿签署了《南极条约》，1961年6月23日生效。

《南极条约》冻结了各个国家对南极的领土主权要求，规定南极只用于和平目的，禁止在南极地区进行一切具有军事性质的活动（包括核试验）和处理放射物，同时保障进行科学考察和国际合作的自由。1983年6月8日，中国签署了该条约。

天光此刻被浓云遮蔽，偶有犀利光线，从云的缝隙射下，犹如上苍的惊鸿一瞥。岩石上淋漓的水迹，顷刻结冰，好似神秘文字。

雪山威严默坐，脚下冰海涟漪荡漾。人们屏住呼吸，在宁静中各自想着心事，与万年黑冰联结，与无限时光共舞。幽蓝洋流冲刷着思绪，从中感受无与伦比的清净与力量。

"此地为何叫天堂湾？"我轻声问。

专家说："山峦拱卫，此湾风浪很小，能给人们以安全庇护，就叫'天堂湾'了。此地符合人们关于天堂的一切想象。在此，你可以感觉到神祇。那不是面色苍白的异国人，而是一种伟大的力量。你终将明白，有一种无比强韧而平静的存在，在你身心之上。"

云暗天低，冲锋艇位置狭小，一人说话，众人皆闻。大家开始思谋心中天堂的样子。

天堂，第一是安静。

人间太喧嚣了。露水凝结的声音，花蕊伸展眉宇的声音，轻风吹皱春水的声音，蚯蚓翻地促织寒鸣的声音……已然远去。有的只是键盘嘀嗒、短信提示、公交报站、银行医院排号点名，当然还有上司训导、同侪寒暄、不明就里的谣传、歇斯底里的哭泣与嘶喊……人工制造的声浪，无时无刻不在围剿撕扯着我们的耳鼓，让人心烦意乱纸醉金迷。

聂鲁达的诗，陡地浮上脑海。

我喜欢你是寂静的
我喜欢你是寂静的，仿佛你消失了一样，
你从远处聆听我，我的声音却无法触及你。

老聂写的其实是一首情诗，追怀一名女子。此时此刻忆起，似乎不着边际。不过喜欢一首诗，有时只是冲着其中一句去的。这一句，如同春雨一滴，将无以言表的心绪粘在纸上。

这箴言似的感叹多么贴切！

你的沉默明亮如灯，简单如指环，
你就像黑夜，拥有寂寞与群星。

天堂的第二个特征，单纯。

海面如镜。天堂湾色泽如此简洁，蓝色是天空和海洋，白色是冰川和冰山。除此之外，再无他者。天堂也是删繁就简的吧？

历史是一个不断把简单变得复杂的过程。也许，应该有意识地返璞归真。把简单的事情变复杂，很容易误以为是一种本领。其实是卖弄的经线加上虚妄的纬线，共同织出一张弥天大谎之网。天堂湾以无与伦比的素朴，启示真正的归宿。

天堂的第三个特征，平静。

平了才能静，静了才能平。天下大乱，离天堂就远。世间充满凶险，

天堂湾

所以人人渴望风平浪静。平和与安宁的所在，便是每个人心中的天堂景象。

天堂的第四个特征，我以为是它——就在人间。纵使在自然条件如此峻烈的南极腹地，天堂也于万里凝冻之间怡然存在。天堂并非遥不可及，具备了安静单纯与平和，处处皆可为天堂。无声无息的静，一尘不染的纯，加之蕴藏在这秘境之下的生生不息。

置身至简的蓝白世界，心似乎空无一物又包容万千。

极地专家捞起一块黑冰。他说："它足有1万岁了，这种冰的小名，就叫'万年冰'。回到'欧神诺娃号'，把它放在酒杯中，再注入酒。它融化的时候，会吐出气泡，发出轻微但人耳完全能够听得见的美妙音响。冰块也像被施了魔法似的，会在杯中缓缓移动，甚至主动碰撞杯子边缘，好像在轻轻问候。可知这是为什么？"

倾听的人们，摇头。

专家说："'万年冰'中的气泡，并非寻常气体。或者说，1万年前，它们曾是寻常的。被埋藏雪中，经受过巨大压力，它已不再寻常，变成了高压气体。一旦冰块融化，气泡逸出，破裂有声。它们代表远古时代，在向我们问候。试想一下，当你喝下'万年冰'释放出的水和空气，你会体会到什么？"

有人抢先答："美味！"

我心中想，1万年前的水，也是水。1万年前的空气，也是空气时。说到底，均是无色无味的东东，谈不上特殊味道吧？

有人说："益寿延年。"

我不以为然。这种水和气，纵有特殊功效，饮入小小一杯，吸进轻轻一口，万千神奇，也无甚大用，只不过是象征性的心理安慰。

有人答："不来南极，哪里能喝到，难得！说给别人听，人家羡慕死！以后想起来，回味无穷……"

我想，这些都可以有，然而，终不是全部。

专家点点头说："这冰里，蕴藏着时间。1万年甚至更久远的时间，安静地等待与我们相逢。你把它喝下去，从此做人就有了更广博的尺度做框架。"

什么叫作时间？它是能将过去和未来区分开来的基本现象。热量总是从热的物体跑到冷的物体上，这就是时间的本质。

我也敲下一块黑冰，放入口中。唇齿渐渐麻木，黑冰渐渐融化。冰冷的平静感，顺着咽喉下滑，储入脏腑深处。它饱含着远远超越我一己生命的长度所沉淀下的森冷，将本不属于我这一世所能明彻的深邃领悟，灌入我心田。在这一瞬我恍然大悟，永恒如此简明扼要。我记住了，返回纷杂人世间的焦躁余生中，不断反刍黑冰的清冽久远。慌张愁苦时，从记忆之库紧急调出天堂湾的静谧画面，它如定海神针般让我淡然下来。

大家情不自禁地为专家鼓掌，防寒手套击出的闷哑掌声，在天堂湾噗噗回荡。

© 中南博集天卷文化传媒有限公司。本书版权受法律保护。未经权利人许可，任何人不得以任何方式使用本书包括正文、插图、封面、版式等任何部分内容。违者将受到法律制裁。

图书在版编目（CIP）数据

人生是旷野啊 / 毕淑敏著. -- 长沙：湖南文艺出版社，2024.12（2025.7 重印）. -- ISBN 978-7-5726-2139-0

I. I267

中国国家版本馆 CIP 数据核字第 2024ZP6180 号

上架建议：名家经典·散文

RENSHENG SHI KUANGYE A
人生是旷野啊

著　　者：毕淑敏
出 版 人：陈新文
责任编辑：何　莹
监　　制：董晓磊
策划编辑：鞠　素
特约编辑：张晓虹
营销编辑：木七七_
版式设计：马睿君
封面设计：八牛书装设计
照片提供：毕淑敏
内文插图：视觉中国
出　　版：湖南文艺出版社
　　　　　（长沙市雨花区东二环一段 508 号　邮编：410014）
网　　址：www.hnwy.net
印　　刷：三河市兴博印务有限公司
经　　销：新华书店
开　　本：640 mm × 915 mm　1/16
字　　数：253 千字
印　　张：16.5
版　　次：2024 年 12 月第 1 版
印　　次：2025 年 7 月第 2 次印刷
书　　号：ISBN 978-7-5726-2139-0
定　　价：65.00 元

若有质量问题，请致电质量监督电话：010-59096394　团购电话：010-59320018